샤론의 꽃길

샤론의 꽃길

추천의 말

화해와 인간회복의 진정성

김지원
(시인, 전 한국크리스천문학가협회장)

작가 안은순은 경인일보 신춘문예에 단편소설 「가라앉는 오후」가 당선되어 등단했다. 등단 이후 그는 『우리 춤추러 가요』 『지붕 위의 남자』 『하모니카』 등 여러 권의 창작집을 상재했을 뿐만 아니라 한국문협작가상, 한국크리스천문학상 등을 수상한, 필력 30년이 넘는 문단의 중진이다.

그런 그가 이번에 장편소설을 냈다.

지금껏 발표해온 그의 작품 경향을 한마디로 말할 수는 없지만 대부분 소외되고 추락해 가는 사람들의 이야기거나 아니면 참담한 기억의 건너편에 있는 사라져 가는 것들에 대한 그리움을 붙들어 다

시 생명을 불어넣는 이야기들이었는데 이번에도 그는 이 생명의 환원 운동에 변함없이 몰두하고 있다.

이야기의 발단은 두 명의 떠돌이 비단 장사가 어느 해 질 무렵 발견한 부부의 사체와 그 틈바구니에서 살아 있는 어린 생명을 구한 '송개목'에서부터 출발한다.

떠돌이 비단 장사들로 인해 어린아이는 기적적으로 살아나 보육원에 맡겨지게 되고, 발견된 곳의 지명인 송개목이란 이름으로 6살 때까지 살다가 어느 날 근동에 사는 엄주상 집사의 집으로 입양을 가게 된다. 이후 아이는 엄 씨 성을 딴 엄성호라는 새로운 이름으로 살아간다.

갖은 고초 가운데 성장한 엄성호는 자신이 다니던 장현교회 한준기 목사의 동생인 한주옥과 사랑을 하게 되어 장래까지 약속한 사이가 된다. 그러나 한주옥은 어느 날 엄성호의 친구인 김석휘와 결혼을 하고 사라진다. 더구나 김석휘는 연못에 빠져 익사하기 직전 엄성호가 구해준 어릴 적 친구였으니 그 배신감은 상상을 초월했으리라.

극심한 혼란 가운데 방황하던 엄성호는 우여곡절 끝에 서울로 이주하고, 평생 그에게 상처를 준 한주옥과 김석휘 그리고 한준기 목사를 저주하며 살아간다.

오랜 세월이 지난 어느 날, 엄성호는 한 사람의 부음을 전해 듣는다. 바로 장현교회의 한준기 목사였다.

내키지 않는 발걸음이었지만 한준기 목사의 장례식에 참석한 엄성호는 한 목사의 서재에 붙어 있는 잊지 못할 추억의 사진과 한 목사가 죽을 때까지 자기를 위해 기도한 것을 알고 지금까지 자신이 한준기 목사를 철저히 오해하고 있었음을 깨닫게 된다.

이후 엄성호는 병든 몸을 이끌고 김석휘와 한주옥의 선교지인 아프리카로 여행차 갔다가 봉사를 결심하고 7년 동안 그곳에 머물며 선교에 전념하다 세상을 떠나는 것으로 이 이야기는 대단원의 막을 내린다.

작가 안은순은 어떻게 보면 평범할 수밖에 없는 한 사람의 이야기를 독자들에게 들려줌으로써 삶이란 화해와 인간회복의 진정성에 바탕을 두고 있다는 사실을 간단없이 설명하고 있는 것이다. 처음부터 밀도 있게 이끌어가는 그의 이야기 솜씨 역시 IT 시대에 잃어버린 소설 읽기의 재미를 다시 독자들에게 되돌려주리라 믿는다.

나의 청년시절의 놀이터는 교회였던 것 같다. 교회에 가면 동기가 있고 친구가 있었다. 같이 찬양대를 하고 주일학교도 같이 다녔다. 여름이면 원두막에 가서 수박도 먹었다. 혼기가 차면서 남자들은 취직을 해서 떠나고 여자들은 결혼을 해서 떠났다.

삼십여 년 만에 동창회에 갔다가 교회친구들을 다시 만났을 땐 친정 형제를 만난 것처럼 반가웠다. 여름이면 원두막에도 같이 가고, 주일학교도 같이 다닌 동창생 친구는 죽마고우라고 해도 좋을 것이다. 그런데 그중의 한 남자 동창생은 불신자로 산다는 것을 알았다. 아직도 교회밖에 모르는 나를

슬슬 놀리는 것이 의외다 싶었다. 『샤론의 꽃길』은 동창회에 나갔다가 뜻밖의 영감을 얻어 쓴 것이라고 해도 좋을 것 같다.

동창회 회식 중이었던 것 같다. 동창생 남자 둘이 언쟁을 했다. 당사자는 불신자가 된 교회친구와, 지금은 목사의 처남이 되었다는 교회동네에 사는 동창생이었다. 교회친구는 그날따라 농담을 하며 좌중을 웃겼는데 왜 그랬는지 모르지만 갑자기 목사들은 모두가 거짓말쟁이 위선자라고 목의 힘줄이 드러나도록 핏대를 세우며 비난했다. 이때 목사의 처남이 된 동창생이 반박을 한 것이 싸움의 발단이 되었다. 불신자가 된 친구는 발작적으로 고함을 치며 거의 칠 듯이 목소리를 높이더니 자기의 분을 삭이지 못하고 욕지기를 내뱉을 정도였다.

집에 돌아와서 생각하니 두 사람의 싸움이 이해가 안 되었다. 교회친구는 열심히 교회봉사를 했던 청년으로 어른들의 칭찬을 많이 받았었다. 반면 교회동네에 사는 친구는 청년시절 교회 주변에 살았지만 한 번도 교회에 나온 것 같지 않았다. 그런데 목사의 여동생과 결혼했다고 한다.

나중에 안 일인데 교회친구가 목사 여동생을 좋아했다는 것이다. '안 믿어도 대학도 나오고 직장 좋은 남자가 좋았겠지. 목사라고 별수있겠어?' 떠도는 추측성 소문에 나의 상상력은 날개를 달았던 것 같다. 내 소설은 이때부터 스토리를 엮으며 이삼 년 머리속에서 궁글려 구상을 했다.

60년대의 가난, 70년대의 배움에 대한 갈망, 80년대의 잘살아보려는 몸부림, 2000년대의 건축 붐과 물질만능주의를 바탕으로 쓰고 싶었다. 인격의 형성은 지혜와 지식에 따른다고 믿는다. 자기의 신분이 어떤 처지에 있을지라도 옥토와 같은 환경만 만날 수 있다면, 때에 맞는 바람만 불어준다면 고난 속에서도 꽃을 피울 수 있다고 본다. 주인공 성호가 모든 오해와 원한을 풀고 악착같이 번 많은 돈을 쏟아 마지막으로 인류애적 삶을 사는 것은 세상의 빛으로 살기를 원하는 크리스천들의 꿈이고

의무라고 생각한다. 제대로 썼는지 모르겠다. 마냥 부끄러울 뿐이다. 서랍 속에 넣어두고 삼 년이 지나도록 세월을 보냈다.

도서출판 그린아이의 이영규 장로님을 만난 것이 출판을 결심하게 했다. 그래, 나만의 소설로 끝날지라도 출판해 보자, 하는 마음으로 세상에 내놓는다. 이제는 독자들이 판단할 것이다. 나는 다만 『샤론의 꽃길』이 독자를 지루하게 하지 않기를 기도할 것이다.

관악산이 보이는 집에서

안은순

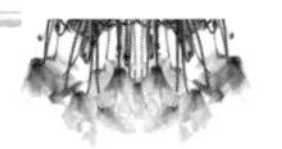

프롤로그

산동네를 벗어나자 회색빛 바다가 펼쳐진다. 두 남자는 햇빛을 받으며 해변 길을 여유롭게 걸어가고 있다. 키가 작고 목이 어깨에 붙은 듯 몽땅한 남자와 큰 키에 어깨가 구부정하게 굽은 남자였다. 행색은 초라했지만 표정은 가볍고 밝았다. 키 작은 남자는 콤퍼스로 각을 잡은 듯 일정한 간격을 유지하며 부지런히 걷는다. 키 큰 남자는 좌우로 몸을 던지듯 걸으며 노래를 흥얼거린다. 두 남자의 등에는 헐렁한 무명봇짐이 허리까지 늘어져 있다. 하얀 모래땅에는 소나무가 숲을 이루며 길게 이어져 있다. 주변은 찰싹이는 파도소리뿐 모래 길은 평화롭고 조용하다. 키 큰 남자는 시종 기분이 좋은지 빙빙 돌기도 하고 해변으로 달려갔다가 되돌아 오기도 하더니 목소리를 돋우어 창을 시작한다. 두 팔을 치켜들고 하늘하늘 흔들면서 노랫가락을 늘어놓는다. 제멋대로 부르는 것 같지만 구성지다.

"우리는 비단장수/이 동네 저 동네/방방곡곡 안 가는 곳이 없네/오늘은 만경강을 따라 걸었고/내일은 금강줄기 따라 가는/떠돌이 비단장수/양단 공단 호박단을/등에 지고/오라는 사람은 없어도/전국 방방곡곡 안 가는 곳이 없네/어화둥둥 얼씨구나/재수 좋아 절씨구나/다 팔아서 얼씨구나/집에 가니 절씨구나/집 떠난 지 석 달 만에/고향 가는 발걸음이/깃털처럼 가볍구나/어서 보자 내 새끼들/임자야, 오늘밤은 서방님을 위해 금침을 펴라~"

"기분 좋은가 보네."

키 작은 남자의 말은 짧고 단호하다.

"좋지, 좋구말구/얼씨구나 어화둥둥 절씨구나 지화자자."

키 큰 남자는 흥이 나서 창으로 화답한다. 두 팔을 들어올리고 팽이가 돌듯이 한 발을 중심축 삼아 빙글빙글 좌로 돌다 우로 돌다 한다.

"각설이 출신 아니랄까 봐 티를 내네, 티를 내."

멸시하듯 내뱉던 키 작은 남자가 앞서가던 걸음을 멈추더니 손을 들어 한 곳을 가리킨다.

"저거 사람 아녀?"

키 작은 남자가 가리킨 곳에는 사람이 쓰러져 있다. 두 남자가 서 있는 사오 미터 앞이었다. 달려가 보니 머리가 희끗희끗 반백인 한복 입은 여자와 양복 입은 남자가 피를 흘리고 쓰러져 있다. 검으틱틱한 살빛이며 입술이 이빨에 눌러붙인 듯 딱딱하게 굳은 모습으로 딱 봐도 죽은 사람이다. 검은 피가 엉겨붙어 있는 게 죽은 지 오래된 것 같다.

"총에 맞은 것 같네."

남자의 가슴과 여자의 머리에서 흘러내린 피를 보며 두 남자는 두려운 듯 주변을 살핀다. 태양은 햇살을 불덩이처럼 쏟으며 바다 쪽으로 기울어지고 있다.

"빨치산이 내려온 건가?"

두 남자는 겁먹은 표정으로 그리 높지 않은 산을 훑어 내린다. 산줄기는 완만하게 뻗어 있다. 토벌대를 피해 지리산으로 숨어든 빨치산 잔당이 마을로 내려온다는 소문도 있으니 빨치산 소행이 아니고서야 총 맞아 죽을 리가 없다. 두 남자는 머리털이 쭈뼛 선다.

"빨치산이 여그까지 내려오나 본데 빨리 벗어나자고."

두 남자는 누가 먼저랄 것 없이 도망치듯 걸음을 빨리한다. 얼마쯤 갔을까, 키 작은 남자가 갑자기 멈추어 선다. 꿈틀거리는 흙투성이 강아지를 보았기 때문이다. 자세히 보니 강아지가 아니고 돌을 갓 지난 것 같은 아기였다. 입고 있는 무명저고리와 바지에는 흙먼지가 잔뜩 묻어 있다.

"아니! 애기 아녀? 사내 애고만."

"죽은 사람들 애긴가?"

키 큰 남자는 허리를 굽혀 아기를 자세히 본다. 아기는 울기도 지친 듯 늘어져 있다. 터진 바지 가랑이 사이로 콩알만 하게 오그라든 불알과 흙투성이 고추도 보인다.

"아이고, 저 사람들이 애기를 살리려고 숨기고 총 맞았나 보네. 애기만 살아 길바닥을 헤맨 거고만. 어떡헌데?"

"지금 애기 땜에 지체할 순 없구먼. 그냥 가자고. 눈을 보니 다 죽어가는고만."

키 작은 남자는 키 큰 남자의 팔을 잡아끈다. 키 큰 남자는 주춤주춤 끌려가면서도 아기에게서 눈을 떼지 못한다. 바짝 말라붙은 입을 꼭 다문 채 두 사람을 바라보고 있는 아기는 기력은 없어도 눈 속에 애원하는 빛이 가득하다. 결국 키 큰 남자는 키 작은 남자의 팔을 뿌리치고 아기한테 달려가 등에 멘 봇짐에서 수통을 꺼내어 들었다.

"물만 먹이고 갈 거야."

"그럴 시간 없어. 저 사람들을 죽인 놈이 어디선가 지켜보고 있을지도 몰라. 우리까지 죽일지 모르니 빨리 가자고."

키 작은 남자는 째진 눈으로 키 큰 남자를 노려본다.

"먼저 가려면 가. 난 애기에게 물 좀 먹이고 갈 거구만."

키 큰 남자는 아기를 안아 올리더니 흙투성이 입에 수통의 주둥이를 대준다. 눈만 껌벅이던 아기는 수통을 끌어잡고 반도 넘게 남은 물을 순식간에 먹어치운다. 남자는 이내 봇짐에서 비단 한 자락을 꺼내어 아기에게 둘러준다.

"지서에 맡기고 가자고. 살아 있는 것을 알고도 그냥 두는 것은 죄로 가는구만. 벼락 맞을 거구만."

키 큰 남자는 아기를 안고 단호히 앞장선다. 이마에 주름을 잔뜩 모아잡고 있던 키 작은 남자는 포기한 듯 그 뒤를 따른다. 해변 길을 벗어나 산을 넘으니 동네가 보인다. 동네에서도 오리 길을 더 걸어가서야 지서를 찾는다.

"산 너머 바닷가에 오륙십 정도 먹어 뵈는 남녀가 총을 맞고 죽어 있어요. 거그서 주워온 애깁니다. 아마도 죽은 사람들의 애긴가 싶네요."

키 작은 남자가 장소와 사건에 대해 설명을 한다. 순경은 이야기를 듣더니 송개목이구만 한다.

"산에서 내려온 사람 같던가요?"

밥티기 하나짜리 순경이 묻는다.

"여자는 한복을 입었고 남자는 양복을 입고 있는 것으로 보아 산에서 내려온 빨치산 같지는 않았어요."

"죽은 사람의 소지품이나 보자기 같은 것은 없던가요?"

"피가 엉겨붙어 있어 자세히 살펴볼 경황도 없었구먼요."

"보퉁이 같은 것은 없었어라요. 죽은 두 사람과 애기뿐이었어요."

키 큰 남자가 자신있게 설명을 한다. 애기를 감쌀 보자기 같은 것이 안 보여서 자신이 가지고 있던 비단 자락을 잘랐다는 것을 상기한 때문이다.

“두 분은 어떻게 송개목을 지나가게 된 겁니까?”

“우린 비단장수요. 안 가는 데가 없지요. 비단을 다 팔고 집에 가는 길이었구만요.”

“수고했습니다. 두 분 어르신께선 여기에 주소와 성함 좀 적어두고 가세요.”

순경은 종이와 만년필을 두 남자 앞에 놓아준다. 두 남자는 서로를 바라보더니 쓰기를 주저한다.

“저희는 떠돌이 장사라 주소도 없구만요.”

키 큰 남자가 죄송하다는 듯이 말한다.

“맞습니다. 우린 집에 가는 날도 일 년이면 두세 번 정도인데 적어봐야 의미가 없습니다.”

키 작은 남자도 사양을 한다.

“그래도 애기를 안고 온 분들인데 주소와 이름은 적고 가셔야지요.”

순경의 말에 키 작은 남자가 경기도 안성군 하며 주소를 적고 최복이라고 갈기듯 이름을 쓴다. 키 큰 남자는 전북 이리시 마동, 주영길이라고 지렁이가 기어가듯 흘려 쓴다.

빌딩 주인

"탕 먹어야지? 여기 탕 갖다 줘요!"

"예~. 탕 올려요!"

서울식당은 술판이 한창이다. 땀냄새가 찌든 작업복 차림의 남자 십여 명이 두 개의 식탁을 이어 붙이고 앉아 소주잔을 돌리며 수육을 먹고 있다. 고기가 접시마다 넘치게 담겨 있다. 서빙하는 아주머니는 카운터 앞에 앉아 있는 주인여자의 지시에 따라 뜨거운 김이 나는 영양탕을 상마다 놓아주기 시작한다. 보글보글 끓고 있는 탕기에도 부드러운 고기가 가득가득 아낌없이 담겨 있다. 모두들 소주잔을 앞에 둔 채 입담이 시끄럽다. 이들 중앙에 앉은, 유난히 왜소한 남자는 아까부터 벌겋게 익은 얼굴로 아무것도 먹지 않고 담배만 태우고 있다. 무서운 식욕으로 고기를 뜯고 있는 인부들을 지켜보고 있다가 음식이 떨어지면 카운터 쪽을 향해 고기! 술! 하고 소리를 친다. 그때마다 카운

터의 주인여자는 주방을 향해 고기 올려요! 술 올려요! 하고 맞받아 소리를 친다. 마지막 탕이 식탁에 놓이자 남자는 일없다는 듯 잠바를 집어 들고 일어나더니 벨트를 채우며 휘청휘청 문을 향해 걸어 나간다.

"고기 남기지 말고 다 먹고 가게나."

남자는 출입구까지 갔다가 돌아서며 누구에게랄 것 없이 한마디 던진다. 왜소한 생김새에 비해 목소리는 굵직한 바리톤이다.

"감사합니다, 회장님. 고기와 술이 아직도 잔뜩 남았으니 저희는 더 먹고 가겠습니다."

새시 조 사장이 재빨리 몸을 일으켜 남자를 향해 허리를 구십 도로 굽히며 인사를 한다.

"내일 창문 다는 것은 차질 없겠지?"

남자는 그런 조 사장에게 위엄 있게 묻는다.

"염려 마세요, 회장님. 오늘 멍멍탕으로 배 꽉 채웠는데 이깟 술 좀 먹었다고 일 못하겠어요? 차질없게 달겠습니다."

새시 조 사장은 식당 출입문까지 따라가며 배웅한다.

"윤 사장도 내일 작업대 걷는 거지?"

"일할 사람 다 맞췄습니다."

막노동자 같지 않게 허연 얼굴에 배가 불룩 나온 남자는 앉은 자리에서 점잖게 대답한다.

"조심해서 가세요, 회장님."

오 목수도, 전기 한 사장도 앉은 채로 소리 높여 인사를 한다. 오늘따라 저희들끼리 짠 듯이 회장 칭호를 열창하는 것은 개고기를 맘껏 먹게 해 준 때문이리라. 남자는 속으로 개 한 마리 잡길 잘했다고 생각한다. 남자는 흐뭇해하며 등뒤로 손을 흔들면서 밖으로 나온다. 이십 년 넘게 생사고락을 같이한 업자들이 아닌가. 그 노력이 헛되지 않아 방 이십여 개짜리 원룸 건물을 한 채 이상은 소유하고 있는 사장들이다. 남자는 그들한테 회장으로 불리니 새삼 우쭐해진다. 그동안 베푼 공이 만만치 않음을 헤아린다. 새시 조 사장만 해도 그렇다. 방 두 칸짜리 연립에서 월세로 겨우 살았는데 남자와 일하면서부터 먹고살 걱정에서 벗어났다. 설비 윤 사장은 어떤가. 십 원 한 장 허투루 쓰지 않으면서 왕소금 냄새를 풍기며 살아서인지 누구보다 자립을 빨리 했다. 윤 사장은 지금쯤 독자적으로 자립해서 건물을 지어도 될 만큼 부자가 되었다. 그러나 윤 사장은 똘똘 뭉친 팀에 악착같이 붙어 있다. 전기 한 사장도 소형 아파트에 살며 오피스텔을 두 채나 갖고 있어서 노후대책을 단단히 해 두었단다. 한 사장은 공대 출신이지만 천성이 겸손하다. 가진 기술을 버려두지 않겠다는 신념으로 열심히 노가다 일을 한다. 남자는 누구든 자기와 일하는 한 부자로 만들어 주겠다는 신념을 가지고 사람들을 대한다. 그들로부터 오너 덕에 일류 기술자가 되고 부자가 되었다는 소리를 듣는 것에 보람을 느낀다. 그래서인지 성호건축 기술팀 멤버는 서로를 믿고 똘똘 뭉쳐 일한다.

식당을 나온 남자는 휘청이는 자세를 바로잡고자 한 발자국씩 천천히 걸음을 옮긴다. 술을 많이 한 것 같진 않은데 땅이 오르내린다. 땅이 널뛰듯이 흔들린다. 남자는 휘청휘청 갈지자로 걷던 걸음을 문득 멈춘다. 잊은 물건을 찾으려는 듯 돌아서더니 식당 건너편을 아래서부터 천천히 올려다본다. 수많은 차들이 오가는 8차선 도로 너머에 분진 포에 뒤덮인 시커먼 신축빌딩이 거대한 마술 상자처럼 하늘 높이 우뚝 서 있다. 꼭대기 층까지 올려다보려 고개를 한껏 젖힌다. 밤에 보니 건물이 더 높은 것 같다.

"와!"

자기도 모르게 감탄을 하는데 갑자기 머릿속이 핑 돌며 어질어질해진다.

"……?"

남자는 얼른 고개를 곧추 세우며 머리를 세게 흔든다.

"……."

오늘 술이 좀 과했나? 술에 약한 것은 어제 오늘의 일이 아닌데 예감이 안 좋다. 초반에 술잔을 돌리면서 몇 잔 들이킨 것 외에는 마시지 않았는데 어지러움에 땅을 짚고 주저앉는다. 몇 달 전에도 면도날로 긋는 것 같은 가슴통증이 왔던 생각이 났다. 병원에 가 봐야 하는 것 아닌가 생각했지만 자고 나니 괜찮은 것 같아 잊어버렸다. 한참 앉아 있자 어지럼증이 가라앉는다. 길에 세워 둔 오토바이를 타려던 남자는 꽂았던 키를 빼서 주머니에 넣더니 도로변으로 가서 손을 들고 섰다. 집까지 오토바이로 이십 분이면 갈 거리지만 몸이 이상하니 택시를 타기로 한다. 택시 의자에 몸을 부리고 앉으니 아프던 가슴이 조금 편안해진다. 숨쉬기도 편하다. 좀 전에 사람들이 회장님이라고 호칭하던 것이 생각난다. 그래, 이젠 회장 소리 들어도 돼. 더 이상 쩨쩨하게 안 살아도 돼. 남자는 택시를 탄 것에 대한 변명이라도 하듯 속으로 생각한다. 두 팔을 팔걸이에 올려놓고 가장 편안한 자세를 취한다. 조금 전에 본 신축 빌딩이 눈앞에 어른거린다. 입가에 미소가 저절로 그려진다.

남자는 택시를 타고 가면서 새 빌딩의 이름을 생각한다. 밑바닥부터 같이 고생한 아내 순옥의 공을 기억하고 싶다. 두 사람 이름을 한 자씩 넣으며 조합해본다. 성호와 순옥을 한참 동안 조합해 보던 남자는 무릎을 친다.

"그래, 옥성빌딩이 좋겠어. 삼성처럼 깔끔하잖아."

남자는 새 빌딩의 이름을 '옥성'이라 짓기로 한다. 구슬

옥玉에 별 성星. 순옥의 '옥' 자가 먼저 나오는 것이 조금 자존심 상하지만 성호의 '성' 자를 먼저 넣어 성옥빌딩이라 해 보니 사람 이름 같고 촌스러운데 옥성이라고 하니 삼성과 같은 대기업 이미지가 느껴지는 것이 맘에 든다. 현대, 삼성, 옥성. 수년 후엔 건축업의 상징이 될 옥성을 마음속으로 꿈꾸며 눈을 감는다.

"난 부자야! 나만큼 성공한 사람 있으면 나오라고 해!"

택시를 타고 가는 잠깐 사이에 잠이 든 남자가 잠꼬대를 한다.

"손님, 목적지에 다 왔습니다. 현대주택 앞입니다."

택시 기사가 소리를 친다.

"아, 깜빡 잠들었네. 고맙소."

남자는 자동차문을 열고 서둘러 튀어나간다.

"성공한 부자 아저씨, 차비는 주셔야지요."

택시 기사는 남자의 잠꼬대를 비꼬며 말한다.

"차비. 그렇지. 택시비 줘야지."

남자는 잠바 주머니에서 지갑을 찾아 파란 돈 한 장을 꺼내어 내민다. 택시 기사가 거스름돈을 내주려 하자 남자는 택시 문을 닫더니 그냥 휘청휘청 걸어간다.

"생긴 건 꼭 흑염소대가리 같구먼. 꼴에 부자라고? 나야 좋지!"

택시 기사는 엄지와 검지 사이에 끼인 오천 원짜리에 침을 뱉더니 주머니에 넣고 곧 차를 몰아 사라진다.

* * * *

“여보야, 우리 빌딩 이름 지었다. 옥성빌딩이라고. 당신 이름 끝자 옥에 내 이름 첫자 성을 보태서 옥성빌딩. 좋지?”

“아후! 술냄새! 오늘도 술 먹었어요? 대체 술 먹지 말라고 몇 번을 말해야 알아들을 거예요?”

순옥은 들어오자마자 횡설수설하는 남편의 말엔 반응도 않고 술냄새에 넌더리치며 소파에 엎드려 뻗은 남편의 잠바를 익숙한 손놀림으로 벗겨낸다.

“기분 좋아서 좀 마셨지. 당신 이제부턴 회장 사모님이란 것 명심해. 미장원도 그만 해. 우린 부자야. 조만간 빌딩에서 매달 몇 천만 원의 돈이 쏟아진다고.”

남자는 소파에 얼굴을 박은 채 떠들어 댄다.

“헛소리 그만 하고 씻고 주무세요. 미장원은 내가 좋아서 하는 거니까 상관하지 말어요. 서울에서 알아주는 최고의 미장원을 갖는 게 내 꿈이라고요. 그나저나 공사 끝나면 정민이 있는 미국에나 다녀옵시다.”

“좋지, 미국뿐 아니라 세계여행도 하고 싶으면 해. 이제부터 빌딩에서 돈이 쏟아진다니까. 일 안 해도 부자로 살 수 있어. 이건희가 안 부럽다고!”

남자는 소파에서 미끄러지더니 거실 바닥에 큰 대자로 뻗는다.

"수억 원이나 대출받아 지은 빌딩 갖고 너무 감격하지 말아요. 난 대출받은 돈만 생각하면 간이 떨리는구먼."

순옥은 씻지도 않은 채 떠들어 대는 남편이 못마땅한지 방으로 들어가 버린다. 남자는 마룻바닥에 누운 채 그대로 잠이 든다.

새벽녘, 순옥은 창자가 끊어질 것 같은 남편의 기침소리에 잠에서 깬다.

"밤새 여기서 잤어요? 씻지도 않고 찬 바닥에서 자니까 감기 걸린 것 아녀요?"

순옥은 이불을 꺼내다 덮어준다. 남자는 눈을 뜨고 한참을 멍하니 있더니 옆에 있는 핸드폰을 열어 본다. 나갈 시간이다. 이불을 젖힌 남자는 벌떡 일어나 화장실로 간다. 화장실에서 한동안 기침을 한다.

"당신 병원에 한 번 가봐야겠어요. 기침 소리가 수상해요."

아침 준비를 하던 순옥이 뜨거운 물을 가져다 준다.

"어제 술을 먹어서 그런 거야."

성호는 순옥이 준 물을 호호 불며 마시고서야 세면가루며 오물이 묻어 있는 작업복 바지를 벗는다. 순옥이 다른 옷을 꺼내다 준다. 입고 있던 것과 별반 다르지 않은 짙은 회색 바지다. 그 위에 잠바를 입으면 어제와 똑같은 차림이 된다.

“또 그 소리, 병 이기는 장사 없다는데 걸핏하면 술 먹은 탓을 해요. 기침소리가 이상하다니까요. 오늘은 병원에 꼭 가 봐요. 내가 같이 가줄까?”

“오늘 창문 달기로 했으니 일찍 나가봐야 해. 설비팀이 작업대도 내리기로 했거든. 뭐 먹을 것 없어? 간단하게.”

“보리새우 넣고 끓인 아욱된장국 있어요.”

“속 쓰린데 어서 줘 봐. 딱 해장국이고만.”

남자는 식탁에 앉아 아욱된장국물에 밥을 말아 훌훌 들이켠다.

“오늘 병원에 가는 거죠?”

순옥이 계란 프라이를 가져와 수저 위에 올려준다.

“오늘은 바빠. 나이 들면 다 기침을 하는 거야. 해소기침이라고. 나도 이젠 늙었다는 증거야. 이 년만 있으면 칠십이구만.”

남자는 계란 프라이를 우적우적 씹어 먹는다. 자신의 나이가 어느새 칠십을 바라본다 생각하니 마음이 조급해진다. 순옥이 블랙커피를 앞에 놓아준다. 남자는 단숨에 커피를 마시고 출근을 서두른다. 현관에서 운동화 뒤축을 잡아 올리더니 갑자기 가슴을 움켜쥔다. 작은 신음소리에 순옥이 달려온다.

"왜 그래요?"

"아무것도 아냐. 가슴이 좀 아파서."

한참만에야 가슴을 펴고 몸을 일으킨다.

"가슴이 아파요? 왜 가슴이 아프지? 그러니까 병원에 가봐요. 당신 부자 됐다고 좋아하는데 병나서 죽으면 부자된 것이 무슨 소용이어요."

순옥의 표정이 걱정스럽다.

"됐어. 난 죽고 싶어도 바빠서 못 죽어! 성가시게 병원 타령 좀 그만 해. 지금까지 병원 한 번 안 가고도 잘살았으니."

남자는 정말 병원 한 번 안 가고도 지금까지 잘 산 것을 생각하며 큰 소리를 친다. 하지만 걸을 때마다 등가죽과 가슴에 간헐적인 통증이 느껴진다. 순옥의 말이 아니더라도 병원에 가봐야 할 것 같다. 그렇지만 당장은 현장 일이 급하다. 독산동에 새로 맡아 짓기로 한 오피스텔 설계도면이 나왔다니 설계사무실에도 가봐야 한다. 한가하게 병원에 가서 건강 체크를 할 시간이 없다. 다시금 기침이 쏟아질 때는 어느새 밤이었다. 벽시계는 열두 시를 가리키고 있다.

발병

꼭대기층에서부터 작업대와 분진 망이 걷히고 있다. 그때마다 검보랏빛 대리석이 빛난다. 누더기를 입고 있는 것 같던 건물은 분진 망을 떼어낼 때마다 방금 목욕을 마친 듯 말쑥한 모습을 보여준다. 남자는 인도 끝으로 가서 목을 젖히고 꼭대기에서부터 드러나는 건물을 올려다보고 있다. 연한 보라색 구름무늬가 안개처럼 피어오르는 대리석 벽은 결혼식장에 선 신랑처럼 매혹적이다. 이제 막 동쪽에서 떠오르는 강렬한 아침 햇살은 대리석 벽에서 은빛 광채로 튀듯이 반짝인다. 이마에 주름을 깊게 모으고 눈을 가늘게 뜬 남자의 얼굴엔 땀이 끈끈하게 배어나고 있지만 눈앞에 서 있는 빌딩에서 눈을 떼지 못한다. 사월이건만 아침부터 초여름마냥 후덥지근하니 찐다. 소나기라도 한차례 쏟아질 모양이다.

윤 사장이 이끄는 인부들은 손발을 척척 맞추어 일사천

리로 일을 하고 있다. 마치 경쟁이라도 하는 듯 분진 망이 이쪽에서 주르륵 떨어지면 저쪽에서도 주르륵 떨어진다. 분진 망과 작업대가 두어 시간 만에 사라지자 십오 층 건물의 매끈한 위용이 드러났다. 남자의 가슴에 뜨거운 감동이 밀려온다. 바지 속주머니에 삼십만 원을 챙겨 넣고 경운기를 타고 서울 오던 때가 스쳐간다. 수많은 차가 씽씽 달리는 고속도로를 피해 갓길로 달리던 생각이 난다.

"근사하네요."

언제 왔는지 현장 소장 이 씨가 옆에 서 있다. 밤새워 건물을 지키는 지라 열 시까지 나오라고 하지만 인부들이 일을 시작하기 전에 먼저 나오는 버릇을 못 고친다.

"좀 더 자라니까 괜찮겠어?"

이 소장은 대답 대신 분진 망이 말끔히 걷힌 건물을 올려다보며 벌린 입을 다물지 못한다. 햇살이 이 씨의 자글자글한 주름투성이 얼굴 위로 쏟아진다.

"와! 이런 노른자 땅에 건물을 짓다니. 회장님, 정말 축하드립니다."

어느새 나타난 새시 조 사장이 라이터에 불을 켜서 내민다. 오늘도 회장 호칭을 잊지 않는다. 어제의 취기가 덜 가신 듯 불그죽죽한 얼굴이지만 목소리는 싱싱하다.

"현관문도 오늘 다는가?"

남자는 창문을 가득 싣고 온 대형 트럭을 보면서 담배를 꺼내 조 사장의 라이터에 대고 불을 붙인다.

"저 뒤에."

조 사장은 눈짓으로 대형 트럭 뒤를 가리킨다. 대형 트럭 뒤쪽에 서 있는 조 사장의 1톤 트럭에 최신형 황금색 현관문이 실려 있다. 발광채처럼 번쩍거리는 것이 화려하면서도 고급스럽다.

"오늘 다 끝낸다고 했잖아요. 저녁에 비님이 온다고 해서 서둘러 나온 겁니다."

조 사장은 비를 꼭 비님이라고 존칭한다. 조 사장이 담배 연기를 훅 뿜어낸다.

그때 설비 윤 사장이 몽키며 드라이버를 허리에 차고 저벅저벅 전투사처럼 씩씩하게 걸어 나온다. 윤 사장은 남자와 조 사장 사이로 파고들더니 고개를 직각으로 젖히고 방금 작업대를 해체한 건물을 올려다본다. 그러고는 뒷목이 아픈지 헤드캡을 벗어 옆에 있던 오토바이에 걸어놓고 바닥에 주저앉아 생수병을 들어 벌컥벌컥 마신다. 윤 사장과 손발을 맞춰 일한 인부들도 건물 밖으로 몰려나오더니 약속이나 한 듯 윤 사장 옆으로 죽 앉아서 윤 사장이 건네준 2리터들이 페트병을 들고 차례로 물을 마신다.

"좋다!"

"동네가 다 훤하네!"

인부들은 건물을 보며 한마디씩 한다.

"수고했구먼. 준공 떨어질 때까지 좀 쉬다가 내부공사 들어가더라고."

남자가 윤 사장에게 말한다.

"아시바(작업대) 다 걷었는데 시원한 커피나 먹읍시다. 회장님."

윤 사장은 남자의 눈치를 살핀다. 남자는 평소 커피로 생색을 내는 사람이 아니다. 냉커피가 아무리 먹고 싶어도 작업장에 상비된 믹스커피를 먹으라며 가버리곤 한다. 그러나 오늘은 유하게 인심을 쓴다.

"편의점에 가서 커피 좀 사다 줘요. 냉커피로. 빵도 같이."

남자는 닳아서 가장자리마다 뿌옇게 뭉개진 지갑을 꺼내 파란 돈 두 장을 빼서 소장 이 씨를 향해 내민다. 작업대를 치우던 이 소장은 바쁠 것 없다는 듯 긴 다리로 천천히 다가온다. 순간 바닥에 앉아 있던 윤 사장이 벌떡 일어나 돈을 낚아채 간다. 뚱뚱한 몸에 비해 행동은 날렵하다.

"다들 찬 캔커피 마셔!"

윤 사장은 만원권 두 장을 흔들며 편의점이 있는 골목 안으로 뛰어간다. 모두 고개를 주억이거나 손을 들어 보인다.

"노 씨는 따뜻한 커피지?"

"물을 것 없이 그냥 알아서 사와."

나이에 비해 머리에 벌써 하얗게 눈이 내린 인부가 씨익 웃는다.

"나도 뜨거운 커피를 먹고 싶으네."

간발의 차이로 돈을 빼앗긴 이 소장이 아쉽다는 표정으로 핫커피를 주문한다.

급하게 태운 담배를 발로 비벼 끄던 남자는 인부들이 커피를 마시며 잡담을 시작하자 슬그머니 승강기를 탄다. 십오 층에 올라가 보고 싶다. 벽마다 보호대가 붙어 있는 널찍한 엘리베이터가 마음에 든다. 십오 층에서 내려다보니 동네가 납작하다. 멀리 여의도의 63빌딩이 보이고 쌍둥이 빌딩과 한강까지 훤히 다 보인다. 서울이 눈아래 있는 것 같다. 두 손을 높이 들고 야호를 목청껏 외치고 싶어진다.

"됐어, 엄성호! 넌 해낸 거야!"

남자는 두 주먹을 불끈 쥐고 하늘을 바라보며 감동의 파노라마 속을 달린다. 서울로 올라오던 때를 떠올린다. 딸 정선이가 태어난 이듬해로 정선이 나이가 마흔한 살이니 서울 온 지 딱 사십 년이 맞는 것 같다. 이스라엘 백성의 광야 사십 년과 같은 세월이다. 의미 있는 세월이라고 생각한다. 지난 세월들이 한 컷 한 컷 스친다. 창고 방으로 이사했던 것부터 쓰레기를 뒤지던 넝마주이까지.

*　　　*　　　*　　　*

가슴이 아프다. 기침이 난다. 요즘 기침이 시작되면 멈추기가 힘들다. 기침을 멈추려고 가슴을 조심스럽게 두들겨 보지만 쏟아지는 기침을 멈출 수가 없다. 아내 순옥은 깊은 잠에 빠진 듯 숨소리가 고르다. 순옥이 깰까 봐 서둘러 거실로 나온다. 순옥이 깨면 병원에 가지 않았다고 타박할 것이다. 정수기에서 온수 한 잔 빼 마시며 기침을 달랜다. 현관문이 열리더니 아들 정민이가 들어온다. 벽시계는 자정을 가리키고 있다. 정민이는 미국에서 천문학 박사과정을 공부하다가 잠시 나와 있다. 헌칠한 키에 핸섬한 것이 왜소한 남자와는 다르다. 그러나 큰 허우대와 크고 시원한 눈만 빼면 남자와 많이 닮았다. 남자는 체격 좋은 아들을 볼 때면 자기의 본래 씨는 결코 작은 종자가 아님을 자위한다. 배곯며 산 어린 시절 때문에 작은 것이라 생각한다.

"아직도 안 주무세요?"

정민이는 거실에 아버지가 앉아 있으니 당황한다. 거실을 빠르게 지나 방으로 들어가려 한다.

"낮에는 늦게까지 자고 올빼미마냥 밤늦도록 노냐?"

"한국에 나오니 만날 친구들이 많네요."

"실속 없이 나대지 말거라."

"고등학교 친구들 만났어요."

"그래 여기서 얼마나 더 머물 거냐?"

"한 달은 있을 것 같아요. 그동안 여기저기 여행 좀 하고 싶어요. 공부만 하다가 유학을 가서 사람들이 한국에 대해 물어보면 아는 것이 없어 당황할 때가 많아요. 경주, 부산, 울산, 광주, 제주도, 그리고 설악산, 지리산, 한라산 정도는 가봐야겠더라고요."

"난 이 나이 먹도록 그런 곳 안 가 봤다."

"왜 여행 좀 하시지 않고."

정민이는 백팩을 소파에 던져놓고 옆에 앉는다.

"그러게 말이다."

"여행도 하던 사람이 하더라고요."

"그래서 그런지 여행 간다고 몇 백만 원씩 쓰는 사람들 보면 정신 나간 사람이 아닌가 싶더라."

"그것은 아니지요. 여행을 하면 견문이 넓어지고 세상 보는 안목이 생겨서 삶이 풍성해져요. 아버지, 저랑 전국 투어 한 번 할까요? 주차장에 세워만 두는 벤츠로 폼 나게 팔도강산 한 바퀴 돌고 와요."

"일없다. 여행하고 싶으면 너나 해라. 말리지 않을 테니."

"아버진 오토바이만 타면서 비싼 벤츠를 왜 샀어요? 자동차 타고 여행이라도 해야 자동차 산 보람이 있는 것 아니어요? 아버지가 벤츠 타는 것을 본 적이 없어요."

정민이는 아버지의 얼굴을 살피듯 바라본다.

“내가 그런 차 살 주제나 되냐? 건축비로 받은 거다. 돈이 없다는데 그거라도 받아와야지 안 그러면 돈 때문에 재판해야 할 판이라서.”

“아, 그랬군요. 어쩐지. 억지로라도 좋은 차 생겼으니 가족여행 한 번 가요. 전국일주 어때요?”

“여행은 복 많은 너나 하라니까. 차도 네가 타도 된다. 난 바빠 병원에 갈 시간도 없다.”

말을 하는데 잠시 멈추었던 기침이 다시 쏟아진다.

“아버지, 감기 걸렸어요?”

“들어가 자거라. 늙으니까 해소기침 하는 거다.”

남자는 아무것도 아니라는 듯 들어가라고 손을 내젓는다. 기침은 계속 터져 나오며 멈추어지지 않는다. 내젓던 손으로 입을 막는다. 갑자기 목구멍에서 뜨거운 것이 쏟아진다.

“아버지! 피 토했어요? 엄마! 엄마!”

정민이가 놀라서 안방 문을 열어젖힌다.

“내 그럴 줄 알았당게. 결국 각혈을 하느만.”

자다가 깬 순옥이 놀라서 물티슈를 통째 들고 달려온다. 정민이가 물티슈를 받아 듬뿍 빼서 아버지의 오물 묻은 손을 닦아준다. 다행히 피는 아니었다. 인부들과 먹은 얼큰

한 동태찌개가 뱃속에서 소화되지 못하고 나온 것 같았다.

“정민아, 빨리 차 끌고 오거라. 느 아빠가 급체했나 보다. 병원 응급실에 가야 할 것 같다.”

순옥은 서두른다.

“괜찮다. 나 당장 안 죽으니까 호들갑 떨지 마라. 이 밤중에 어딜 간다는 거냐.”

남자는 한사코 거절했지만 멈추지 않는 기침 때문에 발병 이틀 만에 병원에 간다. 엑스레이 촬영과 피검사를 한다. 두 시간 후 의사 앞에 앉으니 심각한 표정으로 큰 병원에 가서 정밀검사를 하라고 한다.

“할일이 많은데 약만 주세요.”

일이 중요한 남자는 어서 건축 현장으로 달려가고 싶은 마음 뿐이다. 준공 떨어지는 대로 내부공사를 해야 하는데 한가하게 병원에 누워 있을 시간이 없다. 독산동 오피스텔 공사를 맡은 것 때문이라도 내부공사를 서둘러야 한다. 평생 병원에 가지 않고도 잘살았는데 이것저것 검사한다며 시간 낭비에 돈까지 낭비하는 것이 맘에 안 든다.

“아저씨는 지금 심각한 병에 걸렸어요. 치료하지 않으면 죽을 수도 있어요. 하던 일 그만 하시고 쉬어야 합니다.”

의사는 단호하게 말했다.

“어디가 고장 났나요? 암인가요?”

죽을 수도 있다는 말에 남자는 의사를 빤히 바라본다. 의사의 말이 너무 단호한 것 때문에 불길함을 느낀다. 남자는 자신이 암에 걸린다는 것을 생각해 본 적은 없었지만 암에 걸리면 죽는다는 것은 알고 있다.

"정밀검사를 해봐야 알겠지만 암일 가능성이 높습니다. 진즉에 오지 않고 왜 이렇게 병을 키웠어요? 지체할 시간이 없습니다. 소견서 써 드릴 테니 큰 병원에 가보세요."

"이제 밖에 나가서 기다려주세요."

의사의 진료가 끝나자 간호사가 문 쪽을 가리킨다.

비로소 남자의 가슴이 쿵쿵 뛰기 시작한다. 죽을병에 걸렸단 말이 아닌가. 남자는 무언가를 더 묻고 싶었지만 간호사의 독촉에 밀려 진료실을 나와야 했다.

"심각한 병인가 보다. 큰 병원으로 가라는 걸 보니."

남자는 복도의자에 앉아 한동안 침묵하더니 어두운 표정으로 아내와 아들을 바라본다.

"지레 겁먹지 말아요."

순옥도 가슴이 덜컥 내려앉았지만 남편을 달랜다.

"이참에 큰 병원에 가서 모두 검사해 봅시다. 정민이가 있을 때 다니면서 검사를 받읍시다."

순옥은 아들 정민이가 같이 있으니 마음이 든든하다. 정민이가 어두운 표정으로 고개를 위아래로 주억인다.

"일을 제대로 하는지 현장에 좀 갔다가 가자고."

남자는 준공을 기다리는 현장이 궁금하다.

"현장, 현장, 당신이 죽게 생겼다는데 그놈의 현장 좀 고만 가요. 서둘러 서울대병원이나 삼성병원으로 가자."

순옥은 소리치며 정민이를 앞세우고 엘리베이터를 탄다.

"폐암입니다. 그러나 너무 염려하지 마세요. 요즘은 관리를 잘하면 다 나아요. 우선 열흘분 약을 드릴게요. 건강상태가 호전되는 것을 봐가면서 수술 날짜를 결정합시다."

일주일만에 검사 결과가 나왔다. 옥성빌딩의 준공필이 떨어진 날이었다. 설마했건만 진짜로 암이라니 남자의 얼굴이 하얗게 변한다. 말을 잃고 허적허적 걷는다. 그동안 쌓은 공든 탑이 와르르 무너져 내리는 것 같다.

"준공필 떨어졌는데요. 내일부터 내부공사할까요?"

핸드폰 너머로 이 소장의 밝은 목소리가 한없이 낯설게 들린다. 남자는 대답하지 않고 자동차에 오른다. 들고 있던 손가방으로 얼굴을 가리는데 눈물이 나온다. 죄 때문이야. 남자는 마음속으로 생각한다. 한 목사를 미워했기 때문이다. 한 목사와 결별한 후로 행복하지 않았다. 오랫동안 힘들고 외로웠다. 무지개를 찾아 산을 넘고 강을 건너 흘린 땀이 얼마인가. 서울 온 지 사십 년 만에 무지개산에 올랐는데 암이라니. 한 목사를 증오한 죄의 대가일 것이다. 사람을 미워하면 암에 걸린다던 풍문이 생각난다.

"알아서 하세요. 나한테 묻지 말고 그동안 했던 대로 해요."

남자는 이 소장의 두 번째 전화를 받자 자포자기하며 말한다.

*　　　*　　　*　　　*

"식사해요."

순옥이 이불을 젖힌다. 남자는 급히 팔을 올려서 얼굴을 가린다.

"당신 울었어? 당신답지 않네. 백번 넘어져도 백번 다 일어선 당신이 그깟 암 때문에 울어요? 처량 떨지 말고 일어나 아침 들어요. 당신은 안 죽어요. 요즘은 치료할 돈이 없어서 죽지 돈 많은 사람은 안 죽는대요. 의술이 얼마나 발달했는데요. 죽은 사람도 살리는 세상여요. 우리 돈 많잖아요. 앞으로 옥성에서 돈 쏟아질 거라고 했잖아요. 그 돈 다 들여서라도 당신 병 고칩시다. 세상에서 좋다는 약 다 써서 그놈의 암을 죽이고 당신을 살릴 거예요. 여기서 못 고치면 미국 병원에 가서라도 고칠 거예요."

순옥은 눈 하나 깜짝하지 않고 큰 소리를 친다. 남자는 순옥의 말에 마음이 한결 편해진다. 얼굴을 닦고 식탁에 앉는다. 쑥을 넣은 된장국에 열무김치와 고추조림, 고등어구이가 놓인 밥상이 정갈하다. 순옥이 정성껏 마련한 것이다. 흔하지 않은 상차림이다. 흰밥에 된장국이나 미역국만 있어도 밥을 잘 먹는 남편의 식성을 아는지라 있는 밑반찬을 통째로 죽 늘어놓는 것이 순옥의 밥상차림이었다. 남자는 그런 밥상에 정성이 없다고 탓해 본 적이 없다. 배고팠던 어린 시절을 생각하면 끼니를 거르지 않는 것으로 만족했다. 아닌 척 큰소리를 치지만 순옥도 충격을 받은 것이다. 새삼 밥상에 신경을 쓰는 것을 보아 알 수 있다. 사망선고나 다름없는 암 선고를 받았으니, 그것도 사망률이 높다는 폐암 선고다. 죽는다는 것이 자명해졌으니 살아생전에 제대로 못 챙긴 밥상이라도 잘 차려주고 싶은 것 같다. 수저 위에 생선살을 올려 주는 것도 전에 없는 살가움이다. 모래알을 씹듯 깨작이는데 눈물이 자꾸 앞을 가린다.

"울지 말아요. 당신이 우니까 나까지 눈물 나잖아요."

순옥이 기어이 엉엉 울고 만다.

* * * *

치료를 시작한 지 한 달 만에 옥성빌딩에 간다. 일층엔 벌써 은행이 개업을 했고 이층엔 딸 정선이의 변호사 사무실과 사위의 치과병원 간판이 나란히 붙어 있다. 딸의 사무실과 병원은 인테리어 작업이 한창이어서 어수선하다. 삼층은 의료 기구를 파는 업체가 들어오는지 건물 앞에서 여자 홍보요원 둘이 행인들에게 전단지를 나눠주고 있다. 사층 헬스장은 입점을 마친 듯 손님들이 들어가고 있다. 오층부턴 오피스텔이다. 한 층에 스무 개의 방이 일 미터 오십 센티의 복도를 사이에 두고 양편으로 늘어서 있다. 이백이십 개의 룸은 다 찼다고 한다. 옥상으로 가니 옥상정원이 예쁘다. 영산홍이 아기자기하다. 남산 송신탑을 바라보는 남자의 마음은 평온하다. 언제부턴가 죽으면 죽으리라 하는 마음으로 치료를 받고 있다. 사람은 언젠간 죽는다는 것을 몰랐던 것도 아니건만 헛눈질 한번 안하고 일만 한 것이 죽음을 향한 행진이었구나 싶다. 순옥은 가진 돈을 모두 털어서라도 병을 고치려 한다지만 부질없게 느껴진다. 자신이 없다. 여기까지가 내 인생인 것이다. 차분하게 갈 준비를 하자. 애초 부귀영화와는 인연이 없는데 돈을 너무 많이 번 것이다. 치료를 하면서 막연하게나마 어떤 계시를 받는다. 자수성가도 아무나 하는 것이 아니다. 술과 담배를 끊어서인지 머릿속이 맑다. 조용히 남산 쪽을 바라보는데 주머니 속의 핸드폰이 덜덜거린다. 번호만 뜨지 발신자명이 없다. 건축업계 사람이나 동창생이라면 이름을 저장해 두고 있는데 낯선 전화라 얼른 통화 터치를 못 하고 번호를 바라본다. 누굴까 아무리 봐도 모르겠다. 귀찮은 생각에 끊어버린다. 진동음은 다시 울린다.

"성호건축 엄성호 회장인데요."

전화를 끊어도 두 번 세 번 다시 걸려오니 받는다. 돈 빌려달라는 사람이라면 어림도 없다고 생각한다. 이제는 빌려준 돈도 다 걷어야 할 판이다. 저음으로 목소리를 깐다.

"성호 형! 나여요. 석리 영찬이. 장현교회 오 장로라고요."

영찬이? 잘 모르겠다. 장현교회 오 장로라니 더더구나 모르겠다. 그런데 상대방의 목소리는 당당하다. 자기를 몰라서야 말이 되냐는 듯.

"장현교회라면 월하리에 있는?"

"맞당게요. 월하리에 있는 장현교회의 오 장로라고요. 오영숙의 동생 되는 영찬이를 몰라요?"

알겠다. 까마득히 잊고 있었던 오영찬! 몇 해 전 초등동창회에 나갔다가 만난 영숙이의 말에 의하면 장현교회의 장로라고 들은 것 같았다. 영찬이는 초등학교 후배로 석리에 살았는데 현리 들판에 논이 붙어 있어 일터에서 만나곤 했다. 논두렁에 앉아 이런저런 이야기도 많이 나누었다. 70년대 말 청년이라면 공장에 취직되어 서울로 전주로 군산으로 떠났지만 영찬이와 남자는 연로한 부모님과 농사 때문에 떠날 수 없었다. 청년들이 다 떠난 촌구석에서 영찬이는 유일한 벗이었다. 나이는 몇 살 어리지만 친구처럼 어울렸다. 형 아우 하며 친형제처럼 지냈다. 한 번도 예배당에 가본 적 없다는 영찬이를 교회로 인도한 것도 남자였다. 초등학교 졸업하고 아버지를 따라 논바닥에 엎드려 일만 하는 영찬이를 교회에 데리고 가니 금방 신앙이 깊어졌다. 교회 다니니까 마음이 편해지는 것 같다고 했다. 그 영찬이가 전화를 한 것이다. 반갑다. 서울로 올라올 때 첫새벽이건만 신작로까지 나와 선물과 돈까지 건넨 인정 많은 영찬이가 아닌가. 그런 영찬이를 한 번도 잊은 적이 없다. 그런데도 영찬이라고 밝혔을 때 얼른 떠올리지 못한 것은 사십 년 만에 처음 받은 전화였기 때문이다. 바쁘게 사느라고 핸드폰까지 나온 세상이건만 불통의 삶을 살았다.

"아! 영찬이? 알고말고. 내가 영찬이를 모를 리가 있겠어. 그런데 웬일로 전화를 다하고. 정말 반갑고만."

남자는 생각지도 못한 영찬이의 전화가 반가우면서도 어색하다. 저음으로 깔았던 목소리를 한 옥타브 올린다.

"형이 전화를 안 항께 내가 하는 거지. 서울서 성공했다는디 이제나저제나 기다려도 전화 한 통 없응께."

"누나한테 소식 들었고만. 석리의 이장에다 장현교회 장로라며. 자식들도 다 잘 키워서 외국유학도 보내고 장가 시집도 잘 보냈다고 영숙이가 네 자랑 많이 하더라."

"영숙이 누나가 무단히 허는 소리지 시골에서 잘 되면 뭐시 그리 잘 될 꺼시요. 못 배운 애비보다 더 많이 배우고 도시 나가서 취직했응께 그란 거지. 어쨌든 형하고 이렇게 전화할 수 있응께 옛날 생각도 나고 보고 싶기도 하네요."

영찬이의 말솜씨는 의외로 조리가 있는 것이 장로의 품위가 묻어난다. 십 년이면 강산도 변한다는데 사십 년이나 지났으니 세상이 네 번은 바뀌었을 세월이 아닌가.

"형, 한 목사님이 많이 아프셔. 오늘 낼 하신다네. 형님이 병문안 한 번 오실라나 염치불구하고 이렇게 전화했고만. 지난날은 다 잊어뻘고 옛 정을 생각해서라도 한번 댕겨갔으면 해서. 어째 꼭 전해야 할 것 같아서 전화했구먼."

영찬이는 전라도 억양으로 덤덤하게 말한다. 남자는 이마를 찡그리며 잠시 눈을 감는다. 김지미 같던 한주옥의 얼굴이 떠오른다. 하필 폐암 선고로 코가 석 자나 빠져 있는데 한 목사 소식을 받는 것이 마음에 안 든다.

"전화 주어서 정말 고마워. 목사님 입원한 병원은 어디지? 무슨 병으로 입원했어?"

반가움 이상으로 치밀어오는 거부감을 간신히 억누르며 남자는 예의상 한 목사 안부를 묻는다.

"전주 예수병원이라고 알지? 간암이라는구먼. 오래 고생했어. 그런데 이젠 가망이 없는 것 같당게. 연세도 많으시고. 올 연세가 팔십삼 세라는구만."

그렇게 세월이 흘렀던가. 청년 전도사였던 한 전도사의 활기찬 모습을 떠올린다. 남자는 병문안을 얼른 약속하지 못하며 뜸을 들인다.

"형님 마음 나도 다 알지라요. 얼마 전에 병문안 가니까 목사님이 형님 소식을 묻대요. 서울에서 건축일을 하며 성공해 부자가 되었다고 하니까 고개를 끄덕이며 내 그럴 줄 알았어, 좀 성실한가. 지금도 하나님은 내게 그 친구를 위해 매일 기도를 하게 하네, 하시잖아. 그 말을 형님한테 전하고 싶어 이렇게 수소문해서 전화했구먼. 오고 안 오는 것은 형님 맴이지만 한 목사님 살아생전에 한 번 찾아뵙는 것이 좋을 것 같다는 생각이 드네요."

남자는 한 목사가 매일 자기를 위해 기도한다는 말에 내심 놀랐다. 믿어지지 않는다. 잘못 들은 것 아닌가 싶다.

"그 말 참말여? 한 목사가 날 위해 뭐라고 기도한대?"

남자는 대뜸 언성을 높인다. 억누르고 있던 노여움이 발작처럼 튀어오른다.

"잘 되라고 기도했겠지요. 이젠 다 풀고 화해하세요."

영찬이는 느긋한 목소리로 남자를 달래려 한다.

"은혜 모르는 놈이라며 벌 주라고 기도하는지도 모르지."

남자는 오늘의 화와 액의 근원을 확실하게 안 것 같았다. 서울로 온 뒤로 끊임없이 짓눌러 오던 어둠의 실체, 그때마다 떠오르던 한 목사라는 아픈 실루엣!

"형님, 아직도 맘 안 풀었어요? 그만 하세요. 한 목사 같은 분 없어요. 그럼 전화 끊을게요."

*　　*　　*　　*

늦은 밤이건만 남자는 소파에 앉아 생각에 잠겨 있다. 텔레비전은 혼자 떠들고 있다. 남자는 자주 물을 마신다. 반가워야할 한 목사의 소식이 목에 걸린 가시처럼 껄끄럽다. 죽는 날까지 보고 싶지 않은 사람이다. 아니, 죽기 전에 꼭 만나보고 싶은 사람이다. 그러나 병든 몸으로는 아니다. 하필 병들어 죽음의 그림자를 바라보고 있는데 한 목사 소식을 받다니. 운명의 신은 여전히 내 편이 아닌 것인가. 한 목사가 미치도록 보고 싶은 때도 많았다. 그러면서도 죽기보다 보기 싫은 것도 사실이다. 목숨이 오늘 내일 한다는 한 목사 소식에 마음이 갈팡질팡한다. 남자는 한 목사 앞에 보란 듯이 나타나고 싶었다. 성공해서 한 목사를 찾아가는 상상을 여러 번 했다. 빌딩이 완성되던 날 한 목사를 떠올린 것도 그 때문이었을 것이다. 절대 안정을 하라고 하였는데 잠이 오지 않는다. 세월이 약이라고 미움도 원망도 잊은 줄 알았는데 한 목사 소식에 그동안 죽은 듯 침잠해 있던 감정의 찌끼들이 일제히 부유하며 떠오른다. 딱지로 굳어졌던 상처가 뜯기듯 지난날의 아픔이 되살아난다.

"위선자!"

남자는 탁자를 탕 하고 소리가 나게 친다.

귀향

아직 어두운 새벽시간, 고속도로에는 차들이 무서운 속도로 달리고 있다. 정민이의 자동차는 2차선으로 조심스럽게 끼어든다. 남자는 안전하게 차선을 바꾸는 것을 지켜보더니 핸드폰을 열어 영찬이의 전화번호를 찾아 누른다. 잠자다 받은 듯 쉬고 갈라진 목소리가 들려온다. 자동차의 전자시계를 보니 다섯 시 십 분이다. 아홉 시 장례식에 늦지 않으려고 서둘러 나왔는데 너무 일찍 전화를 했나 싶다.

"일찍 전화해서 미안하구만. 나 성호인데 장례식은 장현교회에서 한다고 했지?"

"아, 성호 형! 벌써 출발했어? 아직 고인은 전주 예수병원에 있어. 발인예배는 장현교회서 한다니까 전주로 갈 필요 없이 그냥 교회로 와요. 지금 어디 오세요?"

영찬이는 잠에서 깬 듯 목소리가 한층 높아진다.

"이제 고속도로에 진입했으니까 9시까지는 교회에 도착

할 것 같구먼. 그럼 이따 보자고."

"조심혀 오세요."

"미안하구만. 지난 번 오 장로 전화 받고 바로 내려가 뵈었어야 하는데 충그리다 보니 그새 가셨구만. 은공 없는 놈 돼버렸네."

"그러게요. 그랬으면 목사님도 편히 임종했을 것인데. 아쉽구먼요. 나도 이렇게 빨리 가실 줄은 몰랐구먼요. 어쩌긋어요? 이미 버스는 떠나버렸는걸, 넘 미안해 말고 언능 오기나 혀요. 고 목사님이 장례예배 인도할 거구만요."

"고 목사님이 아직 계시는구먼."

"작년에 은퇴했지만 여그 생활이 익숙하고 좋다며 석리의 빈집 하나 사서 살고 계셔요. 장현교회는 한 목사 큰아들이 들어와 담임을 맡았고요."

"그래서 장현교회에서 발인예배를 드리는구먼. 알았응께 그리로 곧장 갈 거여. 이따 보자고."

남자는 등받이에 기대어 눈을 감는다. 생전에 한 목사를 뵙지 못한 것이 맘에 걸린다. 오래 못 살 것 같다는 한 목사 소식을 들었을 때 자신도 폐암 치료를 받고 있었으니 외출할 형편은 아니었지만 끝내 서운함을 풀지 못하고 이승과 저승으로 갈라졌다 생각하니 심장에 가시가 박힌 듯 쓰리고 아프다. 한 목사가 자신을 위해 매일 기도한다고 했던 말이 자꾸 생각난다. 믿어지지 않는다. 이해가 안 된다. 그래도 일말의 양심이 남았기에 기도를 한 것인가. 사실이라면 더욱더 용서가 안 된다. 얼마나 비열한 처사인가. 자기 좋은 대로 일을 처리해놓고 기도로 용서받고 싶었던가? 가증스럽다. 사십 년 동안 잊고 살았던 상처가 후벼파듯 아프며 새삼 분노가 치밀어 온다. 장례식에 참석하고자 길을 나선 것은 보고 싶지 않았던 한 목사가 고인이 되었다는 안도감도 없지 않았고, 결혼 약속을 파기하고 석휘와 결혼한 한주옥이 그 자리에 올 것이라는 믿음에서였다. 죽기 전에 한주옥을 만나고 싶다. 한주옥이 왜 자기를 헌신짝 버리듯 버리고 떠났는지 이유를 알고 싶다. 아니, 한주옥이 어떤 모습인지 꼭 한 번 보고 싶다.

"그런데 아버지, 웬일이세요? 오늘 병원 예약한 날인데 병원엔 안 가고 갑자기 고향에 가시다니."

새벽같이 일어나 고향에 가야 한다는 아버지의 성화에 차를 끌고 나온 정민이가 묻는다.

"운전이나 잘해라. 항암치료 안 한다고 당장 죽냐?"

"치료하다 말고 고향에 가자니까 그러지요. 무슨 좋은 일이라도 있어요?"

정민이가 백미러로 아버지를 바라본다. 남자는 얼른 대답하지 않는다. 좋은 일로 가고 싶었는데 지금 좋은 일로 가는 것인가 스스로에게 묻고 싶다.

"오늘은 아버지가 왕회장님 같네요. 벤츠를 타고 천문학 석사를 기사로 채용해서 고향에 가는 것이 말예요."

정민이는 검은 양복을 입은 아버지를 보며 싱긋 웃는다.

"아버지가 양복 입은 것 처음 보냐?"

"처음 보는 것 같아요. 작업복만 입었잖아요. 수염도 말끔하게 밀고. 고향에 잘 보여야 할 사람이라도 있어요?"

"허허허, 짜식 오버하긴. 지금 문상 가는 거다."

남자는 어처구니없다는 듯 웃고 만다. 그러나 맘속으로는 가슴이 뜨끔하다. 지금 자신은 한주옥을 만나볼 수 있다는 기대가 더 크지 않은가. 한 목사의 부음을 들었을 때 심장이 떨리리라고는 생각지 못했다. 양아버지가 돌아가셨을 때도 통곡까지는 안 했는데 비통한 마음이 차오르며 통곡이 나왔다. 아무도 없는 집에서 한참을 운 것 같다. 세상에 혼자 남겨진 것 같은 비통함이 왜 느껴진 것일까. 그러나 시간이 지날수록 자신의 졸렬함에 대한 자책과 비통함은 사라지고 가슴 깊숙이 내재된 원망과 증오심이 합리적인 타당성으로 채워졌다. 지난날의 고통을 되씹다 보니 한주옥이 어찌 사는지 궁금해진다. 둘도 없는 친구라 여겼던 석휘도 궁금해진다. 모든 고통은 한꺼번에 왔고, 거기에 대해 아무도 속시원하게 말해주지 않았다. 세월이 지났지만 그때를 생각하면 극심했던 고통이 떠올라 힘들어진다. 한주옥의 변심을 믿을 수가 없다. 결혼 약속을 하며 언약의 반지까지 주었는데 석휘한테 시집을 간 것이 의문이다. 결혼하기 전에 한주옥을 한 번만 만나게 해달라고 그렇게 애원했건만 끝내 거절한 한 목사가 의심스러웠다. 이제 한 목사는 죽었고, 한주옥은 오빠의 장례식장에 올 것이다. 이러한 생각에 미치는 순간 남자는 늦은 밤임에도 불구하고 미장원에 가서 이발을 하고 양복점에 가서 검정색 양복을 샀다. 영찬이에게 폐암으로 치료중이라는 말을 안 하길 잘했다. 죽기 전에 한주옥에 대한 의문을 풀고 싶다. 다시는 오지 않을 기회를 놓칠 수 없다고 생각했다.

"누가 죽었는데요? 할아버지와 할머니 돌아가신 뒤로 고향에 친척이 산다는 말은 못 들었는데."

정민이가 집요하게 캐묻는다.

"목사님이다. 어릴 때 날 이뻐한 목사님."

"아버지도 교회에 다녔어요?"

"짜식! 그때는 동네 애들이 다 예배당에 다녔다. 예배당에 가면 건빵도 주고 찐 우유도 주고 옥수수 가루도 주었거든."

"지금은 왜 교회에 안 가요?"

"그야 살기 바빠서지. 쓸데없는 질문 그만하고 운전이나 조심해서 해라! 그래 넌 언제 장가를 갈 거냐? 다른 집 아들들은 다 장가가서 손자까지 보았던데."

남자는 익숙한 듯 자연스럽게 말머리를 돌린다.

"아버지는 항상 그러세요. 제가 묻는 말에 대답은 안하고 대화의 화살을 나한테 돌리는 것 말예요."

정민이가 볼멘소리를 한다. 계기판의 속력이 점점 올라간다.

"야야! 속력이 너무 빠르다. 110 넘지 않게 혀라 잉."

남자가 소리를 친다. 140까지 올라가던 속도계의 바늘이 110으로 내려온다. 남자는 안도하며 등을 기대고 편하게 앉는다. 조용히 굴러가는 자동차에 앉아 창밖을 바라보자니 경운기로 상경하던 풍경이 지나간다. 탈탈탈 굴러가는 경운기를 타고 있지만 가족과 함께해서인지 희망으로 부풀었다. '서울에 가면 돈 많이 벌어 꼭 부자가 됩시다. 경운기 타고 서울 올라온 이야기 하면서 삽시다. 나는 자신 있당게.' 초라한 이삿짐 속에 쪼그리고 앉아가면서도 순옥은 희망이 넘치는 소리만 했다.

"어릴 때 나에게는 교회보다 좋은 곳이 없었다. 여섯 살 꼬마둥이가 일하지 않아도 되는 날이 있다면 교회 가는 날이었으니 안 좋을 리가 있겠냐? 말이 좋아 양아들이지 일을 해야만 밥을 먹을 수 있었던 것을 너가 이해나 하겠냐?

너그 엄마 만날 때까지 편한 밥을 먹어 본 적이 없다. 어디서 어떻게 태어난 지도 모른 채 보육원에서 여섯 살이 되도록 살았고 양아들로 들어가 꼬마둥이 머슴으로 이십여 년을 살았다."

"아버지가 고아인 것은 엄마한테 들어서 알아요. 그래서 아버지의 꿈은 돈 많이 벌어서 부자가 되는 것 아닌가요?"

"맞다. 난 평생 부자를 꿈꾸었다. 먹을 것 안 먹고 입을 것 안 입으면서 부자가 되려고 무던히도 애를 썼다. 보통 부자가 아닌 거부를 꿈꾼 것 같다. 그래서인지 아무리 벌어도 만족하지 못 했다."

"왜 그렇게 살았어요? 쓰지도 않을 돈을 왜 악착같이 벌려고 했어요?"

"글쎄다. 아마 교회 다닐 때 서원한 것 때문인 것 같다."

남자는 한참 동안 침묵하더니 의외의 대답을 한다.

"서원이 뭔데요?"

정민이는 백미러로 아버지를 보며 묻는다.

"하나님과 약속하는 것이다."

"하나님과 뭘 약속했어요?"

"부자로 만들어 주면 교회 열 개를 짓겠다고 서원했다."

"와~ 교회 하나 지으려면 수십억은 들 텐데, 열 개씩이나. 지금은 교회도 안 다니는데 지킬 필요 있어요?"

정민이가 어이없다는 듯 소리친다.

"약속은 약속이니까 지켜야지."

"어디다가 지으려고요? 누구를 위해서요?"

남자는 정민이의 물음에 대답하지 않고 아지랑이 아롱거리는 산자락을 바라보다가 쓴웃음을 짓고 만다. 부모 돈으로 미국 유학까지 한 아들이 고아였던 아비의 절박했던 서원을 어떻게 이해할 수 있겠는가. 그때는 교회 짓는 데 수십억까지 들지는 않았다. 지금은 교회도 안 나가지만 교회 지을 돈을 번다는 것이 먼 이야기 같다. 하나님이 돈을 안 주셨으니 내 탓은 아니지. 가끔 어릴 때의 서원을 생각하다가 큰돈을 안 준 하나님 탓으로 돌리곤 했다.

"너 지금 몇 살이지?"

남자가 갑자기 아들의 나이를 묻는다.

"서른둘인데요. 왜요?"

정민이가 대답하며 되묻는다. 아버지가 또 말머리를 돌리려 한다고 예상했는지 얼굴을 찡그린다.

"그 나이 때 아버진 아가 셋이었다."

"아버지, 우리 형제가 셋이었어요?"

정민이는 깜짝 놀란다. 처음 듣는 소리다.

"그려."

대답하는 남자의 눈길이 먼 들판 끝을 바라보고 있다. 아뿌지, 음마 하며 한창 재롱을 떨던 둘째 정훈이의 아장거리던 모습을 떠올린다. 또릿또릿한 눈망울에 뒤통수와 이마가 유난히 툭 나온 왕 짱구였다. 정훈이는 감기를 이기지 못하고 불덩이처럼 끓다가 눈을 뒤집더니 영원히 돌아오지 못 할 하늘나라로 갔다. 정훈이를 생각하니 울컥하는 마음에 눈 가장자리가 뜨끈해짐을 느낀다.

"너 위로 정훈이라고 형이 있었다. 부모 잘 못 만나 두 돌도 되기 전에 죽었다."

남자는 눈물 한 방울을 달고 담담히 말한다.

"왜 한 번도 형이 있었다는 말 안했어요?"

눈시울이 붉게 변하는 아버지를 본 정민이는 가슴이 먹먹해진다.

"맘 아픈데 뭐 하러 말하겠냐. 다 지나간 일이다."

고개를 돌려 차창 밖을 바라보는데 정훈이를 품에 안고 소리쳐 울던 순옥의 모습이 보인다.

'정훈아 우리 아가 정훈아, 눈 좀 떠 봐! 엄마가 잘못했다. 엄마가 잘못했다.'

기어이 눈물이 흘러내린다. 남자는 천천히 양복 주머니를 뒤진다. 손수건을 찾아내 눈 가장자리를 닦는다.

수양아들

보육원의 부엌은 언제나 깨끗하고 썰렁하다. 넓은 부엌 어디를 봐도 먹을 것이라곤 아무것도 없다. 찬장을 열어도 솥뚜껑을 열어봐도 시래기 건더기 하나 없다. 남자는 삭막하던 보육원의 부엌 풍경을 꿈에서 자주 본다. 수십 년이 지났건만 꿈을 꾸고 나면 마음이 어두워진다. 아무것도 담겨 있지 않은 그릇들, 설거지통 속의 밥그릇마저 씻은 듯 밥 한 톨 붙어 있지 않았다. 물 항아리에 물도 없다. 눈이 퀭하고 배가 불룩하게 나온 아이들은 수저를 들고 빈 밥그릇을 닥닥 긁었다. 더 먹을 밥이 없는 것을 뻔히 알면서도 빈 그릇을 닥닥 긁는 것으로 허기를 알리고 싶어 했다. 밥하는 아주머니는 모른 척 설거지만 한다. 깨끗하게 씻어내는 국솥과 밥솥이 얼마나 원망스러운지 모른다. 굶주림은 얼어붙는 한파보다 무서웠다. 물고기를 잡겠다고 몰래 나갔던 큰형아 둘이 동네 대똘(큰 내)에 빠져죽었다. 얼음 밑의 고기를 잡으려다 빠졌던지 이틀 만에 알았다. 밤이나 낮이나 배고픔 때문에 다른 생각은 할 수도 없다. 오직 소원이 있다면 배부르게 밥 한 번 먹어보는 것이다. 원장어머니는 부잣집에 수양아들로 들어가면 배부르게 밥을 먹을 수 있다고 한다. 어린 고아들은 자나깨나 수양아들이나 수양딸로 들어가는 날이 오기만을 기다렸다.

"나 살아온 이야기를 하자면 오늘 하루에 다 못 한다. 그래도 대강 들어볼래?"

창밖만 바라보고 있던 남자는 결심한 듯이 입을 연다.

"듣고 싶어요."

"어떻게 태어났는지 몰라도 난 보육원에서 자라다가 여섯 살에 수양아들로 들어갔다. 사실 몇 살인지도 확실하지 않다고 봐야지. 어쩌면 지금 나이보다 한 살 정도 더 먹지 않았을까 싶다. 키는 안 컸어도 또래의 다른 애들보다 헤아림이 있고 눈치가 빨랐으니 말이야. 어쨌든 말이 좋아 양아들이지 꼬마둥이 머슴이었다. 일을 해야 굶지 않는다는 것을 수양아들로 들어 간 여섯 살 때부터 알았다."

"누나 아들 경은이가 여덟 살이잖아요. 경은이는 아무것도 못하던데 여섯 살 때 노동의 가치를 알았다니."

정민이는 기가 차서 웃는다. 남자도 씁쓸하게 웃는다. 양어머니한테 손목을 아프도록 잡힌 채 보육원을 나오던 때를 떠올린다.

“나이는 여섯 살이고 이름은 송개목이라고 합니다.”

가무잡잡한 얼굴에 뼈가 앙상한 아이는 옆으로 길게 찢어진 눈을 깜빡이며 낯선 중년부부 앞에 서 있다. 다른 애들은 자기 이름도 말하지 못하는데 개목이라는 남자애는 또박또박 잘도 한다. 엄주상은 금방이라도 울 것 같은 다섯 살짜리 여자애보다 송개목이 맘에 든다.

“여자애가 필요해서 온 건데 더 큰 여자애는 없어요?”

남실댁은 울음을 터트리려는 다섯 살짜리 여자아이를 밀쳐내며 원장어머니한테 따지듯 묻는다. 남편이 관심을 갖는 피부가 새까맣고 눈이 찢어진 사내아이는 별로 내키지 않았다. 아이들이 올망졸망 앉아 있는 원생실을 넘어다보며 왔다 갔다 한다. 열 살쯤 되어 보이는 여자애가 부엌에서 설거지하는 것을 보고 다짜고짜 다가간다.

“난 이 애가 맘에 드는데요.”

남실댁은 튼실해 보이는 여자애를 돌려 세운다. 얼굴에 주근깨가 다닥다닥 나 있었지만 골격이 좋았다.

“걘 우리 밥하는 아주머니를 도와주는 애여요.”

원장은 탐내지 말라는 듯 다소 강직하게 말한다.

“우리 보육원에서 말귀 잘 알아듣고 몸 빠른 거로는 개목이 따를 애가 없습니다. 키가 또래보다 좀 작지만 옹골 차고 똘똘한 애랍니다. 이 애가 싫으면 이제 그만 가주세요. 아주머니가 찾는 여자애는 없으니까요."

이리저리 돌아다니며 마치 물건처럼 아이를 고르는 남실댁이 못마땅했는지 원장이 톡 쏘아붙인다.

"아니고만요. 델꼬 가요. 이 아그를 델꼬 가겠습니다. 감사합니다."

엄주상은 무엇에 홀린 듯이 송개목이라는 아이로 결정을 내린다.

"주님의 사랑으로 잘 키워주세요. 우리나라는 교육의 의무가 있으니 아까 약속한 대로 학교에 꼭 보내야 합니다."

원장은 송개목의 옷이 들어 있는 조그만 보퉁이를 건네주면서 말한다.

"고아한테 공부는 무슨 공부래요? 이 곤궁한 때에 밥 세끼 먹여주면 되었지."

남실댁은 여자애를 얻지 못한 게 맘에 안 찬 듯 기어이 한마디 한다.

"학교에 안 보내려면 델꼬 가지 마세요. 하나님 믿는 가정이라고 해서 믿음으로 잘 키우리라 생각했는데 아주머니 말씀하시는 것을 보니 믿을 수가 없네요."

원장은 송개목의 팔을 잡아끌며 쌀쌀하게 말한다.

"따슨 밥 멕여 주고 재워주면 됐지 무슨 핵교까지 보내라고 헌대요. 친자식도 핵교 못 보내는 집이 있는데."

남실댁은 아이를 빼앗으려는 듯 송개목의 다른 쪽 팔을 잡아끈다.

"일 시키려면 애초에 데려가지 마세요. 우리 원생들은 나라의 보호를 받고 있어요. 비록 좋은 음식에 좋은 잠자리는 없지만 교육의 의무엔 충실하고 있어요. 불쌍한 고아의 장래를 보장하는 것은 공부밖에 없거든요."

원장은 단호하게 송개목을 주저앉힌다. 엄주상이 공부를 가르치겠다고 번복해 보지만 남실댁을 흘끔거리며 굳은 얼굴로 아니오만 한다. 허탕을 치고 돌아온 남실댁은 잠을 자지 못하고 고민한다. 막내딸 길숙이마저 시내 중학교에 보내고 나니 적적하기도 하지만 걸핏하면 방바닥을 기어 다닐 정도로 아랫배가 아프고 뼈마디가 고롱고롱 쑤셔서 힘든 일을 못하는데 조롱박마냥 심부름이라도 시키며 부릴 아이를 꼭 데려와야 할 것 같았다. 남자애라고 싫어라 했지만 똘망똘망한 송개목이 자꾸만 어른거린다. 나중에 크면 머슴으로 부릴 수 있으니 더 좋을 텐데 당장 부엌에서 부려먹을 여자애만 생각했다. 남실댁은 마음이 급해진다. 다음 날 엄주상을 앞세우고 서둘러 보육원에 간다. 고등교육까지 꼭 마치겠습니다, 라고 쓰고 손도장을 찍고서야 송개목을 데리고 나올 수 있었다.

“그래서 아빠가 고등학교까지 나올 수 있었군요.”

정민이는 의문이 풀린다는 듯 고개를 끄덕인다.

“양부모는 나를 데리고 나온 후 생각이 달라졌다. 아홉 살이 되도록 학교에 보낼 생각을 안 하더라.”

“그런데 어떻게 공부를 하게 됐어요?”

“양부모는 그래도 고마운 분들이었다. 특히 이해심이 많았던 양아버지는 인정 많은 호인이었지.”

남자는 잠시 차창 너머를 지그시 바라본다. 성품이 온화했던 양아버지를 떠올린다. 양아버지는 보육원에서 사용하던 송개목이라는 이름부터 엄성호로 바꿔주었다. 당신의 성을 따서 자신의 아들과 같은 호자 돌림으로 이름을 지어 호적에 올려줬다. 양아버지는 여덟 살까지 무섬 타는 성호를 따뜻한 안방에서 함께 자게 했다. 시커먼 보리밥, 고구마밥, 무밥, 시래기죽 등을 먹이기도 했지만 인색하지 않았다. 어린 성호가 했던 일은 잔심부름이었다. 논갈이하는 일꾼에게 막걸리를 받아다 주고 양어머니가 일하는 밭에 물을 나르기도 했다. 좀 더 크자 소를 먹이는 일을 했다. 양아버지는 때리거나 발로 차는 폭력을 행사한 적이 없다. 다른 집에선 친아버지라도 몽둥이로 때리고 발로 걷어차는 것을 보았다. 소를 데리고 다니며 풀을 뜯기는 일은 힘들었다. 양아버지는 소 구루마를 끌고 솜리장, 징게

장, 지경장에 다녔는데 소 구루마를 끌고 나갈 일이 없을 때는 소를 데리고 다니며 풀을 먹이라고 한다. 소가 잘 따라오면 괜찮은데 보리밭이나 밀밭에 들어가면 코뚜레의 줄을 아무리 잡아당겨도 따라오지 않는다. 오히려 소한테 끌려간다. 그런 날이면 양어머니한테 남의 귀한 농작물을 다 망가뜨렸다고 머리를 쥐어박히었다.

"갸가 뭔 잘못인가? 아홉 살 아가 큰 황소를 어찌 당해!"

양아버지는 이치를 따져 양어머니를 나무란다.

양어머니는 언제나 걱정이 많았다. 날씨가 좋으면 남새밭이 마른다고 걱정하고 비가 오면 나락이 썩는다고 걱정했다. 더우면 덥다고 짜증을 내고 추우면 춥다고 동동거린다. 양어머니와 같이 있으면 마음이 불안하다. 양어머니는 성호가 열심히 일을 해도 만족해하지 않는다. 변덕도 죽 끓듯 한다. 물을 많이 퍼 쓴다고 야단하다가도 돈 안 드는 물인데 아끼지 말고 깨끗하게 빨라며 걸레를 바닥에 패대기 친다. 조석으로 변하는 양어머니와 같이 있는 시간은 힘들지만 양아버지가 있으면 양어머니의 잔소리가 연기처럼 사라진다. 양어머니는 양아버지에게 쉴 새 없이 이야기하느라 성호에게 잔소리할 것을 까맣게 잊어버린다.

양아들과 친아들이 다른 것이 있다면 친아들은 일하지 않아도 밥을 먹을 수 있고 양아들은 일하지 않으면 밥을 먹을 수 없다는 것이다. 성호는 보육원에서 나오던 날부터 밥값을 해야 했다.

“촌에는 보이는 것이 다 일이니 알아서 청소도 하고 부엌에 들어가 불도 때고 마당도 쓸고 물도 길어 항아리를 채워야 한다. 오늘은 방 청소부터 하거라. 저기 빗자루 걸려 있다.”

구루마를 타고 오느라 힘들었던지 마당 가장자리로 가서 토악질을 하던 어린애가 겨우 진정되어 토방에 오르자 양어머니가 한 첫 말이었다. 양어머니는 여섯 살짜리에게 빗자루를 쥐어준다. 작은 손에 다 쥐어지지도 않는 커다란 수수 빗자루였다. 보육원에서는 청소를 해본 일이 없는지라 어떻게 해야 할지 몰라 망설이다가 토방부터 쓴다.

“야가 야가 지금 뭐 하는 거라냐? 빗자루 가지고 장난쳐야! 올라가서 방을 쓸고 마루를 쓸라는 거지. 아~ 구야! 저놈의 닭들! 야야, 빗자루 놓고 저 닭들 다 가두어라. 저그 닭장 보이지? 헛간 옆에 있는 철망 쳐진 닭장!”

개목이는 빗자루를 놓고 닭을 쫓아간다. 닭들은 어린 개목이를 골리듯이 담장 위로 울타리 너머로 이리저리 도망치며 닭장엔 들어가지 않는다.

“닭을 가두는 것도 요령이 필요한 거다. 그렇게 뛰어다니지만 말고 이것을 이렇게 들고 천천히 몰아가거라.”

양아버지는 대나무 장대를 뉘여서 들더니 양끝을 움직여 가며 닭을 살살 몰아가 닭장에 가둔다.

"닭은 급하게 쫓으면 안 되고 천천히 몰아가야 한다."

양아버지는 개목이의 까까머리를 쓸어준다. 개목이는 처음으로 씩 웃는다. 양아버지처럼 닭을 몰아넣고 싶어진다.

보리밥에 열무김치와 된장국으로 저녁을 배부르게 먹고 나면 왜 그런지 초저녁에도 졸음이 쏟아졌다. 앉았던 자리에 누워서 한참을 잔 것 같다.

"야야, 밥값은 하고 자야지. 이것이나 고르거라."

양어머니가 내놓은 것은 콩자루였다. 상 위에 쏟아놓고 못난이 콩과 돌멩이를 골라내라 한다. 상 앞에 앉아 쭉정이나 돌멩이를 골라낸다. 양어머니는 콩을 고르면서 존다. 동네 아주머니가 볼일이 있어서 들렀다가 성호가 일하는 것을 보더니 한마디 한다.

"어린 것이 잠도 없나 보네. 늦게까지 뭔 일을 한대여."

그때마다 양어머니는 양철지붕에 감 떨어지는 소리를 한다.

"갸는 밥 안 먹남. 공밥은 없는 겨."

훤하게 해가 올라오도록 잠을 자는 길숙이 누나가 세상에서 제일 부러웠다. 해가 중천에 뜰 때쯤 일어나면 양어머니는 하얀 밥에 쇠고깃국을 차려 춥다며 밥상을 이불 위에 올려놓고 먹으라 한다. 성호는 말만 아들이지 길숙이 누나나 준호, 경호, 길호 형과는 처지가 판이하게 다르다. 준호 형이나 길호 형도 집에 오면 잠만 자다 하얀 밥에 고깃국을 먹는다. 생일날엔 닭을 잡아서 통째로 먹인다. 성호한테는 국물만 준다. 형들이 먹다가 남긴 닭껍질이라도 먹는 날은 행복하다. 그러나 그것도 성호의 차례가 되는 일은 흔치 않았다. 먹다 남은 된장국이나 시래기 국이 성호의 몫이었다.

"전 된장국이 좋아요. 보리밥에는 된장국이 더 맛있어요."

닭을 잡는 날이면 고기를 먹는 가족들을 피하다가 어쩔 수 없이 먹는 현장에 가게 되면 성호는 아무렇지 않은 듯 사양할 줄 알았다. 고기 냄새에 뱃속이 뒤집어지는 것을 참으며 뒤란에 가서 소여물에 쌀겨를 한 양동이 퍼서 섞어 준다.

"소야, 너나 나나 일을 해도 고기 한 점 없구나. 여물이라도 많이 먹을 수 있으니 고맙게 생각해라. 나도 보리밥이라도 배부르게 먹는 것이 얼마나 고마운지 모른다."

고기 국물도 없는 날이면 성호는 소에게 쌀겨를 더 많이 넣어주었다.

나이를 한 살 두 살 더 먹으면서 가장 괴로운 것은 학교에 가지 못한다는 사실이었다. 고기를 못 먹는 괴로움은 아무것도 아니었다. 아침이면 동네 아이들은 책보를 둘러

매고 학교에 갔다. 성호와 동갑내기인 찬수 명식이 용문이도 여덟 살이 되자 학교에 들어갔다. 학교에서 돌아온 아이들은 제 집으로 가지 않고 성호가 새끼를 꼬는 머슴방에 엎드려 숙제를 한다. 성호는 학교에 다니지 않았지만 공부하는 아이들의 책을 어깨너머로 보면서 조금씩 글을 깨우친다. 공부가 재미있다. 산수 공부도 어렵지 않았다. 하나 보태기 하나는 둘, 둘 빼기 하나는 하나라는 것도 금방 깨우친다. 용문이를 가르치기도 한다. 성호는 공부가 하고 싶어 아이들을 집 안으로 끌어들여 저녁까지 놀다 가게 한다. 감자나 옥수수를 먹을거리로 내놓는다. 아이들은 처음에는 성호가 주는 먹을거리 때문에 몰려왔지만 점점 오지 않게 된다. 성호는 항상 일을 하고 있으니 재미가 없었던 것이다. 잔등이나 공터에서 저희들끼리 공놀이를 하고 팽이치기 딱지치기를 하며 놀다가 집으로 가버리는 날이 더 많았다. 또래 애들이 오지 않으니 심심하다. 따돌림 당하는 바보가 된 것 같다. 마당에 쭈그리고 앉아 콩대를 두들겨 터는데 눈물이 난다. 찬수 동생 찬문이가 팽이를 자랑하러 오지 않았다면 하루 종일 울보가 되었을 것이다.

*　　　　*　　　　*　　　　*

양아버지 엄주상은 성호를 학교에는 안 보냈지만 교회학교엔 빠지지 않고 보냈다. 아무리 바쁜 농번기라도 일요일이면 성호를 포함한 온 가족이 교회에 가서 예배를 드린다. 교회에 가는 날은 밭일 논일을 안 해도 된다. 그 대신 성호가 꼭 해야 할 일이 하나 있다. 그것은 지푸라기 수세미에 쌀겨로 만든 묽은 비누를 묻혀 황토 흙에 절은 양부모의 고무신을 뽀얗게 닦아 마루 끝에 세워 놓는 일이다. 양부모는 가장 깨끗한 옷을 다림질하여 입고 성호가 눈처럼 하얗게 닦아놓은 고무신을 신고 교회에 간다. 주일학교는 나이별로 반을 배정했다. 배우는 것을 좋아하는 성호는 성경공부 시간이 즐겁다. 눈을 반짝이며 선생님의 이야기를 듣는다. 집에 오면 성경책을 펼쳐 놓고 선생님이 해준 성경이야기를 다시 읽기 시작한 것은 글씨를 알게 되면서부터다. 성경 퀴즈대회에서 일등을 한 것도 우연이 아니다.

"성호는 못하는 것이 없네. 느덜은 학교 다니면서 성호보다 못하면 쓰겄냐?"

주일학교 교사였던 안 장로네 아들 경진이 형이 성호를 칭찬한다.

"퀴즈만 잘 맞히면 다냐? 넌 학교도 안 다니는 꼬마둥이 머슴이잖아."

그런 일이 있은 뒤로 또래애들이 걸핏하면 꼬맹이 머슴! 하며 놀리기 시작한다. 헐렁한 입성에 질질 끌고 다니는 신발을 보며 흉내도 낸다. 친구들로부터 놀림을 당하니 교회 가는 것이 싫어진다. 꼬박꼬박 헌금 일환을 주며 교회에 가라는 양아버지가 원망스럽다. 예배당 입구에서 몇 번이나 도망치고 싶은 걸 참아가며 결국 예배에 참석하는 것은 예배가 끝나면 주는 간식 때문이다. 떡이나 맛있는 단팥이 든 찐빵으로 성호가 자주 먹을 수 있는 것이 아니었다. 특히 부드러운 옥수수빵은 결코 포기할 수 없었다. 집에서 보리밥에 시래기된장국만 먹는 성호에겐 단팥이 들어간 찐빵과 옥수수빵은 세상에서 제일 맛있는 음식이다.

찐빵과 옥수수빵을 먹을 수 있음에도 불구하고 예배당에 가는 것이 싫어지고 있을 때 한준기 전도사가 여름성경학교 강사로 장현교회에 왔다. 방학을 한 아이들에게 여름성경학교는 신나는 곳이었다. 간식으로 떡과 과일까지 준다는 포스터가 동네마다 붙었다. 신학대학교 졸업반인 청년 전도사는 여름성경학교에 인생을 거는 열정의 청년이었다. 한 전도사와 한 번이라도 만난 아이들은 교회 종소리가 나면 예배당으로 달려갔다. 양아버지도 성호에게 예배당에 가라고 한다. 양어머니는 주일도 아닌데 고추 따러 가야 한다며 징징 우는 소리를 하지만 양아버지는 눈 하나 깜짝 않고 머뭇거리는 성호에게 빨리 가라고 재촉한다. 끝나면 놀지 말고 냉큼 와야 한다. 양어머니는 못마땅해하면서도 붙잡지 못한다. 따가운 햇볕 아래서 고추를 따는 대신 예배당에 가다니, 기분이 너무 좋다. 성호는 낡은 셔츠에 헐렁한 바지를 입고 헐떡거리는 고무신을 끌면서 예배당으로 달려간다. 여름성경학교는 프로그램이 다양하고 재미있다. 우선 준비찬송부터 우렁찼다. 늘어지는 찬송가를 부르고 기도를 하고 알 수도 없는 이스라엘이라든가 하나님, 예수님 이야기만 하는 예배 시간과 한준기 강사가 이끄는 여름성경학교는 전혀 달랐다. 멀리 다리 건너 관동리와 청수리에서까지 아이들이 몰려오니 초가 예배당이 미어터진다. 새로 온 전도사는 〈걸리버 여행기〉라는 동화를 매일 들려준다. 재미있을라 하면 이야기를 끊고 내일 들려준다며 꼭 오라고 당부한다. 그때 들은 〈걸리버 여행기〉, 〈톰 소여의 모험〉은 지금도 기억한다. 설교시간에 들었던 〈다윗과 골리앗〉, 〈삼손과 드릴라〉도 지루하지 않고 재미있다. 집에 돌아와 잠자리에 누우면 이야기의 주인공들이 떠오르며 그들처럼 살고 싶어진다. 여름성경학교가 끝나는 날 한 전도사는 한 사람씩 앞으로 나오게 하여 기도를 해주었다. 성호의 차례가 되자 한 전도사는 성호를 꼭 안아주더니 울먹이며 기도를 했다. 성호는 그 기도의 내용을 대충 기억하고 있다. 다윗처럼 용감하여 어디서든 기죽지 않게 하시고 솔로몬처럼 지혜로워 스스로 깨달아 알게 하시고 요나단 같은 좋은 친구를 허락하사 외롭지 않게 해주세요. 그리고 주님이 허락한 옥토 같은 집에서 잘 자라 훌륭한 사람이 될 줄 믿습니다. 예수님 이름으로 기도드립니다. 아멘!

"훌륭한 사람이 뭐예요?"

성호는 한 전도사한테 용기를 내어 물었다.

"훌륭한 사람이란 가난해도 비굴하지 않고 어려운 일을 만나도 실망하지 않고 잘났어도 잘난 척하지 않으면서 남의 아픔을 보면 같이 아파하고 도울 줄 아는 사람이지. 하나님을 잘 믿고 말씀대로 살면 그런 훌륭한 사람이 된다."

"옥토는 뭐예요?"

"씨를 뿌리면 씨가 잘 나고 잘 자라게 해주는 영양분 많은 땅을 옥토라고 한단다."

여름성경학교는 성호에게 많은 것을 알게 해줬다. 여름성경학교 마지막 날, 한 전도사는 천장에 달아놓은 만국기 알아맞히기 대회를 한다며 어느 나라 국기인지 외워 오라고 했다. 성호는 형들의 지도책을 보고 국기를 밤새 외웠다. 다음 날 오락시간에 한 전도사는 각 나라의 국기를 찾게 하고, 그 나라의 수도를 맞히게 했다. 먼저 손을 들고 맞히는 사람에겐 공책이나 연필을 준다.

"장화처럼 생긴, 예수님을 십자가에 못 박아 죽게 한 빌라도의 나라로 로마가 수도인 곳은? 국기는 이렇게 생겼어요."

한 전도사가 내민 녹색과 하얀색과 빨간색 줄이 세로로 그려져 있는 국기를 본 순간 성호의 손이 번쩍 올라갔다.

"더 아는 사람 없어요?"

한 전도사는 아이들을 둘러본다. 청수면에서 왔다는 얼굴이 하얀 상고머리의 남자애가 자신 있는 듯 손을 높이 든다. 한 전도사는 성호와 상고머리 남자애를 일어서게 한다. 아이들은 학교도 안 다니는 성호가 답을 맞히겠다고 일어선 것이 이상하다는 듯 소곤거리며 못마땅한 눈짓을 하는 반면, 청수면에서 왔다는 상고머리 애한테 기대하는 눈치가 역력했다. 한준기 전도사는 성호에게 먼저 답을 묻는다. 성호는 주변의 깔보는 시선에 기가 죽은 듯 조그맣게 이탈리아라고 대답한다. 아이들은 한 전도사의 눈치를 보더니 한 전도사가 웃기만 하자 에- 하고 야유를 한다. 한 전도사는 상고머리 아이에게도 답을 묻는다. 남자애는 아이들의 응원에 힘을 얻은 듯 좌중을 향해 한 번 씨익 웃더니 당당하게 프랑스입니다, 한다. 두 사람의 대답이 다르자 한 전도사는 아이들한테 어디지요? 하고 묻는다. 아이들은 일제히 프랑스입니다, 한다. 한 전도사는 고개를 절레절레 흔든다. 성호한테 프랑스 국기를 찾아낼 수 있냐며 만국기를 가리킨다. 성호는 파란색, 하얀색, 빨간색 세로 줄로 된 프랑스 국기를 찾아 걸어간다.

"엄성호 군은 세계 국기를 정확하게 알고 있군요. 최고상인 최우수상을 드립니다. 모두 박수를 크게 쳐주세요."

한준기 전도사의 칭찬과 우레 같은 박수를 받은 성호는 비로소 예배당이 다닐 만한 곳이라고 생각한다.

"성호를 봐라. 학교도 안 다니건만 세계 국기를 다 알아맞히고. 성호가 학교 다니면 너희들 다 따라잡겠다."

상품으로 받은 공책 세 권을 들고 집으로 돌아오는데 주일학교 총무를 하는 길용이 형이 뒤따라오는 애들한테 핀잔하듯이 말한다. 언젠가 경진이 형한테 들었던 칭찬이다. 길용이 형은 전주 명문 고등학교에 떨어진 뒤 재수를 하며 잠시 전도사님을 도와주는, 석리에 사는 형이다.

그날 밤 성호는 상품으로 받은 공책을 상 위에 펼쳐놓고 글씨 연습을 한다. 가나다라마바사를 적고 또 적는다. 글씨가 안 예쁘면 몇 번이고 고쳐 쓴다.

"와! 성호 글씨 잘 쓴다. 우리들보다 잘 쓴다."

크고 반듯하게 쓴 글씨를 본 동네 아이들은 감탄을 한다.

헌 반장화와 암송대회

“아버지, 엄마는 어떻게 만났어요? 한 동네서 살았담서요. 연애했어요?”

“연애했지.”

남자는 쾌히 대답한다.

“누가 먼저 좋아했어요?”

“누가 먼저 했을 것 같냐?”

“아마도, 엄마는 아빠보다 나이가 어리니까 아빠가 먼저 좋아했을 것 같아요. 엄마는 키도 크고 날씬하잖아요. 미인은 아니지만.”

“느 엄마가 어째서. 난 이쁘기만 하다.”

“거 봐요. 아빠가 더 좋아한 것 맞지요? 엄마도 젊었을 땐 이뻤지요?”

“맘씨가 더 좋았지.”

“역시 우리 아버진 사람 볼 줄 안다니까. 아버진 엄마 만난 것이 제일 성공한 거지요?"

"맞다. 흐흐흐."

오랜만에 남자가 유쾌하게 웃는다. 순옥과의 인연은 생각할수록 신기하다. 어린 순옥은 맹랑했다.

*　　*　　*　　*

눈길은 미끄럽다. 신발이 떨어지거나 찢어져도 양어머니는 새 신발을 냉큼 사주지 않았다. 신발을 구할 때까지 양아버지의 고무신을 신고 다녀야 했다. 신었다기보다 발에 걸고 엉금엉금 걸어야 했다. 두 손에 찐 고구마를 담은 바구니까지 들고 있으니 더욱 조심을 한다. 발을 밀면서 눈길을 천천히 나아간다. 남새밭 샛길을 지나 동네 우물 앞에 있는 안 장로네 집까지 가야 하는데 배처럼 큰 신발 때문에 거북이걸음이다. 걸으면서 입으로는 무엇인가를 중얼중얼 외운다.

"여태 여그 가냐? 예배 끝나기 전에 갖다 줘야 하는데 후딱 오니라. 또 뭘 외는 거냐? 작작 좀 하그라."

성호보다 늦게 출발한 양어머니는 길에서 꾸물대는 성호를 보자 잔소리를 한다. 성호는 계면쩍게 씨익 웃는다. 양어머니는 성호의 볼을 한참 잡아당겼다가 놓아준다. 장작 패는 것 같은 목소리에 비해 꼬집힌 볼이 아프지는 않다.

"성탄절에 암송대회를 한대요. 상품이 많대요."

"니가 나가려고?"
양어머니는 꿈 깨라는 듯 눈을 부라린다.
"아부지가 예배당에서 하는 것은 다 하라고 했어요."
"야가 아주 맛들였네. 고따위 것일랑 치아뿔고 후딱 고구마 갖고 오니라 잉!"
양어머니는 등짝을 쿡 밀어댄다. 그 바람에 발끝에 간신히 걸려 있던 고무신이 홀랑 벗겨진다. 기운 양말을 신은 발이 드러난다.
"에그, 신발 하나도 야무지게 못 신고."
양어머니는 눈치를 준 후 두 팔을 휘적이며 먼저 가버린다. 성호는 아무렇지 않은 표정으로 뒤집어진 고무신을 다시 바르게 놓아 발에 걸치고 양어머니 뒤를 따라잡으려고 바장댄다. 양어머니와 거리가 자꾸만 멀어진다. 고무신이 홀라당 벗겨지기를 수없이 한다.
"우리 오빠 신인디 신어!"
탱자나무 울타리 옆을 지나갈 때였다. 미끄덩하고 벗겨진 고무신을 집어 돌려놓고 신으려는데 누군가가 밤색 고무 반장화를 성호 앞으로 내민다. 됫박머리 단발을 한 멀대 같은 순옥이 찡그린 얼굴로 서 있다. 아까부터 자기 집 양철대문 앞에서 미끄덩거리는 길과 사투하는 성호를 보고 있더니 마루 밑에 있는 밤색 반장화를 가져와 내민 것이다.

"이것 순기 형 것 아녀?"

"오빠는 새 신 샀응께. 쇠스랑에 찍혀서 물이 쪼매 새지만 그 신보다 훨라 낭께. 우리 어무니가 엿장사 오면 엿 사 먹으라고 말한 것잉께."

순기 여동생 순옥은 성호 발에 걸쳐진 어른 신발을 째려본다. 순옥이 준 헌 반장화를 들어 밑창을 보니 한쪽 신발에 쇠스랑에 찍힌 구멍 외에는 많이 낡지 않았다. 신으니 조금 큰 듯해도 벗겨지지 않는다. 양말 하나 더 껴 신으면 잘 맞을 것 같았다.

"좋네!"

성호는 웬 떡이냐는 듯 벌쭉 웃는다. 키만 컸지 아직 철없는 애로만 보았던 순옥이 보기보다 착한 것을 느낀다. 빨간색 코르덴 잠바를 입고 예배당에 나오는 여자애다. 순기 형은 선물 줄 때만 교회에 나오지만 순옥은 예배당에 매주 빠지지 않는다. 여자애라 같이 놀아본 적도 없는데 헌 반장화를 주니 신기하다. 순옥이 준 헌 반장화를 신고 날듯이 안 장로 집에 당도했을 때는 교인들이 모두 안방에 모여 있었다. 부임 전도사가 된 한 전도사가 예배를 인도하고 있고 그 앞에 검은 테 안경을 쓴 경진이 형이 깔끔한 모습으로 앉아있다. 턱 주위에 있던 수염을 말끔하게 밀고 머리도 짧게 깎았다. 안 장로와 경진이 형은 진지한 표정으로 예배를 드린다. 성호는 사람들로 꽉 찬 안방에 들어가지 못하고 있다가 방 안에서 손짓하여 부르는 양어머니한테 고구마 소쿠리를 건네고 마루구석에 끼어앉는다.

"나라의 부름을 받아 군에 입대하는 안경진 선생을 눈동자처럼 지켜주시고 늘 동행하사 군복무하는 동안 모든 위험으로부터 지켜주시고 삼 년 동안 대한민국의 자랑스러운 군인의 소임을 충성으로 잘 감당하게 하옵시고 몸 건강히 제대하길 예수님의 이름으로 기도합니다. 아멘!"

"아멘!"

한 전도사의 기도에 모두가 자기 자식인 양 같은 마음으로 아멘을 복창한다.

"이것은 성경입니다. 군복 상의 주머니에 꼭 넣고 다니며 읽어요. 전쟁터에서 가슴에 총알을 맞았지만 성경책 때문에 살아난 사람도 있습니다."

한 전도사는 경진이 형 왼쪽 가슴에 붙어 있는 주머니에 성경책을 넣어준다. 주머니에 딱 맞는 작은 성경책이다.

"감사합니다."

양어머니는 성호가 가져온 찐고구마를 상 위에 올려놓는다. 경진이 형 어머니는 뜨끈뜨끈 김이 나는 시루떡과 함께 동치미국물을 내놓는다. 누군가는 셈베이 과자를 꺼내

놓고, 박하사탕도 내놓는다. 상 위에는 금방 먹을거리가 한 상 차려진다. 경진이 형이 군에 입대한다고 정성껏 준비해 온 먹을거리다. 음식을 준비하지 않은 사람들은 돈이 든 노란 봉투를 내놓는다.

"작은 돈이지만 필요할 때 요긴하게 써라."

양아버지가 대표로 성도들이 모아 준 돈을 경진이 형 손에 쥐어준다. 고맙습니다. 경진이 형이 어른들께 큰절을 한다. 갑자기 경진이 형 어머니가 울음을 터트린다.

"울지 마! 군대 가는 아들 앞에서 맘 굳게 먹어야지 울긴 왜 울어. 경진이만 군대 가나? 남자라면 다 군에 가양께 하나님한테 맡기고 우리는 지켜달라고 기도 드리는 거지."

경호 형을 진즉 군대에 보낸 양어머니는 경진이 형 어머니의 등을 도닥인다.

"우리 경진이가 대학까지 댕겼어도 군대를 못 가서 취직을 못했는데 이번엔 신체검사에 합격되었다고 지는 좋아하지만 난 걱정이고만. 나이먹어 가건만 좋은 날 다 두고 이렇게 추운 때 간다고 허니께 왜 이리 눈물이 나는지 모르겄네."

경진이 형 어머니는 훌쩍거리며 하소연을 한다.

"군대를 다녀와야 남자구실을 할 수 있응께 3년 동안 꾹 참고 잘 다녀오거라. 공부하느라 좀 늦었지만 더 나이 많은 사람도 간다더라. 어쨌든 군에 가게 되어 다행이다. 남자는 군에 다녀와야 빙신 소리 안 듣고 떳떳한 겨. 글고 난중에 대학교수도 떳떳이 되지야. 우리 교회서 군대 간 아들이 너까지 넷이나 된다. 언제나 하나님이 동행함을 잊지 말고 힘들어도 잘 참고 견뎌야 한다."

양아버지는 경진이 형의 어깨를 다독여 준다.

"감사합니다. 국방의 의무 잘 하고 오겠습니다."

경진이 형은 공손하게 고개 숙여 한 사람 한 사람에게 인사를 한다. 안 장로 부부는 읍내까지 같이 가겠다며 경진이 형을 따라나선다.

"눈이 나빠서 못 간다더니 어떻게 통과됐대요?"

양어머니는 집에 오자마자 마루에 성경가방을 던져놓으며 양아버지에게 묻는다.

"하나님의 은혜로 통과했겠지. 감사한 일이야. 경진이는 공부를 많이 했으니 군대 다녀오면 대학교수, 못해도 중고등학교 교사는 할 수 있겠지."

양아버지는 방으로 들어가며 대답한다.

"아부지, 대학교수는 뭐 하는 거래요?"

저녁밥을 먹으면서 성호가 양아버지한테 묻는다.

"대학교에서 공부를 가르치는 사람이 대학교수란다. 고등학교까지는 선생님이라고 하지만 대학교는 교수라고 한다. 왜 그것이 궁금했냐?"

양아버지는 성호의 질문을 신기해한다.

"예, 경진이 형이 훌륭해 보여요."

"너도 공부 많이 하면 대학교수 할 수 있어. 내가 못 갈쳐서 그렇지."

"그런 가당치 않은 말을 왜 아한테 하고 그려요. 야, 헛바람 들어가게. 그르잖아도 야는 지 주제도 모르고 공부를 하고 싶어 하는디."

저녁 생각이 없다며 장롱 속을 정리하던 양어머니는 양아버지를 향해 불퉁거린다.

"성호 너, 가만 보니 공부가 무척 하고 잡픈가 본데 아예 그만둬라 잉? 몸 건강해서 일 열심히 하면 그게 젤 속 편한 거다. 그러다 보면 좋은 날도 오니라. 내 말 명심해라."

양어머니의 말에 성호는 수저를 문 채 고개를 주억인다.

크리스마스가 되자 예배당은 잔칫집이 되었다.

나중에 들은 말이지만 순옥은 성호가 교회에서 암기를 잘할 때부터 좋아했다고 한다. 인연은 하늘이 정해준다더니 순옥은 하늘이 정해준 인연임에 틀림 없다. 어린 순옥을 감동시킨 암송대회를 생각하면 지금도 기분이 좋다.

"예수 탄생을 축하합니다. 여러 가지 순서로 즐거운 시간을 갖고자 하오니 박수로 응원해주시면 감사하겠습니다."

귀여운 다섯 살짜리 여자아이의 인사말로 시작된 크리스마스잔치는 반마다 나와 그 동안 연습한 유희나 악기놀이로 예수 탄생을 축하하며 절정에 이르렀다. 성호가 참여하는 암송대회는 〈동방박사 세 사람〉이라는 연극이 끝나고야 시작되었다.

다섯 명의 아이가 단 위에 올라가 긴장된 자세로 선다. 성호는 맨끝에 서 있다. 6학년 여자애가 암송을 시작한다. 제법 또랑또랑하게 외웠지만 점점 틀리거나 건너뛰는 등 헤매다가 10절을 넘기지 못하고 멈춘다. 아쉬운 듯 울상을 짓는다.

"집에서는 다 외웠는디."

두 번째는 석리의 5학년 남자애다. 유행하는 토끼털이 붙어 있는 빨간색 나일론 잠바를 입은 키가 크고 활달한 남학생이다. 목소리를 높여 외우던 남자애는 두 절을 외우더니 버벅대다가 혀를 길게 날름 내놓는다. 모두가 와아! 웃는다. 누군가 다시 해보라고 말하자 다시 외운다. 그러나 중간에 막히어 탈락한다. 남자애는 혀를 길게 빼물고 내려간다. 세 번째도, 네번 째도 상급생이었지만 여러 번 틀리고 번복하다가 마무리를 못하고 내려간다. 기대했던 암송대회가 재미없는지 회중석 여기저기 일어나는 사람이 생긴다. 집에 가자며 아이를 부르는 어른도 있다. 성호 차례가 되었을 때는 나가는 어른들이 생기기 시작한다. 틀리지 않게 도와주세요. 성호는 하루도 빠짐없이 연습한 성경 구절을 머릿속으로 암기한다. 상으로 걸린 동화책을 꼭 받고 싶다. 키 작고 새까만 남자아이가 앞에 서니 사람들은 흥미를 더 잃은 듯 자리를 뜨고 싶어 한다. 오랜 구경에 지친 사람들은 이동하는 사람들을 보며 동요한다. 회중석은 점점 더 산만해진다. 시간만 끌고 시원스럽게 외우는 애도 없는 암송은 그만했으면 하는 표정이다. 성호의 또랑또랑한 목소리가 예배당 안에 울려퍼지기 시작한 것은 시작을 알리는 타종 소리와 함께였다.

"예수께서 무리를 보시고 산에 올라가 앉으시니 제자들이 나아온지라 입을 열어 가르쳐 이르시되 심령이 가난한 자는 복이 있나니 천국이 저희 것임이요……."

성호의 목소리는 낭랑하다 못해 깡깡 언 얼음을 깨듯 쩌렁거린다. 예배당 안은 갑자기 엄숙해지며 흔들리던 좌석이 다시 채워진다. 까맣고 자그마한 남자아이를 보려고 키를 키우며 고개를 높이 들어올린다. 뒷자리에 앉아 성호의 순서를 기다리던 엄주상 집사는 입을 벌린 채 다물지 못한다. 성호가 소여물을 쑤는 아궁이 앞에서도, 마루에 걸레질을 하면서도, 새끼를 꼬아대면서도 무어라고 시종 중얼대는 것을 보았지만 저렇게 잘 외울 줄은 미처 몰랐다. 보육원에서 데려올 때부터 똑부러지게 말할 줄 아는 아이임은 알았지만 오늘 성호의 탁월함을 확실하게 알게 된 것 같다. 어느 집 자식인지 알 수 없건만 범상한 집 아이는 아닌 것 같다. 엄주상 못지않게 감탄하는 사람이 또 있었으니 바로 한 전도사였다. 한준기 전도사는 엄 집사네 양아들 성호가 범상치 않다는 말은 들었지만 저리도 똘똘할 줄은 미처 몰랐다.

"……그러므로 하늘에 계신 너희 아버지의 온전하심과 같이 너희도 온전하라."

성호가 마태복음 5장을 48절 마지막까지 다 외우자 사람들은 일제히 박수를 쳤다. 성호는 박수소리에 놀란 듯 잠시 두리번거리더니 침을 한 번 꼴깍 삼키고는 두 눈을 크게 뜨고 낭랑한 목소리로 계속 외워 나간다.

"다 외웠는데 더 하네?"

아이들이 여기저기서 수군거린다. 선생님한테 항의하는 아이도 있다.

"암송은 마태복음 5장만 한다고 했어요."

그랬다. 원래 암송대회는 5, 6장을 외우라고 했지만 너무 길다고 해서 5장만 하기로 한 것이다.

"야야 아그들아! 자가 암송하는 것 좀 듣게 가만히 좀 있어봐라야."

어른들은 항의하거나 수군거리는 아이들을 눈짓 손짓으로 제지하며 성호의 암송을 듣고자 한다.

"그려그려 잘한다. 성호가 암송하는 것 좀 더 들어보자."

어른들은 신기하기 그지없다는 표정으로 지켜본다.

"그만! 그만 해도 성호 군이 6장까지 다 외운 것을 알 것 같아요. 저희 교회에서 암기 천재가 나왔군요. 시간관계상 엄성호 군의 성경암송은 다른 날 한 번 더 듣기로 하고 오늘은 여기서 멈추기로 하겠어요. 모두 큰 박수로 성호 군을 격려해주세요."

6장을 줄줄 외우고 있는 것을 중지시킨 것은 한 전도사였다. 사람들은 예배당이 떠나가라 박수를 친다.

"천재구만! 아주 재골이여."

어른들은 감동한 나머지 한마디씩 칭찬을 한다.

암기 실력을 인정받은 뒤로 성호는 예배당에 가는 것이 전에 없이 신이 났다. 여름성경학교 뒤로 다시 한 번 더 자신감을 갖게 된다. 부엌데기, 꼬마둥이, 꼬맹이 머슴이라고 놀리던 또래애들의 장난도 사라졌다.

날마다 쇠죽을 끓여대던 겨울이었다. 양아버지 집에 심방을 왔던 한준기 전도사가 조심스럽게 입을 뗐다.

"죄송한 말씀 좀 부탁해도 될까요."

"무슨 부탁인지는 들어봐야겠지만 전도사님 부탁인데

들어드릴 수 있다면 들어드려야지요."

한 전도사와 갈치조림, 쇠고기뭇국이 놓인 밥상을 마주하고 앉아 있던 엄주상은 수저를 놓고 기다린다. 한 전도사는 어려운 말을 꺼낼 듯 국물을 한번 떠먹더니 입을 연다.

"성호를 학교에 보내주었으면 해서요. 집사님도 아시겠지만 성호는 학습력이 뛰어난 것 같습니다. 타고난 두뇌가 너무 아까워요. 적어도 국민학교(지금의 초등학교)만이라도요. 나중에 성호가 많이 고마워할 겁니다. 머리가 우수한 애는 공부를 해야 나라에나 가정에 도움이 됩니다. 성호의 재능이 범상치 않으니 가르쳐두면 집사님한테도 좋을 것 같아요. 글씨는 어깨너머로 배워 깨우쳤다니 정식으로 공부한다면 성호에게 큰 힘이 될 것입니다. 덧셈 뺄셈은 아직 능숙하지 못한 듯하니 수셈도 배우면 살아가는데 도움이 될 겁니다."

"그렇잖아도 크리스마스 때 암기 잘하는 것을 보고 공부를 갈쳐야 할 것 같기는 한데 집사람이 워낙 병골인데다가 일손이 부족해서요."

엄 집사는 남실댁을 흘낏 보며 조심스럽게 변명을 한다.

"우리나라에는 국민의 4대 의무가 있어요. 그중 하나가 교육의 의무로, 보호자에게는 아이를 가르칠 의무가 있다는 겁니다. 성호가 비록 고아지만 대한민국 국민이니 배울

권리가 있다는 말이지요."

한준기 전도사는 이왕 입을 뗀 것 교육의 의무를 강조했다. 엄 집사는 난처한 표정을 짓는다. 마루에서 바닥에 밥그릇과 국그릇을 놓고 밥을 먹는 아내 남실댁이 자꾸 신경 쓰인다. 성호에게 공부를 시키는 것은 아내의 허락이 필요했기 때문이다. 한 전도사의 설명을 듣고 있던 남실댁이 갑자기 수저를 던지듯이 내려놓는다.

"전도사님, 내가 한마디 해도 되지라요? 성호가 지 부모 밑에서 살고 있다면 어느 부모가 공불 안 시키겄어요. 굶어 죽어도 공부는 시켜야 한다고 하겄지라요. 그나 지 복이 이러코럼 밖에 안 되는 걸 우리가 어쩌겄어요. 다 지가 박복해서 우리 집에 와서 심부름하고 사는 것 아닌가요. 쟈를 데려올 때 원장선상님도 핵교 보내라고 혔지만 우리 형편이 어디 핵교에 보낼 형편인가요. 일손이 없어서 쟈를 데려왔지 핵교 보내려고 데려온 것은 아니거든요. 쟈가 온 지도 삼 년째여요. 그동안 쟈가 한 일이라면 밥 먹고 따뜻한 방에서 잠자는 것이 전부였어요. 이제 좀 컸다고 청소도 하고 소도 먹이고 들일 밭일도 잘 도와주는데 쟈 머리가 좋다 보니 남들이 먼저 핵교 보내야 한다는 말을 하는구먼요. 우리는 좀 속상허요. 우리 아저씨가 맘이 착혀서 그동안 쟈를 주일이면 만사 제치고 예부당에 보낸 것인디 그것이 사단이구만요. 물에 빠진 사람 구해주니까 보따리 내놓란다더니 우리가 그 꼴 당하는 거지 뭐랑가요. 예부당에 안 보냈으면 이런 일은 없을 건데 아를 예부당에 보내갖고 이젠 핵교까지 보내야겠구먼요. 우리가 무슨 부자라고 공부공양까지 헌당가요?"

남실댁은 밥그릇을 들고 휑하니 일어나 마루를 내려가다 말고 돌아서더니 하고 싶은 말을 마저 한다.

"아 재주가 아까운 것은 사실이지만 소멕이고 심부름은 누가 하겠어요. 난 쟈가 먹는 것에는 아까운 맘 없지라우. 동네 애들을 한 방 가득 데리고 와서 밥을 퍼먹이든 고구마를 한 소쿠리씩 먹어치워도 야단 안하지요. 쟈도 그렇게라도 재미를 붙이고 살아야게요. 다른 것은 다 하라고 하면 하겄지만 핵교까지는 좀 어렵구만요. 알다시피 난 눈을 뜨고 숨을 쉬니까 사람이지 허깨비여요. 보기엔 멀쩡해도 심장이 나빠서 남들처럼 일을 못혀요."

남실댁은 단호했다. 숨을 헉헉 쉬는 것이 금방이라도 쓰러질 것 같았다. 한준기 전도사는 난감해하며 고개를 끄덕인다. 더 이상 성호의 학교 문제를 이야기하지 못하고 돌아갔다. 성호는 툇마루에 앉아 방에서 하는 말을 다 들었다. 학교에 보낼 수 없다는 양어머니의 단호한 말에 크게 낙담한다. 눈물이 주르륵 손등으로 떨어진다. 자기도 동네 아이들처럼 책보 매고 학교에 갈 수 있다면 얼마나 좋을까. 아침이면 하낫둘 구호를 하며 학교에 가는 아이들을 밭에 서서 바라보는 맘이 얼마나 아팠는지 아무도 모를 것이다. 그런데 학교만은 못 보내겠다니 맥이 빠진다.

"어무니, 할 일은 다 하면서 학교에 다니면 안 되어요?"

양어머니와 마주 앉아 실을 감던 성호는 양어머니가 원하는 일을 다 하면서 학교에 다닌다면 허락해줄 것 같은 생각에 용기를 내어 말한다. 졸린 듯 눈을 감은 채 실패를 돌리고 있던 양어머니는 눈을 번쩍 뜨더니 두 손에 실을 받쳐 들고 있는 성호를 물끄러미 바라본다.

"장가갈 때 일한 만큼 계산해서 땅으로 줄 것잉께 암말 말고 일이나 열심히 혀라 잉."

양어머니의 대답은 여전했다. 보육원에서 원장 어머니는 학교에 꼭 보내야 한다고 했는데 끝내 학교엔 안 보낼 것 같았다. 학교 안 보낼 거면 데려가지 마세요. 원장 어머니의 깐깐하고 단호한 목소리를 열두 번도 더 생각한다.

* * * *

"아버지의 친아버지는 어떤 사람인지 끝내 알 수 없었나요? 아버지가 암기력이 좋은 걸 보니 할아버지가 장사 같은 것을 하지 않았나 싶네요. 머리를 많이 쓰는 학교 교사를 하였던지. 그 뒤로 알아보지 않았나요?"

"모르지. 그걸 알았다면 어찌 안 찾았겠냐. 나중에 보육원에 갔을 때 알아보니 누군가 보육원으로 나를 데리고 왔는데 이름도 성도 없더라는 거야. 송개목이라는 해변에서 주워왔다고 해서 내 이름을 송개목이라고 지었다는군. 그러니까 난 하늘에서 뚝 떨어진 거나 다름 없어."

남자는 보온병 뚜껑을 열고 물을 마신다.

"그런데 어떻게 학교에 다녔어요? 아버지는 고등학교까지 나왔다고 했잖아요."

"내 나름대로 반란을 한 거지."

"반란요? 어떻게요?"

"핵교에 가고 자퍼 가출을 했지. 우리 동네에 나보다 한 살 어린 필승이와 덕근이라는 아이가 있었는데 그 애들이 도와줘서 보육원을 찾아간다고 집을 나왔다. 흐흐"

"몇 살 때요?"

"그때가 아홉 살이었지. 열 살에 학교에 입학했으니 아홉 살이 맞다."

남자는 그때가 생각나는지 허허 웃는다.

"잠시 휴게소에서 쉬었다 가자."

남자는 휴게소 안내판을 가리킨다. 정민이는 1차선에서 4차선으로 서서히 이동해 간다.

가출

“그래서 보육원엔 찾아갔어요?”

화장실을 다녀와 음료수를 한 잔씩 마시는데 어린 나이에 가출했다는 아버지의 이야기가 못내 궁금한 듯 정민이가 조급하게 묻는다.

“얘기하자면 길다. 갈길이 머니까 가면서 하자.”

남자는 생강차를 후룩후룩 마시고 먼저 차를 타러 간다. 정민이는 반쯤 남은 커피를 버리고 그 뒤를 따른다.

“청년이었던 한 전도사의 열정은 대단했다. 시골에서 아무것도 모르는 아이들한테 무언가를 깨우쳐주려고 무던히도 애를 썼지. 지금도 그런 전도사나 목사가 있는지 모르겠지만 어쨌든 한 전도사는 동네 아이들을 찾아다니며 예배당에 나오게 했으니까. 요즘 지하철이나 광장에서 예수 믿으라고 외치는 사람들처럼 소리를 치진 않았지만 재미있는 동화를 들려주고 연극을 하며 아이들의 호기심을 자극했던 것 같다. 두들겨야 소리가 나오는 라디오밖에 없던 때라 예배당에서 연극을 하거나 동화를 읽어준다고 하면 아이들이 몰려갔지. 한 전도사는 설교도 잘했지만 주일학교를 신나고 재미나게 이끌어갈 줄 알았다. 성경이야기 외에도 재미난 동화를 많이 들려주었지. 지금도 기억나는 것은 〈올리버 트위스트〉라는 동화인데, 꼭 내 이야기를 듣는 것 같더라. 올리버 이야기를 들은 뒤로 나도 집을 떠나고 싶은 거야. 올리버는 어머니를 일찍 잃고 고아원에 맡겨져 자랐는데 제대로 먹지 못해 비들비들 꽈배기처럼 말랐다고 해서 올리버 트위스트라는 이름을 갖게 되었다는구나. 부모가 누군지 어디서 태어났는지도 모른 채 송개목이라는 곳에서 주웠다고 송개목이라고 불려지던 보육원의 나를 보는 것 같았다."

"올리버 트위스트라는 이야기가 고아 이야기였어요?"

"그래. 책이란 참 대단한 힘을 발휘하는 것 같더라. 그 동화를 들은 것이 가출의 동기가 되었으니 말이다."

남자는 그때를 생각하며 울컥했는지 손을 들어 눈가를 닦는다.

여름성경학교 때 강사로 왔던 한준기 전도사는 겨울성경학교 때 또다시 왔다. 젊은 청년 전도사는 겨울성경학교를 열고 새벽예배를 시작했다. 하루도 안 빠지면 동화책을 상으로 준다고 한다.

"정말 줘요?"

예배당 숙소의 방구들이 막혔는지 불을 때도 방이 따뜻하지 않다고 하여 한 전도사는 오던 날 저녁부터 엄 집사네 사랑채에서 잤다. 성호는 방에 물주전자를 들여놓으러 갔다가 밑도 끝도 없는 질문을 한다.

"뭘 말하는 거냐?"

책상 앞에 앉아 뭔가를 적고 있던 한 전도사가 고개를 들어 성호를 보며 되묻는다.

"새벽예배 안 빠지면 동화책 준다는 것 말여요."

"정말이지. 왜 너도 동화책 받고 싶냐?"

아침까지 자도 늘 잠이 모자란 성호였지만 동화책을 선물로 준다는 말에 가슴이 뛰었다. 지난 여름성경학교 때 들었던 동화가 얼마나 재미있었던가.

"저도 하고 자픈데 여섯시에 깰랑가 모르겄어요."

"내가 깨워줄까?"

"그러문 좋지만 난 잠들면 누가 들고 가도 모른대요."

"난 들고 가지 않고 질질 끌고 갈 거다. 흐흐."

한 전도사가 웃자 성호도 같이 웃는다.

한 전도사 덕분에 성호는 새벽예배를 끝까지 안 빠지고 다닐 수 있었다. 춥고 졸렸지만 한 전도사가 깨워주니 어렵지 않았다. 얼마 후 한 전도사가 예배당 숙소로 돌아가는 바람에 깨워줄 사람이 없었지만 성호는 끝까지 새벽예배에 참석했다. 순전히 동화책을 타겠다는 집념으로 해낼 수 있었다. '동화책을 꼭 상으로 받게 도와주세요.' 성호의 기도는 오직 그 한마디였지만 간절했다. 결국 여자애 다섯과 성호가 동화책을 받았다.

집에 와서 포장지를 뜯어 보니 〈올리버 트위스트〉라는 동화책이었다. 갖고 싶었던 책이다. 너무 기뻤다. 성호는 틈만 나면 동화책을 읽었다. 읽고 또 읽었다. 슬픈 장면이 나오면 엉엉 울기도 했다. 모르는 글씨가 나오면 누구에게 물어서라도 알아냈다.

올리버 트위스트가 고난을 받으면 마음이 아팠고 올리버 트위스트가 잘 될 땐 기분이 좋았다. 책을 읽는 내내 하루빨리 올리버가 가족을 찾기 바랐다. 마침내 가족을 만나게 되고 재산을 되찾게 되자 자기 일처럼 행복했다. 그때부터 성호는 언젠가는 엄마를 찾게 되고 부자 아버지를 만날지도 모른다는 환상에 빠지곤 했다. 성호는 올리버 엄마가 무언가 남겨둔 것처럼 보육원에 자신과 관련된 무언가가 남겨져 있을지도 모른다고 상상하기 시작했다. 보육원으로 엄마가 찾으러 올지 모른다는 생각이 들기도 했다. 이런저런 생각에 일이 손에 잡히지 않던 어느 날, 성호는 한 살 아래 친구였던 필승이와 덕근이한테 속마음을 털어 놓았다.

"그럼 보육원에 가서 알아봐. 누가 알아? 니 어무니도 올리버 어머니처럼 무언가를 남겼을지도. 원장 어무니가 갖고 있는지도 모르잖아."

덕근이는 자기 일처럼 흥분하여 침까지 튀기며 말한다.

"내가 징게 가는 길 알아. 우리 어무니가 장에 갈 때 따라서 몇 번 간 일이 있응께."

필승이는 머릿속으로 김제 가는 길을 생각하느라 눈을 떴다 감았다 한다.

"그럼 필승이랑 같이 보육원을 찾아가 봐."

김제만 가면 성호도 보육원을 찾을 수 있을 것 같았다. 빨간 양철지붕에 십자가를 세운 교회가 옆에 있었던 것이 생각난다. 보육원은 탱자나무로 빙 둘러싸여 있었다.

"언제 갈 건데?"

"우리 아부지가 솜리장에 소 팔러 가는 날 가자. 황소가 설사병이 자주 난다고 팔러 간다고 했거든."

"내일이 솜리장이야. 그래서 우리 어무니도 고추 팔러 솜리장 간다고 했어. 지금 낼 장에 가려고 고추 다듬고 있어."

"그럼 잘 됐다. 내일 가자."

"좋아. 가자. 다음 주부턴 개학항께 내일 가야 긊다."

필승이는 결심한 듯 때꼽이 꼬질꼬질하게 낀 길고 시커먼 손을 내밀었다. 성호는 필승이의 손을 꼭 잡았다.

"심심한데 나도 같이 갈 겨."

필승이 단짝인 덕근이도 따라간다고 한다. 세 아이는 의기투합해서 보육원에 찾아갈 계획을 짜기 시작한다. 양아버지와 양어머니가 소 팔러 솜리장 가는 날 김제에 가기로 한 것이다. 세 아이는 손가락을 걸어 약속을 하고 각자의 집으로 돌아갔다.

아침부터 양아버지는 황소를 도랑으로 끌어다 넣고 엉덩이에 물을 끼얹는다. 덕지덕지 붙어 있는 지저분한 똥을 대빗자루로 비벼대며 떨어낸다.

"오늘 소 진짜로 팔러 가요?"

소고삐를 잡고 서 있던 성호는 소를 팔러 가는 날임을 알고 있지만 확인 차 물어본다.

"그려. 진짜로 판다. 맨날 똥만 싸고 힘을 못 쓰니 더 살 빠지기 전에 팔란다. 왜, 서운하냐? 먹이기도 힘들고 부리기도 힘든 황소는 팔고 암송아지 사 올란다. 너도 그동안 황소 끌고 다니느라 힘들었쟈? 암소는 힘 안 들 거다."

"그라문 솜리장 어무니도 가요?"

"그지. 니가 집 잘 봐야 한다. 닭이 남새밭 들어가지 못하게 지켜보고."

"알았어요. 오늘은 닭장에서 나오지 못하게 헐게요."

"너만 믿응께 그리 알그라. 참, 필요한 것 있으믄 말혀라."

"필요한 것 없어라요."

성호는 순옥이 준 반장화가 진즉부터 새고 있어 불편했지만 말하지 않기로 한다. 반장화를 내려다보고 발을 두어 번 움직여본 후 싱긋이 웃고 만다. 양아버지는 황소에게 물을 흠뻑 뿌리고 덜 떨어진 쇠똥은 낫자루 뒤쪽으로 북북 긁어댄다. 마지막으로 대빗자루를 들어 소 엉덩이를 쓸어준다. 쇠똥이 붙어 있는 엉덩이 털이 여기저기에 뭉치로 떨어진다.

"너도 가꾸니까 인물이 훤하구나. 사람이나 짐승이나 가꿔야 인물이 난다니까."

양아버지는 황소의 머리를 두 손으로 쓰다듬어 준다. 성호는 깨끗해진 소를 끌고 집으로 돌아온다. 양아버지가 싱싱한 풀과 쌀겨를 섞어 만든 여물을 통에 쏟는다.

"많이 먹어라. 그래야 네 몸값이 올라가느니라. 설사약도 먹었으니 똥싸지 말고 오늘 최고의 값을 받아야 한다."

양아버지는 꼴 해 놓은 파란 독새풀 대신 깨끗한 볏짚을 작두에 썰어서 부드러운 쌀겨를 섞어 먹인다. 사람이 먹는 한약제로 나온 소화제도 두세 개 뜯어서 섞어 준다.

"성호야, 장에 갔다 올 동안 안방에 둥글려 놓은 고추를 쬐다 내다 널거라. 비가 오는가 자주 살펴서 비가 올 것 같으면 다 담아 들여야 한다.”

양어머니는 꽃무늬 한복에 허리띠를 질끈 동여매고 나오면서 오늘 하루 일거리를 찾아 부엌으로 뒤란으로 왔다 갔다 하며 지시한다.

“예, 다 잘해놀 텡게 잘 댕겨오세요.”

성호는 방 안 가득 붉어지라고 되작여놓은 생고추를 바라보며 시원스럽게 말한다.

“나 없다고 놀지만 말고 뒷마당 풀도 뽑고 닭 모이도 잊지 말고 줘야 한다. 학독에 보리쌀 갈아 저녁밥 안쳐 놓고.”

양어머니는 마당으로 나가 시킬 것이 더 없나 찾아보다가 소를 끌고 나가는 양아버지를 보더니 허둥거리며 뒤쫓아 간다. 성호는 설거지를 하다 말고 부리나케 내달아 남새밭에 있는 뽕나무 위로 올라가 신작로를 내려다 본다. 양아버지와 양어머니가 황소를 앞세우고 하늘하늘 걸어가는 것이 보인다. 양아버지, 양어머니, 황소가 들판을 지나 무섬다리를 건너가자 뽕나무에서 폴짝 뛰어내린다.

부지런히 설거지를 하고 마당에 있는 멍석을 편 다음 방 안의 붉은고추를 내다 넌 성호는 헛간으로 뛰어가 닭모이를 바가지 가득 담아 닭장 안에 듬뿍 뿌려준다. 줄에 묶인 검둥이가 마루 밑에서 나와 눈을 동그랗게 뜨고 고개를 갸웃거린다. 검둥아, 보육원 가서 내 진짜 어무니가 놓고 간 것 있는지 알아보고 올 텡게 그동안 집 잘 지키고 있어야 한다. 검둥이의 목을 안고 머리를 만져준 성호는 부엌으로 들어가더니 찬장에 있는 찐옥수수를 자루에 담아들고 집을 나온다. 동네 끝에서 필승이와 덕근이가 기다리고 있다.

“아부지 돈 몰래 갖고 나왔어.”

덕근이의 주먹에는 일환짜리 다섯 개가 쥐어져 있다.

“그 돈으로 별사탕 사먹자.”

필승이의 눈이 커지더니 덕근이를 꼬인다.

“너그 아부지한테 혼날라고.”

성호는 괜히 겁이 난다. 성호도 돈이 좀 있었으면 좋겠다는 생각은 했지만 벽장 속에 있는 양아버지의 돈을 훔칠 수는 없었다. 그 돈은 교회헌금이라고 들었다. 양아버지는 교회헌금을 책임지는 집사였다.

“걱정 안 해도 돼. 아버지 모르게 건빵이랑 눈깔사탕도 가져왔어.”

덕근이는 불룩하게 튀어나온 바지 주머니를 보여준다. 덕근이네는 동네 모정 옆에서 구멍가게를 한다. 덕근이는 가끔 일환짜리를 들고 다닌다. 과자나 사탕도 가지고 다닌다.

“나도 옥수수 가지고 왔어. 가다가 배고프면 먹자.”

성호는 들고 나온 찐옥수수를 보여준다.

"지미럴, 어무니 가방을 아무리 뒤져도 돈이 없드라. 쪼매 있으면 우리 어무니 오니까 후딱 가자. 나보러 콩밭 열무 들고 장에 같이 가자고 하는 걸 안 간다고 도망쳐 나왔다."

필승이는 쫓기는 표정으로 두리번대더니 솔밭으로 들어가 잔솔가지 밑에 몸을 숨긴다. 성호와 덕근이도 필승이의 손짓을 따라 소나무 밑에 숨는다. 필승이 어머니가 커다란 자루를 머리에 이고 걸어오고 있었기 때문이다. 양아버지와 양어머니가 황소를 끌고 나간 들판으로 필승이 어머니도 걸어 나간다. 머리에 이고 있는 것은 콩밭에서 뽑은 열무다발인 듯 푸릇푸릇한 잎사귀가 삐죽이 보인다. 손에 든 것은 말린 고추자루인 듯한데 자루가 적지 않다. 필승이를 데리고 가려 한 이유를 알 것 같다. 필승이 어머니한테 미안한 마음이 든다. 성호 일행은 쉽게 눈에 띌 수 있는 잔등길을 피해 동네 뒤 대밭으로 해서 솔밭길로 숨어들어 동네를 벗어난다. 햇살이 환하게 깔리는 솔밭길은 지나가는 사람이 아무도 없다. 안 장로네 아주머니가 밭에서 호미질을 하고 있었지만 군대 간 경진이 형 생각을 하는지 세 아이가 뛰어가도 돌아보지 않는다. 솔밭길을 벗어나자 신작로가 나온다. 김제까지 시오리 길이라지만 잘 알지 못하니 서둘러야 점심시간 전에 당도할 것이다. 성호와 필승이, 덕근이는 모처럼의 외출이 재미있다. 자신만만한 필승이를 따라 산길을 뛰다 걷다 한다. 세 아이는 길게 뻗어 있는 신작로를 한참 동안 걸어간다. 솔밭뿐인 야산 중간에 두 갈래로 갈라지는 길이 나타났을 때까지는 자신만만했다.

"어느 길로 가지?"

두 갈래 길에서 필승이가 멈춰 선다. 이정표도 없다. 멀리 개간지 마을이라는 황토마을이 보인다. 똑같은 모양의 초가집들이 올망졸망 붙어 있는 것이 소꿉동네 같다. 필승이는 개간지 마을을 어머니하고 김제장 갈 때 본 것도 같고 안 본 것도 같았다.

"너가 길 안다고 했잖아, 어디로 가는지 알아내."

덕근이가 필승이를 몰아세운다. 키만 컸지 소처럼 순한 필승이는 주변을 돌아보더니 저 길로 가야 할 것 같다며 새로 닦은 큰 길을 가리킨다. 올망졸망한 개간지의 초가집 반대쪽에 판대기로 만든 울타리가 깔끔한 외딴 초가집이 있는 길이다. 양철대문 앞에서 시커먼 개가 짖고 있다.

"어무니하고 가는데 저 개가 내 다리를 물었어. 다행히 바지만 찢어졌지만."

한 시간도 더 걸은 것 같은데 나타나야 할 김제읍이 아닌 포도과수원이 나타났다.

"포도밭 같은 것은 없었는디."

필승이는 포도밭을 바라보며 고개를 갸웃거린다. 이리저

리 뛰어다니며 주변을 둘러보기도 한다.

"잘못 왔는가 벼!"

필승이는 당황한 듯 큰 눈을 더 크게 뜬다.

"니가 안다고 혔잖어. 알지도 못함서 안다고 혔어?"

덕근이는 겁이 나는지 눈을 흘기며 입술을 씰룩거린다.

"이 길이 맞는 줄 알았지 잘못 온 줄 알았겠냐?"

필승이가 불퉁거리는 덕근이를 흘겨본다.

"저기 포도밭에 가서 사람들한테 길을 물어보자."

성호는 포도밭으로 들어갔다. 포도밭에서 일하던 사람들은 아이들이 오는 것을 보고 포도 훔쳐 먹으려는 도둑인 줄 알고 소리치며 나가라고 손짓을 한다.

"징게 가려고 허는디 어디로 가야 혀요?"

성호는 나가라는 손짓에 멈춰선 채 묻는다.

"너그들 어디서 온 아그들이냐? 쓰리꾼하다가 도망친 아그들 아녀?"

밀짚모자를 쓴 운동선수처럼 건장하게 생긴 아저씨가 뚜벅뚜벅 걸어오더니 세 아이를 위아래로 훑어본다.

"아녀요. 징게 은혜보육원을 찾아가는디 길을 잃었어요."

성호가 말했다.

"거기는 왜? 너그들 고아원서 살던 애들이냐?"

"지가 애기 때 살았어요."

"지금은 어디서 살고?"

"현리서 살아요."

"현리? 현리가 어디야? 어이! 현리가 어디여?"

아저씨는 일하고 있는 다른 사람들한테 소리친다.

"야들이 현리서 징게 은혜보육원 가다가 길을 잃었다네. 현리가 이 근동에 있어?"

마른 체격에 얼굴이 곱상한 남자가 밀짚모자를 벗으며 다가오더니 목장갑을 벗고 흙바닥에 앉으며 대답한다.

"청수면에 현리라고 있는 것 같어요."

"아, 장현교회가 있는? 현리는 군산 가는 쪽에 있으니 여기서는 시오릿길인데 야들이 거기서 온 거야?"

"예."

"그런디 너그들이 은혜보육원에 간다고? 뭐 하려고?"

"제 부모가 누군지 알아보려고요."

"야 똑똑하네. 지 뿌리를 찾으러 간다는 말 아녀. 너 몇 학년이냐?"

"학교는 안 다녀요."

"너그들도 고아야?"

얼굴이 곱상한 남자가 필승이와 덕근이한테 묻는다.

두 아이는 고개를 절레절레 흔들어댔다.

"야가 징게 가는 길을 안다고 해서 같이 왔어요."

성호가 필승이를 가리켰다. 덕근이가 맞다는 듯 고개를 주억인다.

"아! 너가 고아로 뿌리를 찾고 싶어 하니까 이 아그들이 너하고 같이 예전에 살았던 고아원을 찾아가다가 길을 잃었단 말이지? 너그들 부모님한텐 말하고 나왔어? 아니지? 얼굴에 쓰였다 쓰였어."

세 아이는 똑같이 고개를 주억였다.

"여기서 징게 가려면 걸어서는 못 간다. 차 타고 가야는디? 느덜 돈 있어?"

"있어요."

덕근이가 주머니에 넣어둔 돈을 꺼내 보인다.

"오환? 사탕값 갖고는 셋이 버스 못 탄다. 그건 다시 넣고……."

운동선수 같은 남자는 튼튼하게 생긴 턱을 잡고 생각에 잠기더니 밀짚모자를 벗어 든다.

"가는 방법은 내가 알려줄 텡게 걱정하지 말그라. 그 대신 이 포도를 저기까지 날라주어야 한다. 한 사람이 두 바구니씩만 옮겨주라. 그라고 점심 때니까 밥 먹은 후 저기 있는 포도까지 날라주면 내가 버스 태워주마."

건장한 남자는 세 아이를 포도밭으로 밀어넣는다.

"한 바구니씩 두 번 나르는 거다. 이렇게 가슴에 안고 나르면 된다."

곱상한 얼굴의 남자가 포도 나르는 법을 시범적으로 보여 준다. 가슴에 꽉 차는 바구니여서 보기보다 무겁다.

"전국에서 종이 봉지를 씌운 포도밭은 우리뿐이다. 우리나라에서 최고로 좋은 포도는 우리 포도밭에서 나온다. 황단 포도라고 들어봤냐? 서울에서도 알아준다. 내가 연구해서 재배한 거다. 사람이 성공하려면 다른 사람보다 열 배 스무 배 노력하고 일해야 한다. 포도를 잘 나르는 것도 기술이다. 이것을 힘 안 들이고 나르는 법을 먼저 깨닫는 사람이 부자가 된다는 말이다. 너 알았어?"

얼굴이 곱상한 남자는 낑낑거리며 포도 바구니를 안고 가는 성호의 머리를 툭 친다.

"예!"

성호는 포도원 집 남자가 하는 말이 맘에 들어 큰 소리로 대답한다.

포도원에서 점심까지 잘 얻어먹고 차비를 받아 버스를 타고 김제에 도착했을 때는 세 시가 훨씬 지났다. 버스에서 내린 세 아이는 은혜보육원을 찾을 길이 막막하다. 빨간 양철지붕에 십자가가 있는 교회는 몇 군데 있었지만 은혜보육원은 없었다. 탱자나무 울타리도 보이지 않는다.

"은혜보육원 알아요?"

길가에 앉아서 옥수수를 꺼내어 먹던 성호가 지나가는 할머니를 보자 일어나서 묻는다.

"보육원? 고아원이라면 무슨 교회 옆에 있었던 것 같은데 지금도 있는지 모르겠네. 이 길로 쭉 올라가다가 교회가 보이면 물어보거라. 교회에 가면 알지도 모릉게. 어디서 고아원을 본 것 같기는 한다."

몸뻬 바지에 가르마를 타고 비녀를 꽂은 할머니는 성호 일행이 고맙다고 인사를 하고 간 후에도 한참 서서 고개를 갸웃갸웃한다.

"은혜보육원 알아요?"

포목상이 늘어서 있는 중앙시장에서 연탄을 나르는 아주머니한테 다시 묻는다.

"은혜보육원? 아, 은혜교회에 있는 보육원을 찾는 거냐? 그 보육원이라면 저기 노래 나오고 있는 전파사 보이지? 그 길로 쭉 가면 나온다."

다행히 연탄 장사 아주머니가 은혜보육원을 알았다. 성호는 고개를 깊이 숙여 인사하고는 어깨에 메고 있는 옥수수 자루의 무게도 잊은 채 달려간다.

은혜교회 옆에 은혜보육원이라고 쓴 명패가 탱자나무 담이 아닌 벽돌 담 기둥에 붙어 있다.

"원장 어무니! 원장 어무니!"

벨을 눌러도 고장이 났는지 소리가 나지 않는 양철대문 앞에서 성호가 안쪽에 대고 소리를 친다. 양철대문을 두들기고 흔들어댄다. 필승이와 덕근이도 같이 두들긴다.

"너희들 누군데 여기서 시끄럽게 야단이냐!"

교복을 입은 주근깨가 많은 여학생이 의아해하며 째려본다. 알 것 같은 얼굴이다.

"저 원장 어무니 찾아왔는디요."

"어머, 너 개목이구나. 많이 컸네. 아이고, 시커메라. 왜 이렇게 탔어?"

여학생은 성호를 기억했다. 대문 옆으로 손을 넣어 끈을 잡아당기자 문이 열린다.

"개목이가 누구야? 성호 널 그렇게 부르는 거야?"

덕근이가 성호를 쿡 찌르며 바라본다.

"쉿! 나중에 말할게."

성호는 덕근이 입을 손으로 덮는다.

"들어가. 원장 어무니도 니가 어떻게 지내는지 궁금하다고 했는디 잘 찾아왔네? 그런디 야들은 누구야?"

"우리 동네 친구들."

"에게- 친구가 어리네."

"일학년이여."

"일학년 애들하고 놀아?"

"……."

난 학교도 못 갔는데 누가 나하고 놀아주겠어? 성호는 마음속으로 하소연했을 뿐 말하지 않는다. 여학생을 따라 꽃이 많이 핀 마당을 지나 납작한 돌이 깔린 길에 들어서자 밥하는 아주머니가 나온다.

"은숙이 오는구나."

"예."

"그런데 야들은 누구냐?"

"개목이가 친구를 데리고 왔어요."

"뭐? 개목이가 왔다고?"

은숙이의 목소리에 달려나온 것은 원장 어머니였다. 여름이라 문을 열어놓았기 때문에 목소리가 들린 것이다.

"개목이가 맞구나. 그동안 많이 컸네. 얼굴색도 좋고. 집사님 집이라 굶기지는 않은 모양이구나. 그런디 여기를 어떻게 찾아왔어? 어떻게 알고?"

원장 어머니는 성호를 보자 깜짝 놀라며 반겨 준다. 조그맣고 깡말랐던 아이가 토실하니 탱탱해진 몸집으로 나타났으니 여간 흥분해하지 않는다.

"야들한테 주게 시원한 미숫가루 좀 타 오거라."

밥하는 아주머니는 금방 세 아이 앞에 얼음물에 탄 미숫가루 대접을 놓아준다. 길을 찾아 헤매느라 지칠 대로 지친 세 아이는 미숫가루를 보자 단숨에 마신다.

"그래 개목이는 학교에 잘 다니고 있지?"

"학교 안 다녀라요. 그리고 개목이 아니고 성호여요."

입이 빠른 덕근이가 먼저 대답한다.

"성호? 이름 좋네. 그런데 학교에 안 다닌다니, 야 말이 징말이냐? 지금 몇 살인데?"

"아홉 살여요."

"아홉 살 먹도록 학교를 안 보내다니. 나쁜 집이구만."

순간 설움이 몰려왔는시 성호의 눈에서 눈물이 주르륵 흘러내린다.

"그럼 아직 글을 모르겠구나."

"글씨는 알아요. 성경책도 읽을 줄 알고 동화책도 읽을 줄 알아요."

"너그 양부모가 글씨공부는 시켰구나."

"아녀요. 우리하고 책을 같이 보고 공부해서 안대요."

덕근이가 또 옆에서 대답한다.

"너희들이 가르쳐줬구나."

"아녀요, 가르쳐 주기 전에 책을 보고 알아요. 천재여요."

"울지 마라. 그리고 가지 말고 여기 있거라. 내가 너의 양부모를 만나봐야겠다. 그리고 이 애들은 집에서 기다릴 것이니 지서에 연락해서 보내거라."

*　　*　　*　　*

솜리장에서 돌아온 엄주상과 남실댁은 마당의 고추멍석도 걷지 않고 확독에 보리쌀도 갈아 놓지 않은 것에 화가 나서 씩씩거리며 성호가 놀 만한 곳을 찾아 동네 모정으로 달려간다.

"우리 필승이 못 봤어요? 필승이가 안 보여요."

필승이 어머니도 필승이를 찾는 중이었다.

"우리 덕근이도 점심, 저녁도 안 먹고 안 보이는 걸 보니 애들이 같이 놀러간 모양이네."

모정에 앉아 있던 덕근이 아버지 말에 남실댁과 필승이 어머니는 깜짝 놀란다. 비로소 심상치 않은 것을 깨닫는다.

"애들이 도랑에 고기 잡으러 간 것 아녀?"

필승이 어머니가 불안한 듯 중얼거린다.

"요즘 성호랑 잘 노는 것 같든디 뭐 아는 거 없어요?"

필승이 어머니는 원망스러운 표정으로 남실댁을 쳐다본다. 성호와 놀더니 이런 사고가 생긴 것이라고 말하는 것 같다.

"글씨 나도 오늘 소 팔러 솜리장 보고 옹께 나간 집마냥 아무도 없어서 찾으러 나왔당께."

남실댁은 필승이 어머니의 말투에 기분이 나빠 짜증스럽게 대꾸한다.

"나두 솜리장에 고추 팔고 옹께 이 자슥이 없네. 아니, 저녁까지 어디를 쏘다니느라 안 보이지?"

필승이 어머니는 사방을 휘돌러보며 필승이를 찾는다.

"야들 셋이 대똘에 고기 잡으러 갔다가 사고 난 것 아녀? 셋이 한꺼번에 없어지다니 물에 빠지지 않고서야 지금까지 안 보일 리가 없잖어? 빨리 대똘에 가봐야겠구만."

술을 사러 나왔던 용문이 어머니가 끼어든다.

"맞네. 야들이 변고가 난 겨!"

모정에 느긋이 앉았던 덕근이 아버지는 비로소 상황이 심각함을 깨달은 듯 벌떡 일어난다.

"우리 필승이는 대똘 같은 데는 안 가는데 성호하고 놀면 안 가는 데 없이 나돈다니까."

필승이 어머니가 성호를 탓한다. 성호가 한 살 더 먹은데다 두 아이의 대장이라고 생각했기 때문이다.

"요즘은 비가 오지 않아 깊지도 않으니 물에 빠진 것은 아닐 거고만. 산에 매미가 많던데 애들이 매미 잡으러 산에 간 것 같아요. 산에 갔다가 길을 잃은 것 같으니 산에 가서 애들을 찾아보는 것이 빠를 성부르네요."

동네 사람들이 하나 둘 모여들며 세 아이의 실종에 대해 이러쿵저러쿵 추측이 무성해진다. 오늘 하루 동안 동네에서 세 아이를 보았다는 이가 없음을 알게 되면서 사람들의 표정은 더욱 어두워진다.

“이러고 걱정만 하지 말고 날이 캄캄해졌으니 횃불을 준비해서 대똘이랑 솔밭으로 가서 찾아봅시다. 애들이 길을 잃었을지도 모르니까요.”

안 장로가 제안한다.

“그 아그들이 솔밭에 뭐 하러 가요? 매미는 포푸라나무에도 있는데.”

“글씨, 그걸 모르니까 찾아봐야지요.”

“필승이네 집은 돈 같은 것 없어지지 않았나요?”

“우리 집에 뭔 돈이 있어서 돈을 가지고 가요.”

“그려도 집에 가서 돈을 가지고 갔는지 한번 살펴봐요.”

“가지고 갈 것이 있어야 가지고 가지요. 남실 아저씨네 같은 부자나 돈이 있지 우리 집엔 먹고 죽을래도 돈 같은 것은 없응께.”

“그러면 야들이 멀리 간 것은 아닐 겁니다.”

동네 구장이 힘주어 말한다. 뒤늦게 소식을 들은 덕근이 어머니가 넘어질 듯 쓰러질 듯 달려나온다.

“순진한 우리 덕근이를 꾀어서 집을 나가다니 별일이 다 있네요? 우리 동네서 이런 일은 없었는디 근본도 모르는 아 하고 같이 노는 것이 걱정되더니 기어이 사단이 난 거 아녀? 우리 덕근이 못 찾으면 형님이 책임져요. 지금 세상이 얼매나 무서운 세상인디 아가 집을 나가요? 나쁜 놈들이 유괴해서 소매치기 좀도둑 시킨다는데 아이고! 아이고! 덕근아 이놈아, 어디로 간 거냐 이 멍청한 놈아! 성호랑 놀지 말라고 그렇게 말했건만 기어이 일 벌였네."

덕근이 어머니는 바닥에 주저앉아 소리쳐 울기 시작한다. 어느새 소문이 퍼졌는지 동네 사람들이 모정으로 모인다. 모두들 우리 동네선 이런 일은 없었다며 엄주상을 원망하듯 바라본다. 엄주상은 난감해하며 죄인처럼 서 있다.

"그러니까 내가 뭐랬어. 나 안 죽으니까 남의 새끼 데려올 것 없다고 하지 않았어? 네 발 달린 짐승은 키워도 머리 검은 두 발 짐승은 키우지 말라는 옛사람들 말이 하나도 안 틀린당게. 배터지게 먹이고 따슨 방에서 실컷 자게 해준 공도 없이 이게 뭐시다여! 세상에 별일도 다 있구먼."

남실댁은 갑자기 남편을 향해 원망의 포문을 연다.

"야들이 돈도 없이 나간 것을 보면 어디 쪼께 갔다 오려고 나갔다가 길을 잃어버렸는지도 모르겠구먼. 절대 나쁜 애가 아니니 꼭 돌아올 거구만."

세 아이의 실종 사건은 근본도 모르는 고아 성호가 원인이라는 듯 몰아가는 분위기였을 때 안 장로가 엄주상을 안심시킨다. 성호가 나쁜 맘을 먹었다면 벽장 속의 교회 헌금을 훔쳐갈 수도 있겠지만 일환 하나 빠짐없이 그대로 있지 않은가. 평소에도 성호를 볼 때마다 칭찬을 아끼지 않았는데 나쁜 짓을 할 아이가 아니라는 확신엔 변함이 없었다. 두 아이를 꾀어내어 같이 도망칠 아이는 더더구나 아니라고 생각했다. 다만 어디를 갔느냐가 의문이기는 했다.

"더 늦기 전에 대똘과 산속을 다 찾아봅시다."

"애들이 놀러 나갔다가 용천뱅이를 만났을지도 몰라요. 용천뱅이가 요즘 자주 동냥하러 오던데."

이번에도 용문이 어머니가 생각 없이 지껄인다.

"용천뱅이! 용천뱅이를 만났으면 아이고! 그놈들은 애들 간을 먹겠다고 잡아간다는데. 아이고, 이를 어쩐디여!"

용천뱅이 소리에 필승이 어머니가 주저앉아 버린다.

"찾아내요. 아자씨가 책임지고 우리 덕근이 찾아내요!"

덕근이 어머니는 엄주상 앞으로 오더니 삿대질을 하며 악을 쓰기 시작한다.

"아주머니, 너무 비약하지 마시고 침착하세요. 용천뱅이가 아이 잡아먹는다는 이야기는 사실무근이어요. 게다가 아이 셋이 같이 있는데 그대로 잡혀가겠어요? 캄캄해지니 집에 가서 횃불을 들고 나와 찾아봅시다. 패를 나눠서 한 편은 산으로 가고, 또 한 편은 대똘로 가고, 몇 명은 무섬다리에도 가봅시다."

"그럽시다. 남자들은 집에 가서 횃불을 준비해 오세요.

후랏시 있는 사람은 후랏시를 가져와도 좋아요."

"후랏시는 있지만 약이 떨어진 지 오랜데."

"그러면 횃불 만들어서 갑시다."

횃불을 만들어 든 남자들이 하나 둘씩 모여든다. 둘씩 짝을 지어 동서남북으로 흩어지기로 한다. 횃불을 든 일행이 아이들 이름을 부르며 흩어지려는데 자전거 불빛이 신작로를 달려온다. 자전거는 사람들 앞에 와서 멈춘다.

"무슨 일인가요?"

자전거에서 내린 사람은 경찰관이었다.

"아이가 셋이나 없어졌어요. 지금 찾으러 가는 중이고만요."

"이 아이들인가요?"

경찰관은 두 아이를 자전거에서 내려준다. 어두워서 얼른 못알아보았는데 횃불을 가까이 비춰보니 덕근이와 필승이다.

"이눔의 자식! 밤중까지 집에 안 들어오고 어디를 나댕기고 지랄이냐! 겁댕이도 없이. 죽고 싶냐!"

덕근이 아버지는 덕근이를 보자 이내 귀뺨부터 갈긴다. 반가움에 앞서 그동안 애태운 것에 화가 난 것이다.

학교에 들어가다

"소설 같은 이야기네요. 오늘 아버지의 인생사를 다 듣고. 그래서 학교는 들어갔어요?"

정민이는 아버지의 어린 시절이 놀랍기만 하다. 아홉 살짜리가 가출을 하다니. 자기 처지와 비슷한 동화를 듣고 자극을 받아 행동에 옮겼다는 것이 가히 혁명적이다. 대단한 반란이 아닌가. 고아로 자랐다는 아버지가 항상 애처롭게 보일 뿐, 맨 땅을 디디고 성공한 아버지를 자랑스럽다고 생각해 본 적이 없었는데 범상치 않은 아버지의 어린 시절 이야기를 들으니 새삼 아버지가 새롭게 보인다.

"보내주더라. 열 살이 되어서야 일학년으로 입학을 했다. 정말 힘들게 다녔지. 그럴 줄 알았으면 안 갔을 거다."

"학교 다니는 것이 왜 힘들어요? 집안일 하면서 다닌다고 각오한 것 아녀요?"

"학교 가서 공부만 하면 소원이 없을 줄 알았는데 머슴이 공부한다는 것이 분에 넘친다 생각되었는지 다른 동네 애들까지 날 깐보아 괴롭히는 애들이 많더라."

남자는 학교 들어가던 때를 생각하며 조금 흥분한다. 자기도 모르게 목소리가 떨린다. 초등학교를 다니던 길고 긴 들녘 신작로가 눈앞에 펼쳐진다. 책보를 등에 맨 아이들은 줄을 서서 학교에 간다. 남자들은 보자기에 싼 책을 어깨와 겨드랑이 사이로 해서 매고 여자들은 책보자기를 허리에 동여매고 다닌다. 걸음을 걸을 때마다 양철필통에서 연필 부딪히는 소리가 짤랑짤랑 났다. 줄지어 걸어가는 학생들은 모두 이름표 밑에 빨간색으로 쓴 불조심 표시를 달고 있다. 일학년은 이름표 밑에 하얀 수건 하나를 더 차고 있다. 열 살인 성호도 일학년이니 이름표와 수건을 달아야 한다. 선생님은 열 살짜리 입학생인 성호에겐 안 어울린다 싶었는지 어느 날 성호에게 넌 손수건 안 달아도 된다고 한다. 대신 코 흘리는 애들이 있으면 책임지고 닦아주란다. 성호는 책보자기를 매고 학교에 다니는 것이 너무 설렜다. 오늘은 무엇을 배울까 하는 기대감으로 날이 밝기만을 기다렸다. 부락장인 6학년 정구 형의 구령에 맞춰 줄을 서서 학교에 가는 것이 너무 행복하다. 정구 형이 하나, 둘! 선창을 하면 올망졸망 줄을 선 아이들이 셋, 넷! 하고 구령을 한다. 성호는 누구보다 크게 구령을 했다. 학교생

활에 대한 기대와 흥분으로 얼굴에 웃음이 떠나지 않는다. 신작로의 아침은 등교하는 학생들로 재잘재잘 소란스러웠다. 현리, 석리, 월하리, 태산리 아이들까지 합해지는 현리 신작로는 아침마다 등교하는 구령소리로 시끌란하다. 현리 들판을 지나고 대천 다리를 지나 관동리로 꺾어지는 다리에 도착하면 관동리와 석수리 쪽에서 밀려오는 아이들과 또 한 번 더 합해진다. 이때부턴 구령소리가 더더욱 드세진다. 길고 긴 신작로를 이십여 분 걸어가면서 동네마다 세운 부락장의 구령에 맞춰 하낫 둘을 힘차게 구령하고 교가를 악 쓰듯 부른다. 다른 부락에 지지 않으려고 경쟁하듯 소리친다. 동네가 큰 석리는 줄이 길고 구령소리도 제일 크다. 그 다음은 월하리고, 세 번째가 현리다. 그러나 현리에 사는 학생들은 절대로 다른 부락을 부러워하지 않는다. 부락장이 정구 형이라서 기죽지 않는다. 정구 형은 전교생 앞에서 차렷! 열중 쉬어!를 구령하는 학교 전체반장이기 때문이다.

올해 입학하는 일학년 신입생은 모두 셋이었다. 정구 형 동생 옥구와 찬수 동생 찬문이 그리고 성호다. 옥구와 찬문이는 여덟 살로 면사무소에서 보낸 입학통지서를 집에서 받았지만 입학시기가 지난 열 살 성호는 면사무소에 직접 가서 입학통지서를 받아왔다. 양아버지는 교장선생님을 찾아가 성호가 글을 읽을 줄 알고 구구단도 다 외운다며 나이가 같은 애들과 공부할 수 있게 3학년에 올려달라고 부탁했다.

"안되지요. 학교는 공부만 가르치는 곳이 아닙니다. 사람이 지켜야 할 도리와 인성까지 가르치는 곳이기 때문에 순차적으로 공부하여야 전 과정을 모두 습득할 수 있고 학교에 대한 추억과 동기애도 생기는 것입니다."

인상 좋은 교장선생님은 양아버지를 부드럽게 설득한다. 엄주상은 구구절절 옳은 말씀이라는 듯 시종 고개를 끄덕인다. 학교공부를 해본 적이 없는 엄주상이지만 교장선생님 말씀이 충분히 이해가 된다. 공부를 하는 것은 지식만 배우는 것이 아니라 사람의 도리와 인성까지 배운다는 말이 마음에 든다. 늦게나마 성호를 학교에 보내게 되니 뿌듯하다.

"신어봐라."

엄주상은 학교에 가기 전 날 솜리장에 다녀오더니 검정 고무신을 내놓는다. 성호 발에 딱 맞는다. 발바닥을 끈으로 재서 사왔기 때문이다.

"이것도 입거라. 헌옷이지만 태수가 입던 비싼 옷이다."

태수는 양어머니 여동생의 아들이다. 도시에서 사는 태수는 유행하는 좋은 옷을 입고 놀러 오곤 했다. 양아버지는 머리도 깎자며 이발소에 데리고 간다. 평소에는 집에서 바가지 씌워 대충 깎았는데 학교 간다고 상고머리로 단정하게 깎아준다.

"이제 보니 우리 성호 잘생겼다. 두상도 좋고 똘똘한 눈매며 입매가 우리 대통령 닮았다."

양아버지는 성호를 대통령 닮았다고 추켜주며 자랑스러워한다. 나중에 학교에서 대통령 사진을 본 성호는 자세히 대통령 얼굴을 살펴보았다. 눈이 가늘게 찢어지고 입을 굳게 다물고 있는 것이 위엄이 넘쳐 보였다.

"쟈는 다 좋은데 살색이 흑인처럼 검다냐?"

성호를 학교에 보내는 일로 바쁘게 움직이는 양아버지가 못마땅한지 양어머니는 심드렁한 표정으로 성호의 검은 피부를 탓하며 흑인까지 들먹인다.

"부모 밑에서 한참 구염받을 나인디 운명도 기구하지. 임자도 인정없게 그러지 말어. 생각하면 참 불쌍하고만."

엄주상은 학교에 가기 전에 집안일 다 해놓으라는 남실댁의 지시대로 마당을 쓸고 마루를 닦는 등 바쁘게 왔다갔다 하는 성호를 안쓰럽게 바라본다. 아무리 봐도 반짱구 이마에 단정한 이목구비가 귀상에 가깝다. 아직 어리광을 부릴 어린 아인데, 볼수록 측은지심이 든다. 남실댁의 구박에도 얼굴 표정을 구기지 않고 돔발돔발 움직이는 것이 범상해 보이지 않는다. 독실한 크리스천인 엄주상은 성호를 볼 때마다 고아와 과부를 사랑하라는 예수님 말씀을 생각한다. 성호한테 진짜 아버지가 돼주지 못하는 것이 하나님께 죄송하다. 성호를 데려올 땐 좋은 양부가 되겠다고 기도까지 했지만 간사한 것이 사람이라고 맘처럼 되지 않는다. 좋은 옷과 음식은 친자식에게 주고 싶지 성호에게는 선뜻 주지 못한다. 하루 종일 이리 뛰고 저리 뛰게 일을 시켜먹었건만 처지는 옷과 남는 음식만 주게 된다. 성호가 일을 넘치게 해줘야 마음이 너그러워지는 자신을 보며 양심에 가책을 느낀다. 스스로 생각해도 쪼잔하다. 성호가 가출하는 사고를 치지 않았다면 끝내 학교에 보내지 않았을 것이다. 고롱거리는 아내의 잔병치레는 핑계였다. 언제부턴가 성호가 먹는 양식과 노동력을 헤아리는 것이 습관이 되었다. 밥 한 그릇이 몇 푼이라고 성호에게 바라는 것은 수십 배의 노동이라니. 보상으로는 기껏 보리밥이라도 많이 먹게 해주고 따뜻한 잠자리를 주는 것뿐이다. 아내의 끊이지 않는 잔소리를 막아주고, 따뜻한 말로 어루만져주는 것은 신앙인으로서의 조그만 양심일 뿐이었다.

엄주상은 성호 입학식 날 학교에 갔다. 넷이나 되는 아들딸 학교 갈 때도 안 가 보았는데 남실댁이 피부가 흑인처럼 검은 성호를 데리고 가기 창피하다니 엄주상이 가기로 한 것이다. 혼자 가라 해도 되었지만 동네 사람이나 교회 성도들의 이목을 생각해서라도 가야 할 것 같았다. 성호는 키가 작은 편이라 다른 입학생과 별반 차이 없어 보여도 행동하는 거며 야무진 표정은 젖내 나는 일학년생과는 확연하게 다르다.

'저 애는 왜 교실에 안 들어가고 여기 있대여?'

입학식에 참석한 어머니들은 일학년 애들 속에 서 있는 성호를 상급생으로 오해했다. 입학생들도 상급생이 왜 자기들 속에 있냐는 듯 빤히 바라본다.

"넌 교실에 안 들어가고 왜 여기 있냐?"

반을 맡은 선생님도 성호를 상급생으로 알았다.

"이번에 입학하는 제 아들입니다."

주위의 이런저런 지적에도 묵묵히 있던 엄주상은 선생님이 말하자 옆으로 가서 조그맣게 귀띔한다.

"몇 살인데요?"

"열 살입니다. 형편이 여의치 않아 학교를 안 보냈는데 자가 공부를 하고 자퍼 해서요."

선생님은 또래보다 쇠어 보이는 성호와 할아버지 같아 보이는 엄주상을 번갈아 바라보더니 고개를 끄덕인다.

"아, 그래요? 잘하셨습니다. 배우는 데 나이는 문제가 되지 않지요."

젊은 남자선생님은 성호의 작은 어깨를 도닥여준다. 성호는 1반에 배정되어 맨 뒷자리에 앉았다.

*　　*　　*　　*

기대에 차서 입학한 학교생활은 날이 갈수록 재미가 없다. 양어머니보다 먼저 일어나서 쇠죽을 끓이고 항아리에 물을 길어다 놓고 닭똥이 널린 마루를 청소하고 앞마당 뒷마당을 쓸어놓은 후 허겁지겁 밥을 먹고 학교에 가지만 새로운 것을 배우는 일이 거의 없다. 다 알고 있는 글자를 열 번씩 써야 하고 1, 2, 3, 4를 공책 한 바닥씩 써야 하는 것이 지루하기만 했다. 글자와 수셈을 이미 터득한 성호는 마치 가문 논바닥에 물을 대면 모두 스며들듯 선생님이 가르치는 것을 한순간에 습득해 버렸다. 밤잠을 자지 않고 모든 책을 독파하는 성호의 지식탐도 원인이었다. 한 달도 안 되어 일학년 공부를 다 알아버린 성호는 더 이상 새로운 공부가 없는 것이 답답하다. 글씨도 줄줄 읽지, 수셈도 구구단까지 달달 외웠으니 더 이상 배울 게 없다. 선생님은 성호의 재능과 실력을 진즉에 파악했다. 당연히 성호에게 반장을 시켰고 급한 용무가 생기면 아이들을 성호에게 맡기곤 한다. 선생님이 자리를 비울 때는 성호가 선생님처럼 칠판에 글씨를 쓰고 책을 읽어주기도 한다. 어떤 때는 학교 뒤에 있는 사택에 가서 나들이 간 사모님이 올 때까지 아이를 돌보기도 한다. 선생님네 애들과 놀아주는 것은 다 아는 공부를 하는 것보다 나았다. 생전 보지 못한 신기한 장난감도 가지고 놀 수 있고 나들이하고 온 사모님은 알사탕이나 과자 같은 것을 꼭 손에 쥐어 주었으니까.

학교에 다니면서 가장 힘든 일은 집에 갈 때 상급생들이 신작로나 다리목에서 길을 막고 있다가 싸움을 걸어오는 것이었다. 어떻게 알았는지 성호가 부모 없는 고아로 머슴살이를 하며 학교에 다닌다는 소문이 쫙 퍼졌다. 애들은 성호만 보면 꼬마둥이 머슴! 하고 시비를 걸어온다. 관동리 아이 중에 유난히 애들을 괴롭히는 쌍둥이 형제가 있었다. 현리 들판으로 꺾어지는 길에 작은 농수로 다리가 있는데 그 다리에서 성호가 오길 기다렸다가 꼬마둥이 머슴! 너 머슴이라면서? 하며 막아선다. 옥구나 찬문이에게는 등을 밀며 빨리 가라 하고 성호만 붙잡아 책보자기를 풀게 하여 공책을 찢거나 지우개 등을 빼앗아가려 한다. 공책을 못 찢게 하면 손바닥을 내놓으라 한다. 성호가 손바닥을 내밀면 열 대 맞는 대신 공책은 찢지 않기로 약속한다. 이십 센티 자로 손바닥 열 대를 맞고 오면서 눈물이 나려는 걸 이를 악물고 참아낸다. 양아버지는 평소에 이렇게 말하곤 했다. 울면 지는 것이다. 관동리 형제는 울지 않는 성호가 괘씸하다. 승리의 기쁨을 만끽하지 못하여 감질이 난다. 이 방법 저 방법으로 성호를 괴롭힐 궁리를 한다. 어떤 때는 동네 애들까지 떼로 데려왔다. 성호는 어떻게 하면 관동리 애들과 만나지 않을까 생각해 보았지만 뾰족한 방법이 없다. 관동리 형제와 겨뤄서 이기는 뜻밖의 사건이 생긴 것은 신발 때문이었다. 지금도 잊지 못하는 싸움이다. 보통 때는 3학년 쌍둥이 형제가 괴롭혔는데 그날은 5학년 형까지 합세했다. 오후 공부를 마치고 옥구, 찬문이와 같이 가는데 삼 형제가 다리를 지키고 서 있다.

"야 인마, 너 일학년 맞지?"

얼굴색이 허연 큰형도 싸움을 걸어오는 것이 비슷하다.

"난 5학년이다! 니가 3학년 형을 이기려고 했담서. 너 책보 풀어봐. 일학년 맞는가 보게."

성호는 어깨에 맨 책보를 풀지 않는다. 그대로 맞서서 작은 눈으로 5학년 형을 깜빡이지도 않고 째려본다.

"어디를 째려봐!"

5학년 형은 성호의 눈을 향해 주먹을 날린다. 누군가 이 형제들에게 쌈할 땐 눈을 쳐야 이긴다고 가르쳤나 보다. 몇 번 당한 적이 있는지라 성호는 뒤로 잽싸게 물러선다.

"책보 풀라니까 피하긴."

5학년 형은 성호의 어깨에서 책보를 잡아챈다. 성호는 책보를 뺏기지 않으려 버틴다.

"우리 형 말 안 들려! 책보 풀어!"

3학년 쌍둥이 형제가 합세하여 책보를 잡아 젖힌다. 성호는 책보를 껴안고 주저앉는다.

"이것이 말을 안 듣네!"

5학년 형은 성호의 책보를 잡고 늘어진다. 안 뺏기려고 책보와 함께 끌려가다 신발 한 짝이 벗어졌다. 성호는 신발을 집으려고 잽싸게 손을 뻗는다. 그러나 5학년 형이 먼저 신발을 걷어차 버린다. 성호의 검정 고무신은 도랑으로 떨어진다. 도랑은 며칠 전 내린 소낙비로 물이 벙벙하게 차서 흐르고 있다. 신발이 둥둥 떠내려간다. 양아버지가 학교 들어간다고 사준 신발인데 잃어버리면 안 되었다.

"내 신발 건져내!"

성호는 5학년 형한테 돌진해서 주먹을 휘두른다. 허연 얼굴을 주먹으로 치고 머리로 헤딩을 한다. 5학년 형은 생각보다 싱겁게 나가떨어진다.

"내 신발 건져내!"

성이 난 성호는 넘어져 있는 5학년 형을 타고 앉으며 검정 고무신 두 짝을 벗겨낸다.

"안 건져내면 또랑에 던질 거야!"

"알았어. 건져줄 텅게 떤지지 마!"

5학년 형은 자기 신발을 물에 던질까 봐 도랑물에 떠내려가는 성호의 신발을 따라간다. 백여 미터를 따라가서 갈대 사이에 끼인 채 멈춰 있는 고무신을 건지려고 허리까지 차오르는 도랑물에 들어간다. 허우적거리며 성호의 고무신을 집어서 던져준다. 자신의 고무신을 찾아 신은 성호는 5학년 형의 고무신을 논바닥에 패대기 치고는 책보자기를 다시 어깨에 단단히 맨 후 뒤도 안 보고 간다.

"이겼어?"

옥구와 찬문이가 대똘에 서서 기다리고 있다가 묻는다.

"아버지, 정말 멋진 승리였네요. 무협영화 같아요. 일학년 애가 5학년 형을 이겼다는 것 아녀요? 와~ 멋지다."

"그땐 내겐 신발이 밥보다 귀했던가 보더라. 어디서 그런 용기가 났는지 겁도 없이 달겨든 것은 신발을 잃어버리면 안 되기 때문이었다."

"그 뒤로 상급생들이 아버질 괴롭히지 못했겠네요."

"그런 편이지. 그러나 괴롭힘이 다 끝났겠냐? 전처럼 공책을 찢거나 연필이나 지우개를 뺏어가지는 않았지만 나만 보면 관동리 애들이 떼거지로 몰려와 맹꽁이 머슴이라고 놀려댔지. 꼬마둥이를 나중에는 꼬맹이라고 하더니 다시 맹꽁이로 바꿔서 놀리더라. 부모 없는 고아라는 것 때문에 날 가술리 본 거지. 그토록 나를 놀리고 괴롭히던 놀음은 석휘라는 친구가 생기자 끝이 났다."

"친구요? 그동안은 친구가 없었어요?"

"허허허! 다 나보다 어린데 친구라고 할 수 있겠냐? 내가 볼 땐 다 애들인데."

성호는 지난날을 회상하며 웃는다. 석휘를 만나던 때를 생각하면 마음이 아프다. 좋은 친구였는데. 영원히 친구로 남을 줄 알았는데. 인생은 참 알다가도 모를 일이다.

학교에 다니는 것은 점점 더 힘들어졌다. 집안일을 하면서 다니는 것도 힘든데 매일 놀림을 받으니 학교고 뭐고 그만 다니고 싶어진다. 그때마다 눈앞에 어른거리는 것은 도서문고였다. 선생님은 매주 새 책을 교실 뒤에다 몇 권씩 걸어 놓았는데 쉬는 시간이면 새 책을 읽을 수 있다는 것이 유일한 낙이었다. 학교 가는 것이 힘들어 그만두고 싶다가도 새 책을 못 읽는다 생각하면 안 갈 수가 없었다. 책 속에 길이 있다더니 책을 읽으면 배우는 것도 많았다. 특히 훌륭한 사람이 되라는 한준기 전도사의 기도를 받은 후론 훌륭한 사람이 되고 싶었는데 위인전을 읽으면서 훌륭한 사람이 어떻게 살았는지를 알 수 있었다. 인내심과 참 용기가 무엇인지도 배운다. 중국의 춘추전국시대를 통일한 한신 장군의 일화를 실천한 것도 위인전을 읽은 덕분이다. 훌륭한 사람이 되려면 작은 굴욕도 견뎌낼 줄 알아야 한다는 내용에 용기를 얻었다. 관동리에는 삼형제 말고도 못된 형이 한 명 더 있었다. 짜가사리라는 별명을 가진 5학년 형이었는데 성질이 사나웠다. 걸핏하면 저학년 학생이나 저보다 약한 학생의 길을 막고 자기 가랑이 사이로 기어가라고 했다. 학교 청소를 하느라 집에 가는 시간이 좀 늦어진 날이었다. 짜가사리는 성호 일행의 길을 막고 새총을 흔들어 보이며 가랑이 사이로 기어가라고 한다.

"야들은 그냥 보내줘. 내가 기어갈게."

"좋아, 니가 대장인가 본데 내 밑으로 기어가봐. 안 기기만 해봐라. 새총으로 얼굴을 부숴줄 거다."

짜가사리는 쾌히 승낙한다. '억울해 말그라. 지는 것이 이기는 것이니라.' 언젠가 성호가 타던 그네에 동네 아이가 부딪혀 넘어졌을 때 넘어진 애 형이 성호 때문이라며 발로 차고 주먹질을 했다. 그네가 멈추기도 전에 타겠다고 달려와 부딪힌 건데 얻어맞은 것이 억울했다. 억울하다며 식식거리자 양아버지가 한 말이다. 성호는 고개를 바짝 숙이고 짜가사리의 가랑이로 기어나간다. 한신 장군도 했는데 그까짓거 하는 마음으로 짜가사리 가랑이를 통과한다.

"잘 했어. 이제부터 넌 내 꼬봉인 거야!"

짜가사리가 소리쳤다. 성호는 책보자기를 집어서 흙을 툴툴 턴 후 어깨에 매고 묵묵히 집으로 돌아왔다. 기분은 더러웠지만 뭔가 해낸 것 같아 뿌듯했다. 자신과의 싸움을 이겨냈을 때마다 짜가사리의 가랑이를 통과하던 때가 생각났다. 그때가 자신과의 싸움에서 이기는 첫 연습이었다는 사실을 깨달은 것은 오랜 세월이 흐른 후였다. 처지가 약하다 보니 얼마나 많이 자존심을 버리며 살았던가.

학교, 학교 하며 목을 매었건만 관동리 애들의 괴롭힘으로 의기소침해진 성호는 아무래도 양어머니가 원하는 대로 학교를 그만두어야 할 것 같았다. 그러나 이유 없이 그만 둘 수는 없었다. 기회가 오기만 기다렸다. 이를테면 보리타작을 한다거나 하지감자를 캐라며 학교를 못 가게 할 때를 기다리는 것이다. 그래야 양어머니의 구박을 덜 받을 것 같았다. 그러나 농번기가 되어도, 감자 캘 때가 되어도 양부모는 성호한테 학교에 가지 말라고 하지 않는다. 오히려 성호가 게으름 피려고 하거나 농땡이라도 치려고 하면 왜 학교 안 가냐며 지청구를 한다.

비가 많은 장마철은 학교에 오가는 것이 더욱 고생이다. 신작로는 질척질척하여 발이 푹푹 빠진다. 고무신은 뻘건 진흙탕에 뭉개지다 못해 찢어질 정도였다. 이런 날은 부락장의 구령에 맞춰 등교할 수가 없다. 각자 우산을 들고 진흙 속을 비비며 요령껏 걸어야 한다. 삼십 분이면 가는 학굣길이 한 시간이 걸릴 정도였다. 학교에 도착했을 때는 신발도 바지도 진흙투성이가 된다. 연못이나 우물에서 씻지 않으면 교실에 들어갈 수가 없다. 학교에는 미꾸라지와 붕어가 사는 커다란 연못이 있었다. 동서남북에서 몰려든 학생들이 모두 연못으로 가서 발과 신발을 씻는다. 전교생이 씻기엔 연못은 턱없이 비좁았다. 몰려든 아이들은 발 씻기 좋은 납작바위를 서로 차지하려고 밀고 당겨 쌈이 자주 일어난다. 때문에 선생님 한 분이 연못가에 서서 관리를 하곤 했는데 그날은 선생님이 없었다. 연못은 먼저 발을 씻으려는 힘센 아이들의 횡포로 난장판이었다. 성호가 구석에서 발을 씻고 일어날 때였다. 한 아이가 물이 벙벙하게 차 있는 연못에 빠졌다. 무궁화꽃이 그려진 가방을 등에 멘 상고머리 남자애가 납작돌에서 장화의 흙을 씻고 있다가 갑자기 으아악! 하며 물속에 처박힌 것이다. 연못은 평소엔 물이 많지 않았지만 그때는 비가 많이 와서 물이 가장자리까지 벙벙하게 올라왔다. 빠지면 죽을 것 같았다. 여기저기서 물에 사람이 빠졌어!를 외치는 소리가 났지만 아이를 구하러 오는 선생님은 없었다. 한참을 버둥대다 간신히 몸을 바로 세운 아이는 두 팔을 허우적대더니 물속으로 가라앉는다. 처음엔 어깨까지 물이 찬 것 같은데 금방 목까지 잠겨 허우적댄다. 머리까지 잠길 것 같았다. 주변을 두리번거리던 성호는 연못 한쪽에 쌓여 있는 수양버들 가지를 들고 소리쳤다.

"이 나뭇가지 잡아! 이거 꼭 잡아!"

성호는 허리까지 빠지며 물속으로 들어가야 했다. 아이는 머리가 물에 잠기기 직전에 수양버들 가지를 붙잡는다.

"잡았다!"

이 광경을 지켜보던 아이들이 한 목소리로 외친다. 성호는 물 밖으로 나오며 나뭇가지를 잡아당긴다. 아이의 어깨가 드러나고 가슴까지 올라왔다. 아이는 으아앙 울기 시작한다. 선생님이 달려온 것은 한참 후였다. 선생님은 전교생이 보는 앞에서 연못에 빠졌던 남자애의 옷을 홀랑 벗긴 채 몸을 씻겨주었는데, 그때 아이의 울음소리가 학교를 뒤흔들었다.

다음날 방과 후 집에 가려는데 선생님이 성호한테 따라오라고 한다. 선생님은 성호를 교장실로 데리고 갔다.

"아, 니가 우리 석휘를 구해 준 애구나. 고맙다. 니가 아녔으면 우리 석휘가 연못에 빠져 죽을 뻔했구나."

양복을 입은 아저씨는 성호를 보자 반갑게 일어나 손을 잡더니 상고머리 남자애 옆에 앉힌다.

"석휘야, 널 물에서 건져준 일학년 동생이다. 잘해줘라. 엄성호도 면장님께 인사드려라. 청수면 면장님이시다. 너한테 고맙다는 인사를 하시려고 찾아오셨다."

교장선생님은 만면에 웃음을 띠고 성호와 석휘를 번갈아

쳐다본다.

"일학년이 용감도 하지. 그 깊은 물속에 들어가 나뭇가지를 내밀어줄 꾀를 내다니, 생각할수록 기특하구나."

면장님이라는 아저씨가 성호를 요모조모로 보며 말한다.

"엄성호는 공부도 잘하고 하나를 가르치면 열을 아는 애입니다. 일학년에선 가르칠 것이 없어요."

한쪽에 서 있던 담임선생님이 그동안 봐 온 엄성호에 대해 설명한다.

"아, 입학할 때 아버지가 와서 웬만한 건 다 안다고 또래인 3학년에 넣어달라고 한 그 앤가요?"

교장선생님이 담임선생님한테 묻는다.

"그런 일이 있었나요? 사실 엄성호는 제대로 입학했으면 3학년이 맞거든요. 그렇지?"

담임선생님이 고개를 돌려 성호를 본다.

"그럼 너도 열 살이야? 나도 열 살인데."

상고머리 아이가 끼어든다.

성호가 고개를 끄덕인다.

"나이도 같은데 우리 친구하자."

석휘가 대뜸 성호의 손을 잡는다.

"친구할려면 맨날 만나야 하는데 난 현리서 살아. 게다가 넌 3학년이고 난 일학년이잖아."

"성호 말이 맞다. 동네도 다르고 학년도 다르니 친구하기가 쉽지 않겠다. 성호가 3학년으로 월반하면 모를까."

교장선생님은 성호의 말을 들으며 고개를 끄덕인다.

"그러면 성호를 3학년으로 올려주면 안 될까요? 무슨 사연이 있어서 학교를 늦게 들어왔는지 모르지만 아가 똑똑한 걸 보면 공부도 따라갈 수 있겠구먼."

석휘 아버지가 교장선생님을 바라본다.

"성적 우수자를 월반하는 규정이 있긴 한데. 성호가 월반하면 공부를 따라갈 수 있을까요?"

교장선생님이 담임선생님을 보며 묻는다.

"2학년으로 월반한다면 문제는 없을 것 같지만. 국어 산수만 잘한다고 다 아는 것은 아니니까요."

"모르는 것은 제가 가르쳐줄 수 있어요."

석휘가 손을 번쩍 들고 말한다.

"하하하, 석휘 너 성호가 맘에 든 모양이구나. 그럼 일학년은 그냥 마치고 2학년으로 올라가는 학기 초에 월반을 생각해 보도록 합시다. 그러면 석휘는 4학년인데 성호를 4학년으로 월반시킬 수 있을까요?"

"성호 정도의 실력이면 2학년을 건너뛰어 3학년으로 월반은 가능하지만, 4학년으론 가능할지."

담임선생님은 고개를 갸웃한다.

"그때 성호 아버지가 구구단도 다 외운다고 하던데. 글씨도 잘 읽고 구구단도 외우면 크게 어렵진 않겠지. 너 구구단 여기서 외워볼 수 있겠니?"

"네, 거꾸로도 다 외워요."

성호는 고개를 주억이며 자신있게 말한다.

"그럼 거꾸로 9단을 한번 외워보거라."

"네."

성호는 자리에서 벌떡 일어나 앞으로 가서 반듯하게 서더니 9단을 거꾸로 외운다.

"구구 팔십일, 구팔이 칠십이, 구칠이 육십삼……."

낭랑하고 또렷한 목소리가 교장실에 짜랑짜랑 울린다.

"됐다. 그 정도면 중학교에 가도 되겠다. 허허허."

교장선생님은 만족한 듯 크게 웃는다.

"교장선생님, 그럼 나중에 성호를 우리 반에 넣어주는 거지요? 걱정하지 마세요. 성호가 모르는 것은 제가 가르쳐줄 거예요."

석휘가 흥분하며 말한다. 우물에서 알몸으로 씻겨질 때 학교가 떠나갈 듯 울어대던 겁쟁이의 모습은 잊은 듯 말하는 것이 똑똑하고 의젓했다.

가정중학교

성호의 월반은 연못사건이 있은 후 거의 일년이 지나서야 이루어진다. 2학년 중간고사에서 모조리 백점을 맞아 대표로 성적 우수상을 받았는데 그때 교장선생님이 성호를 교무실로 불렀다. 교장선생님은 3학년 시험지를 주며 풀어보라 했다. 성호는 주어진 시간이 끝나기도 전에 다 풀었다. 산수와 국어, 자연은 다 맞았고, 사회에서 하나, 도덕에서 하나 틀렸다. 교장선생님은 성호의 월반을 쾌히 허가했다.

"누가 널 가르쳤냐?"

교장선생님이 궁금한듯 묻는다. 성호는 그동안 석휘와 같이 공부했다고 대답한다. 연못사건 후로 석휘는 쉬는 날이면 성호를 찾아왔다. 어떤 땐 자기 집으로 초대하기도 했다. 그때마다 공부를 가르쳐줬던 것이다. 교장선생님한테 실력을 인정받은 성호는 석휘와 같은 반에서 공부하게 되었다. 관동리 사는 쌍둥이 형제도 그 반에 있었다. 2학년인 줄 알았던 성호가 월반해 오자 눈이 휘둥그레진다.

"엄성호는 여러분과 동갑으로 사정상 제 때 학교에 입학하지 못했지만 열심히 공부하여 2, 3학년 과정을 완전히 습득한 것이 인정되어 우리와 함께 공부하게 되었으니 모두들 환영해 주길 바라요."

관동리 쌍둥이 형제는 성호가 성적우수자로 월반했다는 말을 듣고 놀라워하더니 갑자기 오른손을 번쩍 든다.

"선생님, 꼬마둥이 머슴, 아니 엄성호는 연못에 빠져 죽을 뻔한 김석휘를 구해주기도 했어요. 버드나무 가지로 물에 빠진 석휘를 건졌어요. 우리가 다 봤어요."

허연 판대기처럼 납작한 얼굴의 쌍둥이 형제는 모두가 알고 있는 사실을 새로운 뉴스라도 되는 양 떠들어댄다.

"재수가 성호를 잘 아는구나. 이제 우리 반 친구가 되었으니 성호가 모르는 게 있으면 너도 옆에서 도와주거라."

선생님은 쌍둥이 중 한 명의 이름을 부르며 부탁한다.

"옛!"

재수는 씩씩하게 대답한다. 성호는 뻘쭉한 표정으로 웃고 만다. 재수가 처음으로 싫지 않다.

"성호는 당분간 반장 석휘와 짝을 하며 도움을 받도록 해라."

"예, 알겠습니다."

성호와 석휘가 거의 동시에 대답을 한다.

오재수를 지나 석휘 옆자리로 가는 성호를 보며 반 아이들은 환영의 박수를 친다. 재수가 가장 크게 많이 친다.

성호는 비로소 학교에 다니는 것이 행복하다. 석휘를 구해준 인연으로 수월하게 월반도 하고 친구도 생겼으니 일석이조인 셈이다. 반장인 석휘는 공부도 잘하고 성격도 좋았다. 책을 좋아하는 것도 성호와 같았다. 월반을 했기에 초등학교를 총 4년 반밖에 안 다녔지만 성호에게는 참으로 큰 위안의 나날이었다.

* * * *

초등학교를 마친 성호는 중학교에 들어가면서 석휘와 헤어졌다. 석휘는 전주에 있는 도내 제일가는 중학교에 들어갔다. 성호는 중학교 시험도 못 보고 학교를 그만두어야 했다. 담임선생님은 등록금을 면제해준다는 도립중학교에 가서 장학생을 바라보고 시험이라도 보라고 했지만 그마저도 양어머니는 허락하지 않는다. 시험에 합격하면 어떻게 학교에 안 보내냐는 것이 이유였다. 그 대신 밤에만 공부할 수 있는 야간 가정중학교에 다니게 했다. 교복도 가방도 없는 학교였다. 교과서를 살 형편도 안 되는 가난한 집 아이들이라 헌책을 구입해서 공부를 해야 했다. 남녀 모두 합해서 삼십여 명의 학생은 산속에 기다랗게 지어놓은 초가학교에서 호롱불을 켜고 공부를 했다. 비록 설립인가가 안 난 가정중학교지만 1, 2, 3학년으로 구분하여 영어와 세계사, 국사, 한문 등을 가르쳤다. 성호는 맨 앞자리에 앉아 누구보다도 눈을 크게 뜨고 공부를 했다. 낮에 일을 다 해놓고 오려니 몸은 늘 고단했지만 졸지 않으려고 손가락을 옷핀으로 찌르면서 공부를 한다. 양아버지는 아무리 바빠도 결석을 시키지 않았다. 일을 내일로 미룰지언정 시간이 되면 학교에 가라고 채근한다. 겨울이면 해가 짧아서 칠흑같이 캄캄한 밤길을 걸어야 하는 것만 빼면 아무도 안 알아주지만 가정중학교라도 다니는 것이 좋았다.

가정중학교 교장선생님은 예순이 넘은 할아버지였다. 원래는 한문을 가르치는 서당 선생이었는데 가난한 아이들을 위해 서당을 개조하여 중학교 과정을 가르친다. 집에서 가르친다고 해서 가정중학교라고 했다.

가정중학교는 사십 분 거리였던 초등학교보다 멀었다. 현리 들판을 지나 무섬다리를 건너고도 세 개의 동네와 솔밭 속 황톳길을 한참 가야 했다. 솔밭이 계속되는 한적한 산길은 해가 긴 여름에는 다닐 만했지만 겨울이나 봄가을엔 해가 일찍 떨어져 캄캄한 어둠 속을 걷는 것이 무섭다 못해 머리가 쭈볏 섰다. 남자도 무서운데 여자들은 밤에 학교에 오고 가는 것이 더 문제였다. 그래서인지 여학생은 학교 부근 마을에 사는 너댓명이 전부였다.

특히 신동리라는 동네를 지날 때면 껄렁대는 청년들이 동네 어귀에서 놀다가 학교에 가는 성호를 불러세우곤 했다. 동네마다 한둘 정도는 꼭 있는 껄렁패들이었다. 껄렁패들은 바쁜 성호를 세워 놓고 담배를 한 모금 꼭 빨게 한다. 성호가 나중에 담배를 하게 된 것은 신동리 껄렁패 탓인지도 모르겠다. 청수초등학교 선배였던 상규 형은 현리 사는 성호가 가정중학교에 들어오자 같이 다니자고 한다. 상규 형은 가정중학교가 있는 공진면에 큰아버지 집이 있어 비가 오거나 늦은 밤이면 큰아버지 집으로 가곤 했다. 어쨌든 일학년 내내 귀신이 나온다는 무섬다리와 어두운 솔밭길을 다닐 수 있었던 것은 상규 형이 있었기에 가능했다. 상규 형은 중학교를 마치자 도시에 있는 고등학교에 들어갔다. 이후 다행스럽게도 덕근이가 가정중학교 일학년으로 들어왔다. 덕근이는 눈 감고도 들어간다는 시골중학교도 떨어질 만큼 공부를 못했는데 심심하다며 가정중학교에 들어온 것이다. 덕근이는 하루 종일 빈둥거리며 놀다가 시간이 되면 성호와 함께 학교에 갔다. 공부에 흥미가 없었던 덕근이는 맨날 졸면서 끝날 시간만 기다린다. 숙제도 할 리가 없다. 성실과 자립을 교훈으로 내세운 교장선생님은 숙제도 안 해 오고 맨날 졸고 있는 덕근이를 방임하지 않았다. 날을 잡아 혼쭐을 낸다. '가정중학교에라도 다니는 것을 감사하게 생각하고 공부를 열심히 해야지 잠이나 자려고 왔냐?' 교장선생님은 덕근이 종아리를 부르트게 때린다. 숙제를 안 해 오면 종아리를 때리고 졸면 앞으로 나오라고 해서 무릎을 꿇려 손을 들게 한다. 교장선생님의 엄한 체벌에 학교를 그만 둘 줄 알았던 덕근이는 무슨 생각인지 포기하지 않았다. 나중에 덕근이가 일반 고등학교를 나와 면서기로 취직할 수 있었던 것은 가정중학교 최만식 교장선생님의 엄한 교육이 있었기에 가능했을 것이다.

성호는 덕근이랑 인연이 많았다. 김제의 은혜보육원을 같이 찾아간 적도 있는 덕근이와는 형제처럼 지내는 사이가 되었다. 뒤에서 귀신이 나올 것만 같은 칠흑같이 어두운 솔밭길을 손잡고 뛰어다니거나 물이 넘실거리는 무섬다리를 후덜거리는 걸음으로 건넜던 추억을 같이 공유한 것도 특별한 인연이다. 성호가 하루도 결석하지 않고 가정중학교를 마칠 수 있었던 것은 덕근이 덕분일 것이다. 남자도 등하교가 이렇듯 쉽지 않은데 하물며 여학생이 가정중학교 삼 년을 마치는 일은 없었다. 한주옥도 가정중학교를 도중에 그만 둔 여학생 중 하나였다.

가정중학교 일학년에 다니는 한주옥이 한준기 전도사님

의 여동생이라는 것은 훗날 장현교회에서 만날 때까지 몰랐다.

한주옥은 가정중학교가 생긴 이래 가장 예쁜 여학생이라고 한다. 서울미인에도 뒤지지 않을 거라는 말도 무성했다. 성호가 봐도 한주옥은 농촌에서 볼 수 없는 미인인 것 같았다. 한주옥과 같은 학년인 덕근이 말에 의하면 한주옥은 공부에는 그다지 관심이 없고 외모를 가꾸는 일에 시간을 다 보낸다고 했다. 한주옥은 다른 데서 중학교를 다니다 왔는지 하얀 칼라가 붙은 상의에 후레아 스커트 차림으로 일반 중학교 학생처럼 책가방을 들고 다닌다. 한주옥은 머리가 허연 할머니와 같이 다녔는데, 할머니는 한주옥이 교실에 들어가는 것을 지켜본 후에야 돌아갔다가 끝날 때쯤이면 학교로 와서 데리고 갔다. 겉보기에는 통통하니 멀쩡해 보이는데 몸이 약해서 같이 다닌다고 한다. 시골 야간중학교에 서울 애처럼 얼굴이 희고 코가 오뚝하고 눈이 큰 여학생이 온 것은 남학생들을 설레게 했다. 사실인지 아닌지는 몰라도 한주옥 때문에 일학년 남학생이 배로 늘어났다는 소문도 있다. 그만큼 한주옥은 모든 남학생들의 관심과 주목을 받는 여학생이었다.

"서울서 학교 다니다가 몸이 아파서 여기로 온 거래."

덕근이는 매일 한주옥에 대해 이야기한다.

"오빠가 전도사래. 그래서 한주옥이도 교회에 다닌대."

성호는 한주옥이 예배당에 다닌다는 말이 마음에 든다. 한 전도사를 존경하는 성호는 교회밖에 몰랐다. 한준기 전도사는 주일예배는 물론, 새벽기도까지 빠지지 않고 나오는 성호에게 주일학교 선생을 맡기었다. 성호가 가르치는 아이들은 초등학교 3학년 남자애들이었다. 성호는 한준기 전도사를 닮으려고 애썼다. 토요일 저녁이면 동네마다 돌며 자기 반 애들이 일주일 동안 잘 지냈는지 살피는 것도 한 전도사한테 배운 것이다. 헤어질 땐 다음날 예배당에서 만날 것을 손가락 걸며 약속했다. 점점 반 아이들이 많아졌다. 중학교에 다니는 어린 선생님이 담당하는 3학년 남자반이 자꾸 많아짐에 따라 예배당은 점점 좁아지는 것 같았다. 양부모를 도와 농사를 짓는 일도 버거운데 일요일이면 주일학교 선생을 하고 저녁이면 학교공부를 해야 하는 성호의 생활은 한 치의 빈틈도 없다. 한주옥이 인근에서 제일 가는 미인이며 멋쟁이 여학생이라는 것에는 관심을 가질 겨를도 없었다. 솔밭사건이 아니었다면 한주옥이라는 여자애를 만날 일도 없었을 것이다.

성호는 제대로 크기도 전에 장정의 일을 해냈다. 양아버지가 쟁기질을 하면 쟁기질을 같이 했고 구루마를 끌고 솜리장이나 지경장에 가면 따라다니며 짐을 날랐다. 보리타

작 철이었던 것 같다. 그날도 보리 가마를 싣고 양아버지를 따라 솜리장에 갔다. 쌀가게에 보리쌀을 모두 넘긴 양아버지는 수고했다며 필요한 것이 있으면 사주겠다고 한다. 성호는 괜찮다고 말했지만 보리 값을 생각보다 잘 받은 양아버지는 무엇이든 사주고 싶어 한다. 성호는 어두운 학교 길에 필요한 플래시를 진즉부터 갖고 싶어 했지만 말하지 못하고 있었는데 지금은 말해도 될 것 같았다.

"후라쉬가 필요하다고 진즉에 말하지 그랬냐?"

그런데 양아버지가 사 준 플래시가 위기에 처한 한주옥을 구할 줄이야.

가정중학교의 야간 수업은 종례 같은 것도 없었다. 책보자기만 들고 나가면 그만이었다. 그날은 마지막 공부시간에 깜박 잠이 든 성호를 아무도 발견하지 못한 것 같았다. 텅빈 교실에서 엎드려 자던 성호가 눈을 떴을 땐 주위가 캄캄했다. 뒷문으로 들어와 교실을 둘러보던 교장선생님도 맨 앞자리에서 엎드려 자고 있던 성호를 발견하지 못하고 뒷문에 걸린 호롱불을 꺼버렸다. 캄캄한 교실에서 뒤늦게 깬 성호는 덕근이가 오늘 결석했다는 것이 생각났다. 덕근이가 있었다면 자기를 안 깨우고 갔을 리가 없기 때문이다. 후다닥 일어나 캄캄한 길을 얼마나 달렸는지 모른다. 그때 멀지 않은 곳에서 여자의 짧은 비명소리가 났다.

분명 사람 살려! 라고 한 것 같았다. 주변은 칠흑같이 어두웠고 사방은 갑자기 조용해졌다. 성호는 두려움에 한동안 정지된 상태로 서서 귀를 기울인다. 분명 여자의 비명 소리가 나지 않았는가. 주변은 솔밭뿐이고 인가는 좀 더 가야 있다. 조용하니 귀신이 잡아가도 모를 것 같았다. 문득 양아버지가 사 준 플래시 생각이 난다. 주머니 안쪽에서 플래시를 꺼내 솔밭을 비추니 두 명의 시커먼 그림자가 재빨리 도망을 친다.

"누구야!"

성호는 두려움 중에도 도망치는 두 사람을 향해 플래시를 비추며 고함을 질렀다. 남자들이 고개 말랭이로 사라지자 비로소 솔밭으로 들어가 플래시를 비춰본다. 머리를 양 갈래로 땋아내린 하얀 교복을 입은 여학생이 숨을 몰아쉬며 앉아 있다. 여학생은 울먹이며 자꾸 침을 뱉어냈다. 자세히 보니 가정중학교에 다닌다는 예쁜 여학생이다.

"오늘은 어머니가 데리러 오지 않았어?"

깜짝 놀란 성호는 용기를 내어 묻는다. 한주옥은 성호의 가슴에 붙어 있는 무궁화 모양의 가정중학교 배지를 보더니 울음을 터트린다.

"어무니가 다리가 아파서 걷지를 못해. 그래서 오늘은 학교에 가지 말라고 했는데. 엉엉."

한주옥은 오늘 학교에 온 것이 후회되는 듯 터져나오는 울음을 참지 못한다.

"집까지 같이 가 줄까?"

"걸음을 못 걷겠어."

한주옥이 일어서려다 주저앉고 만다. 성호는 한주옥의 손을 잡는다. 차가운 손이었다. 한주옥은 사시나무 떨듯 떨고 있다. 한주옥의 집은 방앗간동네였다. 신작로에서 한주옥의 책가방을 찾아준다. 성호가 그 시간에 지나가게 된 것이 천행이었다.

"다친 데는 없어?"

"입술이 아파."

"피가 나네."

플래시로 비춰보던 성호가 턱밑으로 흐르는 피를 닦으라며 손수건을 꺼내 준다.

"땅바닥에 눌렸어. 나무에 찍혔나 봐. 많이 나?"

"응."

"죽는 줄 알았어."

한주옥은 다시 운다.

"누군지 알아?"

"몰라. 갑자기 뒤에서 입을 막고 끌고 갔어."

"사람 살려! 하는 소리가 났는데."

"잠깐 손을 떼기에 소리를 쳤는데 그 소릴 들었네."
"그랬나 봐. 하나님이 구해주신 거야."
한주옥이 예수를 믿는다는 말을 덕근이한테 들은 터라 하나님의 은혜임을 말해준다.
"맞아!"
한주옥은 성호의 손을 꼭 쥐고 흔든다. 방앗간동네에 이르자 한주옥은 손수건을 돌려주며 가방을 챙겨간다. 동네 중앙의 상당히 큰 초가집 대문 앞에 노인이 서 있다. 다리를 심하게 절룩이는 것으로 보아 한주옥의 어머니 같았다.
"울 어무니여. 오늘 일 소문내지 마."
"절대 안 낼게."
"고마워."
한주옥은 옷매무시를 고치고는 뛰어간다. 성호는 플래시를 껐다. 노파와 한주옥이 대문 안으로 들어가자 발길을 돌린다. 다음날 한주옥은 학교에 나오지 않았다. 그다음 날도 그다음 날도 한주옥의 모습은 보이지 않았다. 이후 가정중학교에서는 두 갈래로 머리를 얌전하게 땋아내린 공주처럼 예쁜 한주옥을 아무도 볼 수가 없었다. 학교에는 헛된 소문만 떠돌았다. 덕근이가 물어오는 소식에 의하면 한주옥이 학교를 그만두었다고도 하고 아파서 병원에 입원했다고도 하고 서울로 취직해서 올라갔다고도 한다. 여름방학을 하던 날 성호는 한주옥이 없으니 학교 다니기 싫다고 구시렁대는 덕근이를 데리고 한주옥이 살고 있는 동네로 갔다. 한주옥이 아직도 이곳에 사는지 떠났는지 알고 싶어서였다.

"너 한주옥이 좋아하지? 보고 싶지? 저 집에 가서 한 번 불러 봐. 여름방학했다고 알려주고 와라."

잠시 후, 덕근이가 이웃집에 가서 알아온 소식을 전하며 땅바닥에 주저앉는다.

"아무도 안 산대. 서울로 이사 갔대."

아쉬워하는 얼굴이 어린애 같다. 성호도 한주옥과의 짧은 인연이 아쉽기만 하다.

만남

"고등핵교까지 갈치니까 앞으론 너한테 줄 땅은 한 뙈기도 없다. 그니까 알아서 혀라잉."

성호는 농림고등학교 야간부에 입학하는 날 밥상머리에서 양어머니의 잔소리부터 들어야 했다. 꼬마둥이로 일한 만큼 새경 대신 세 마지기 다랑가지 논을 주겠다더니 일한 삯을 야간고등학교에 보낸 것으로 상쇄하겠다는 뜻이었다. 성호는 외삼촌 라반이 일한 삯을 속였다던 성경 속 야곱의 이야기를 떠올렸다. 새 옷 한 번 입어본 적 없고, 길숙이 누나나 형들이 자주 먹는 닭고기 한 번 맘껏 먹어보지 못하였지만 학교에 다닐 수 있다는 것만으로도 고마워했던 중학교 때와는 달리 불공평하다는 생각이 들었다. 그동안 얼마나 열심히 일을 했던가. 학교에 다니기 시작하던 열 살 때부터는 새벽에 일어나 집안의 모든 일을 빠짐없이 해치웠다. 하루 다섯 시간 이상 잔 적이 없었다. 설 명절에도 다른 사람은 다 놀아도 성호는 방에서 새끼를 꼬았다. 어른 못지않게 일을 했다. 성호가 없었다면 양아버지의 많은 일을 추릴 수 없다는 것은 동네사람들이 먼저 안다. 학교에 다니면서도 양어머니가 원하는 노동의 양을 안 채워준 적이 없었다.

"씨잘데기없는 소리!"

엄주상은 양어머니를 핀잔하더니 밥상을 밀어놓고 일어난다. 두꺼운 바지저고리에 조끼를 입고 털벙거지 모자를 쓰는 것을 보니 구루마를 끌고 장에 가려나 보다. 진즉에 밥 수저를 놓고 양어머니의 말에 귀를 기울이고 있던 성호도 양아버지를 따라 일어난다. 양아버지가 밀어놓은 밥상을 들고 양아버지가 앞서 나가기를 기다린다.

"신작로 넓힌다고 고샅에 다 모이라니 삽 가지고 나가봐라. 한 집에서 한 사람은 나오라는데 난 오늘 쌀 내러 솜리장 가야 하니 니가 나가 봐야겠다. 일찍 끝날 것잉게 학교는 안 늦을 거다."

양아버지는 선반에 있는 장갑을 주머니에 챙겨 넣는다.

"구루마 챙길게요."

마루를 내려선 양아버지 뒤를 따라 나온 성호는 밥상을 부엌에 내다놓고 헛간으로 가서 구루마를 끌어낸다. 황갈색 어미 소는 느릿느릿 양아버지에게 이끌려 외양간을 나온다. 성호가 가출하던 날 사 온 송아지가 큰 것이다. 그동안 송아지를 다섯 마리도 더 낳았다. 양아버지는 암소를 애지중지 관리한다. 지금도 암소의 뱃속에는 새끼가 들어 있을 것이다. 얼마 전에 양아버지 손에 이끌려서 황소가 있다는 태산리를 다녀왔으니까. 아직 배가 부르지는 않지만 먹는 게 시원찮은 것이 수태에 성공한 것 같다고 양아버지는 말했었다.

"다른 때보다 일찍 집을 나서야 할 것이다. 해도 짧은데 이젠 핵교 가는 길은 알긊지?"

구루마를 채우고 나가던 양아버지가 걱정을 해준다.

"예, 잘 알고 있어요. 눈 감고도 찾아 갈 수 있어요."

성호는 자신 있게 대답한다.

"야산을 죄 개간하여서 솔밭뿐이던 때보다는 길이 좋아졌지만 아직도 인가가 드문 곳이라 나 같은 어른도 밤길은 쉽지 않으니 조심히 갔다 오니라."

양아버지는 꽉 찬 시오리 길을 걸어서 야간 고등학교에 다녀야 하는 것이 쉽지 않음을 거듭 말한다. 벌써 여러 번 한 말을 또 하는 것을 보면 걱정이 많이 되는 모양이다. 뛰어서 삼십 분 걸리던 가정중학교를 밤길에 다닌 경험이 있는 성호로선 야간 고등학교의 거리가 배나 멀다는 것에 크게 마음 쓰지 않았는데 양아버지의 걱정을 듣자 신경이 쓰인다. 성호로선 먼길을 가야 하는 것보다 해가 지기 전에 일손을 놓고 학교에 갈 준비를 하노라면 양어머니의 눈치를 봐야 하는 게 더 힘든 일이다. 일이란 할 때 마무리를 지어야 하는데 하루쯤 빠진다고 공부를 못하냐? 양어머니는 일거리가 많을 때마다 투덜거렸다. 그때마다 양아버지는 눈을 껌벅거린다. 이제 그만 하고 어서 챙기고 학교 가거라. 늦는다. 양아버지는 언제나 성호 편이다. 어차피 공부시키는 것 결석하지 않도록 도와줘야지. 쟈 없으면 우리 일 어림도 없다고. 날마다 놉 얻어야 혀! 아니면 새경 열 가마짜리 머슴을 두든가. 쟈는 그런 머슴 이상이라고. 학교 좀 다닌다고 꾀부리는 것 봤어? 톡 까놓고 말하지만 쟈는 우리 아들 셋보다 나은 애야. 그때마다 양어머니는 발끈한다. 그면 즈 아버진 늙어서 성호랑 살어. 성호는 양아버지와 양어머니의 다투는 소리를 듣는 것이 싫지 않았다.

"제가 신작로 부역 나갈게요. 성호는 입학 첫날이니 학교 갈 준비나 해라."

시내에서 고시학원에 다니는 길호 형이었다. 길호 형은 아침도 먹지 않고 늦잠을 자다가 양아버지가 성호를 걱정하는 소리를 들은 것 같았다. 막둥이 아들로 자기밖에 모르던 길호 형은 군대 갔다 온 뒤로 많이 변했다. 아무리 바빠도 손가락 하나 까딱하지 않았는데 이것저것 집안일을 도우려 한다. 성호에게도 마음씀이 너그러워졌다. 성호가 야간 고등학교에 원서를 낼 수 있도록 양어머니를 설득하기도 했다.

"농번기 땐 우리가 와서 도우면 되니까 성호를 학교에 보내세요. 어차피 갈치는 것 데려올 때 약속한 대로 고등학교는 마쳐주세요. 쟈는 갈쳐주면 제 밥벌이는 할 거니까요. 미국 사람들은 남의 나라 고아들을 데려다가 먹이고 입히면서 가르치잖아요. 기독교 정신으로 그러는 거여요. 아버지도 따지고 보면 기독교 정신으로 성호를 가르친 거여요. 학교 다니면 지가 고생하지, 야간부는 등록금이 싸서 큰돈 드는 것도 아니잖어요."

길호 형은 부뚜막에 걸터앉아서 고시랑고시랑 고등학교 가는 것을 반대하는 어머니를 설득했다. 장작을 패다가 마루 끝에 앉아 쉬고 있던 성호는 부엌에서 하는 소리를 들으며 눈시울이 붉어진다. 미국 사람들이 고아를 데려다가 공부를 시킨다는 말은 처음 듣는다. 언젠가 미국 사람을 본 적이 있는데 얼굴이 하얗고 코가 뾰족하니 엄청 큰 게 별세상 사람 같았다. 옥수수가루, 밀가루, 우유가루, 겨울 외투를 보내주는 사람은 미국 선교사라고 원장 어머니가 말한 것 같다.

그날 성호는 길호 형 덕분에 쇠죽을 끓여놓고도 늦지 않게 입학식에 참석할 수 있었다. 농림고등학교 야간부는 실습실에서 공부를 했다. 공장에 다니거나 학교 급사로 일하는 등 낮에는 일을 하고 밤에만 공부를 할 수 있는 가난한 학생들이 대부분이었지만 학구열만큼은 뒤지지 않는다. 성호처럼 시골에 살면서 통학하는 애는 없었다. 야산을 개간하여 만든 뽕밭을 지나 몇 개의 동네를 거쳐 산길을 벗어나려면 부지런히 걸어도 한 시간 이상 걸렸지만 성호는 하루도 쉬지 않고 열심히 다녔다. 일 학기를 마치는 것은 참으로 힘들었다. 쇠죽을 끓이고 대빗자루로 마당을 쓰는 등 하루 일을 모두 마치고 학교에 가기를 원하는 양어머니의 비위를 맞추다 보면 학교 의자에 앉는 순간 졸음이 쏟아진다. 공부를 제대로 할 리 없다. 자연히 성적이 처졌다. 중간도 안 되었다. 고생만 하지 배우는 것이 뭐 있나 싶은 것이 학교를 그만 두고 싶은 때가 한두 번이 아니다. 저조한 성적표를 양아버지한테 보이는데 눈물이 난다.

"죄송해요. 이젠 학교 그만두고 일이나 열심히 할게요."

일 학기 성적표를 들고 앉아 있는 양아버지의 얼굴이 밝지 않은 것을 보면서 성호는 자퇴의사를 비친다.

"왜? 너 공부 좋아허잖냐?"

양아버지는 화내지 않았다. 되묻는 눈이 자애로웠다.

"성적이 너무 나빠서요."

성호는 고개를 푹 꺾는다.

"아니다. 잘했다. 난 꼴등이나 했으련 했는디. 언제 공부나 했냐? 학교 다니기도 바빴는디. 나중에 취직하려면 졸업장이 필요할 거니 참고 다니거라. 꼴찌라도 괜찮다."

"……."

성호는 할말을 잃고 만다. 양아버지가 그저 고맙기만 했다.

"진즉부터 생각했는디 자전거를 사줄 텡게 타고 다니그라. 동네마다 길을 잘 닦아서 타고 다니기 수월하겠드라."

"와- 자전거 정말 사주시는 거예요?"

자전거가 있으면 얼마나 좋을까. 먼 길을 뛰어다니면서 늘 그 생각을 했었다. 그러나 언감생심 감히 자전거를 사달라고 말할 순 없었다. 양아버지가 한없이 고마웠다. 달달 볶는 양어머니한테 서운타가도 양아버지의 사려 깊은 마음을 대하게 되면 모든 서글픔이 눈 녹듯이 사그라진다. 다음 날 양아버지는 자전거를 구루마에 싣고 왔다. 좋은 것은 아니지만 밤에 불이 들어오는 것이었다. 학교에 오가는 시간이 훨씬 빨라졌다. 자전거가 있었기에 먼길을 3년 동안 통학하며 무사히 야간 고등학교를 졸업할 수 있었다.

성호는 3년 개근상을 받는다.

"십리 길을 하루도 빠지지 않고 다닌 야간부의 엄성호 군, 진심으로 축하합니다. 개근상이야말로 우등상보다도 귀한 상입니다. 엄성호 군의 앞날이 찬란하게 빛나기를 마음 깊이 기원하는 바입니다."

교장선생님은 야간부에서 유일하게 3년 개근상을 받은 성호를 주간졸업생까지 모두 참석한 전교생 앞에서 칭찬한다. 졸업식이 끝나자 꽃다발을 들고 모여든 가족들이 여기저기서 플래시를 터트리며 사진을 찍는다. 가족이 없는 성호는 사람들을 피해서 교문을 향해 터덜터덜 걸어간다. 하필이면 졸업식과 경호 형 상견례 날짜가 겹쳐서 양부모는 전주에 갔다. 성호는 오늘 졸업한다는 것을 양부모께 말하지 않았다. 오히려 양부모가 외출하여 맘 편히 졸업식장에 갈 수 있음을 다행으로 생각했다. 운동장을 터벅터벅 걸어 나오는데 꽃다발을 든 한준기 목사가 헐레벌떡 교문으로 들어온다. 좀 늦었다며 꽃다발을 건넨다. 그날 한 목사는 성호한테 자장면을 곱빼기로 사준다.

"정말 장하구나. 그 일을 다 하면서 개근을 하다니."

"아부지 때문이여요. 결석을 하면 큰일이라도 날 듯 결석을 못하게 했거든요."

"그래 맞다. 엄 집사 같은 분 없다. 어쨌든 이처럼 성실하게 살면 좋은 일이 꼭 있을 줄 믿는다."

한준기 목사는 개근상과 학교장상으로 받은 국어사전을 보며 칭찬을 아끼지 않는다.

목사님, 고맙습니다. 저도 나중에 커서 돈 많이 벌어서
불쌍한 고아나 가난한 사람을 돕고 싶어요.
목사님처럼 가난하고 불쌍한 사람을 도우며 살 겁니다.

그날 밤 성호는 감사의 편지를 써서 한 목사한테 드렸다.

*　　　*　　　*　　　*

현리의 청년들은 학교를 졸업해도 할일이 없었다. 동네에는 취직을 하지 못해 부모의 속을 끓이며 빈둥거리는 실업자가 날로 늘어간다. 성호와 나이가 같은 용문이, 찬수는 성호한테 자주 놀러왔다. 고등학교 졸업은 했지만 취직은 꿈도 꿀 수 없는 성호는 여전히 농사일로 바빴다. 농한기엔 동네 청년들이 성호네 집을 아지트 삼아 모여 만화를 돌려 보고 화투를 쳤다. 가끔 서울로 전주로 취직했다며 떠나기도 했는데 그들은 이끌어주는 친척이 있었다. 대부분은 고등학교 졸업장 없이도 구할 수 있는 단순한 고용직이었지만 떠나는 사람은 의기양양했고, 남은 자들은 부러워했다. 시골의 부모들은 자식을 되도록이면 도시로 보내려 한다. 70년대 초 청년들에게 취직은 하늘의 별따기였다. 취직을 하려면 도시로 나가 공무원학원이나 기술학원을 다녀야 했지만 곤궁한 살림에 고등학교도 어렵게 나온 터라 그럴 여유가 없었다. 초등학교 때 전체 반장도 하고

동네 부락장을 도맡던 정구 형처럼 공무원 시험에 합격하는 사람은 좋은 고등학교 출신으로 실력이 뛰어난 경우였다. 방거청이 실업자가 되어버린 대부분의 청년들은 어깨를 늘어뜨리고 기죽어지냈다. 유일하게 자유를 누리는 공간은 성호의 머슴방이었다. 성호의 머슴방에 모여 막막한 장래를 걱정하고 인생을 고민했다. 모두가 취업에 대한 꿈을 안고 있었지만 어떻게 해야 할지 몰라 고민이 많았다. 기술학원이나 공무원학원을 다니며 공부를 열심히 해도 합격이 안 되는데 부모들은 고등학교만 나오면 바로 공무원이 되고 회사원으로 나갈 줄 알았다가 집에서 일도 안하고 노는 방거청이 아들을 구박만 한다. 공무원학원이나 기술학원에 다니며 전문지식을 더 쌓아야 합격을 기대할 수 있다는 말이 안 통한다. '정구를 봐라, 정구가 공무원학원을 다녔냐?' 하며 면박하기 일쑤다. 농촌의 청년들은 어쩔 수 없이 부모의 기대를 저버린 채 농사일을 도와야 했다. 집에서 노는 장정을 두고 놉을 얻을 수는 없다고 생각하여 취직 공부를 해야 할 아들을 들일로 내몬다. 농사일을 하다 다시금 책을 보는 것은 힘들었다. 배웠던 것도 다 까먹는다. 학교 다닐 때 웬만큼 공부를 했을지라도 시험장에 가봤자 오엑스문제나 찍을 뿐 주관식문제는 쓰지도 못한다. 독하게 맘먹고 공부를 한다는 것 자체가 불가능하다.

대학은 꿈도 못 꾸는 시골에서 실업자로 사는 것이 싫었던 청년들은 영장이 나오기만 기다렸다. 용문이와 찬수는 논산훈련소로 떠나는 날 실업자의 꼬리표를 떼버린 듯 표정이 한결 밝았다. 매일같이 구박덩이로 살다가 모처럼 가족들의 관심과 염려 속에 집을 떠나는 발걸음이 오히려 의기양양해 보일 정도다. 용문이 어머니와 찬수 어머니는 논산훈련소까지 따라가며 그동안 구박한 것이 마음 아프다고 가슴을 두드리며 우는소리를 한다.

양아버지 엄주상은 자녀교육에 성공한 편이었다. 큰아들 준호는 사범학교를 나와 초등학교 교사로 발령받아 나간 지 오래고 둘째아들 경호는 기술학원을 다니더니 전기회사에 합격했다. 취직은 생각도 안한 길숙이 누나까지 초등교원양성소를 거쳐서 교원으로 나갔다. 공부 좀 한다는 길호 형은 판검사를 꿈꾸며 아직도 공부를 하고 있지만 가르친 자식을 하나도 허실 없게 취직까지 시켰으니 동네 사람들의 부러움을 산다. 동네 사람들은 남의 자식을 데려다가 키우니 복을 받는다고 말한다. 그러나 성호의 생각은 달랐다. 양아버지 엄주상의 교육열은 누구보다 강하다. 준호 형은 2년이나 재수를 하여 교육대학에 갔고, 공업고등학교를 나와 군대 다녀온 경호 형은 기술학원을 일 년씩이나 보냈다. 또 길숙이 누나를 위해 도회지에 자취방을 얻어 기회를 잡게 한 양아버지의 노력을 알기 때문이다. 성호에게도 졸업장을 따놓아야 한다고 하지 않았던가. 그때는 그 뜻을 잘 이해하지 못했는데 취업일선에 들어서니 이해가 확 된다. 양아버지가 이렇듯 세상 돌아가는 것에 해박한 까닭은 일주일이면 두 세 번씩 소 구루마를 끌고 장에 다녔기 때문일 것이다.

보리밟기를 하던 날 양아버지는 성호한테 초등학교 교사 시험을 보라고 한다.

"농사는 희망이 없다. 죽어라 고생만 하지 농사 지어봤자 월급쟁이 못 따라간다. 야간으로 공부해서 실력이 될지 모르겠지만 네 어머니 모르게 열심히 해봐라."

그것은 성호도 바라는 바다. 동네 청년들이 놀다 간 후면 국어, 국사, 세계사 같은 책을 내놓고 공부를 한다. 첫 시험엔 준비가 부족하여 낙방을 한다. 그러나 시험의 유형을 파악할 수 있었다. 다음 기회를 기다리며 준비를 철저히 했다. 그 해 늦은 가을에 초등 임시교사 자격시험이 또 있었다. 시험 합격자를 발표하는 전주교육대학 정문 앞에는 합격과 불합격을 받은 사람들의 희비가 엇갈린다. 엄성호라는 이름을 발견한 순간 자신의 이름이 별처럼 반짝이는 것을 본다. 세상에서 가장 소중한 이름이었다. 난생 처음 양부모를 떠나 교원 양성소에 입소한다. 희망과 꿈에 부풀어 열심히 공부를 했다. 좋은 실력으로 수료해서 도회지 학교로 발령을 받고 싶었다. 교육을 받은 지 두 달쯤 후, 양아버지가 사색이 되어 찾아왔다. 주머니에서 꺼내 준 봉투 속에는 군 입영 통지서가 들어 있다. 당시 교원 양성소는 부족한 교사를 급조하기 위해 만들어진 것으로 정해진 기간의 교육을 마치면 바로 교사로 나갈 수 있었지만, 중단하면 다시 시험을 치러야 한다. 제대 후까지 교원 양성소 제도가 유지될지는 아무도 모른다고 했다. 난감했다. 이 상태로 교원 양성소를 수료하면 군 기피자가 될 것이고 입대하자니 3년 후에도 교원 양성소 제도가 있다는 보장이 없다. 진퇴양난이었다. 대학을 안 나왔어도 교사가 될 수 있는 기회를 얻었는데 포기할 수 없었다. 양아버지는 준호 형이 초등 교사로 근무하고 있는 서해안의 섬으로 상의를 하러 간다.

"병무청으로 가서 군 입대를 연기해야지 여기는 왜 왔어요? 연기날짜가 토요일까지네요. 어쩌지요? 지금 나가서 배를 타야 연기할 수 있겠는데 벌써 뱃길이 끊어졌어요."

배가 없어 밤새 끙끙대다가 새벽이 되자마자 섬을 나와 부안에서 버스를 타고 전주에 도착했을 때는 정오가 다 되었다. 병무청 담당자를 찾아가자 직원 한 사람밖에 없다.

"과장님 결재가 필요한데 퇴근했어요. 월요일에 오세요."

똥끝이 타는 엄주상과는 달리 병무청 직원은 태연하다.

"월요일은 입영하는 날인데요. 오늘 연기신청서를 가져가야 해요."

"그러면 며칠 전에 왔어야지요. 담당자가 없으니 어쩝니까."

병무청 직원은 밖에서 점심 먹으러 가자며 기다리는 직원들을 따라가려 서둘러 나간다. 입영을 연기하지 못한 성호는 교원 양성소 교육을 중단하고 논산훈련소로 간다.

"내가 어리석었다. 바로 병무청으로 갔어야 했는데……. 넘 실망하지 마라. 하늘이 교사보다 더 좋은 직업을 주실라나 보다."

양아버지는 낙심한 성호를 위로한다. 손에 잡힌 행운도 놓칠 수 밖에 없는 운명이 야속하기만 하다.

"제 복이 그렇지요 뭐."

얼마나 서운했는지 속마음을 드러내지 않는 성호답지 않게 솔직한 심정을 말하고 만다.

*　　　*　　　*　　　*

3년 동안 강원도 산간에서 군대 생활을 마치고 돌아왔을 땐 마을이 많이 변해 있다. 무엇보다도 등잔불이나 호롱불을 밝히고 살던 동네에 전기가 들어와 환해졌다. 전기가 들어오니 잘사는 집은 텔레비전, 냉장고, 선풍기까지 들여놓았다. 양아버지 집 안방에도 텔레비전이 놓이고 대청마루에는 냉장고가, 마루에는 선풍기가 놓였다. 냉장고, 텔레비전은 고가여서 선뜻 사지 못하는데 아들과 딸이 취직을 한 양부모집은 전보다 더 풍요롭게 살았다. 기와를 올려 빨갛게 칠한 지붕에 텔레비전 안테나가 올라가 있다. 저녁이면 텔레비전을 보기 위해 동네 사람들이 양아버지 집으로 몰려왔다. 마루에 꽉 차게 앉아 드라마를 보고 이미자, 남진의 노래를 듣는다. 레슬링 선수 김일이 나오는 날이면 동네 사람들이 다 몰려왔다. 마루가 부족해 마당에 멍석을 펼치고 앉아 텔레비전을 본다.

변한 것은 전기가 들어오고 지붕이 개량된 것만이 아니었다. 방거청이 실업자였던 친구들이 경제개발 5개년 계획이라는 정책에 힘입어 하나둘 산업전선으로 떠났다. 용문이는 군대 가서 말뚝을 박았다 하고 성호보다 반 년 먼저 제대한 찬수는 돈 벌러 서울 가구공장에 갔다고 한다. 몇 년 사이에 젊은이들은 전주로 군산으로 익산으로 취직해서 나갔다. 교원의 꿈을 코앞에서 놓친 성호만 앞길이 막막하다. 성호가 군에 있는 동안 교원 양성소는 사라져 버렸다. 다시 양아버지와 농사를 지어야 하는 성호는 마음이 무거웠다. 교원 양성소는 그예 다시 열리지 않았다. 정을 붙이고 열심히 다녔던 교회도 젊은 청년들이 없으니 썰렁하다.

"엄 선생님이 군대에 간 동안 청년들이 많이 떠났어요.

서필승은 얼마 전에 군산 화판공장에 들어갔고 덕근이도 고등학교 졸업하자마자 군에 갔어요. 여선생들도 양장이나 편물기술을 배운다고 다 도시로 떠났네요. 월하리서 가끔 나오던 윤 선생은 서독 간호사로 간지 이 년이나 되었고 남은 청년들도 차차로 다 떠날 모양이니 교회가 텅 비게 생겼어요."

한준기 목사는 교회를 짓기 위해 땀을 흘리며 벽돌을 찍어내 뒷마당에 죽 늘어놓고 있다.

"이걸 혼자서 다 한 겁니까?"

"시간 날 때마다 찍으니까 얼마 못해요. 성호 선생이 없으니 도와주는 사람도 없어요. 이제 거의 다 찍었어요. 그래도 젊은이들이 취직해 나가는 것은 좋은 현상이지요. 허허."

한준기 목사는 목에 걸고 있는 수건으로 땀을 닦는다.

"저도 같이 할게요."

성호는 시멘트를 섞어놓은 모래를 삽으로 퍼서 틀에 올려 삽등으로 두들긴다. 한 목사처럼 벽돌 틀을 톡톡 두들겨 누르고 흔든 후 조심스럽게 빼낸다. 성호가 같이 하니 며칠 사이에 벽돌이 수북이 쌓인다. 한 목사는 내년 봄이면 차질없이 교회를 지을 수 있을 것 같다고 좋아했다. 성호는 새벽기도를 마치면 해뜨기 전까지 한 목사를 도왔다.

"성호 선생이 오니 십만 원군이 안 부럽네요."

한준기 목사는 미숫가루 탄 물을 컵에 따라 성호에게 주고는 자기도 한 컵 따라 마신다. 한준기 목사는 성호를 볼 때마다 요셉을 생각한다. 새벽마다 나와서 무슨 기도를 하는지 몰라도 기도하는 모습이 너무 이쁘다. 기도가 끝나면 러닝셔츠만 입은 채 땀을 흘리며 벽돌을 찍는다.

봄이 되자 몇 년 간 찍어 놓은 벽돌로 교회를 짓기로 한다. 교회를 지어본 경험이 있다는 한 목사의 장인 서 목수가 대목 일을 도왔다. 한준기 목사가 온 뒤로 부흥이 되었다곤 하지만 젊은이들이 빠져나가 봉사할 사람은 많지 않았다. 연로하신 안 장로나 신임 엄 장로만 믿었는데 그들도 농사가 본업인지라 건축 일을 맘껏 돕지 못한다. 엄 장로는 농사와 함께 이 집 저 집의 농산물을 소 구루마에 싣고 장에 나가는 일로 바쁘다. 소 구루마는 차가 안 다니는 시골에서 농산물을 장에 내다 팔 수 있는 유일한 교통수단이었다. 성호는 양아버지를 대신해서 서 목수를 도왔다. 벽돌을 쌓고 먹줄을 튕기는 등 서 목수, 한 목사와 같이 교회 건축에 힘썼다. 성도들의 헌금으로 근근히 꾸려가고 있는 교회는 인부나 기술자를 살 형편이 못 되었다. 오로지 직분 맡은 성도와 젊은 청년들의 봉사로 지어야 했다. 한 목사는 장인인 서 목수를 따라다니며 얼굴이 시꺼멓게 타도록 머슴처럼 일을 한다. 이럴 때 성호가 있다는 것은 큰 힘이 되었다. 고등학교를 졸업하고 군 입대를 기다리는 애송이 청년들이 몇 명 더 있지만 알아서 척척 일을 하는 성호는 열 명의 몫을 해냈다. 성호는 청년들을 뭉치게 하는 재능도 있어 성호가 일을 나오는 날이면 집에서 독학으로 공무원 시험을 준비하는 옥구나 게으른 찬문이까지 어정거리며 나와 일을 돕는다. 성호는 교회에 한 번이라도 나왔던 청년이라면 적극적으로 불러들여 일손을 보태게 했다. 영숙이 동생 영찬이도 그때의 청년이다. 논에서 일하다가 만나 말동무가 된 영찬이는 사람이 필요할 때면 묵묵히 도와주고 가더니 언젠가부터 예배에 참석하며 신실한 신자가 되었다. 서 목수를 도와 가장 많이 일한 사람은 성호와 영찬이일 것이다. 끼니는 사모를 중심으로 여자 집사들이 순번을 정해서 수고해 줬다. 처녀 땐 도시에서 살아 일을 해본 적이 없다는 사모는 햇볕이 내리쬐는 사택마당에서 땀을 흘리며 밥을 지었다. 교회 건축은 겨울추위가 오기 전에 끝내야 했으므로 마지막 단계에서는 모두 힘을 합쳤다. 십자가를 세울 뾰족탑을 올릴 때는 전 교인이 동원됐다. 아치형 현관 위에 뾰족탑이 올라가니 크리스마스카드에 나오는 유럽의 교회 같다.

"아버지, 무슨 생각을 그렇게 골똘히 하세요. 한 시간째 말이 없네요. 참, 고향에 첫사랑과의 추억도 있어요?"

정민이가 짓궂게 웃으며 묻는다.

"내게 첫사랑의 추억 같은 게 있을 것 같냐?"

성호는 정민이의 장난에 휘말리지 않으려 짐짓 위엄을 세우며 되묻는다.

"뭐 꼭 그렇다는 것은 아니지만, 그래도 좋아한 여자는 있었을 거 아녀요. 아버지는 어머니가 첫사랑인가요?"

"두말하면 잔소리지. 난 네 어머니밖에 없다. 죽었다 다시 태어나도 네 어머니하고 결혼할 거다."

"어머니가 여기 안 계시는 것이 안타깝네요. 아버지 고백을 들어야 하는데."

"너도 첫사랑이 있었냐?"

"아버지도 참, 왜 또 이야기 머리를 나한테 돌려요. 아버지 고향에 가니까 아버지 첫사랑이 궁금한 건데. 그만하지요. 아버지 첫사랑은 어머니라는 것 잘 알았습니다. 하하."

정민이는 웃고 만다. 성호는 아픈 가슴을 가만히 만졌다. 한주옥과의 만남은 눈을 감기 전에는 못 잊을 것이다.

한 목사의 여동생 한주옥이 장현교회에 나타난 것은 첨탑이 올라가는 날이었다. 1톤 트럭 위에 있는 첨탑을 여러 명의 장정이 젖 먹던 힘을 다해 아치 현관 위로 올리느라 줄을 잡고 사투를 한다. 지붕에서 밧줄에 묶인 첨탑을 잡고 있는 사람은 한 목사와 성호 그리고 영찬이다. 서 목수는 아래에서 일을 지시하느라 악을 쓴다. 트럭에 올라 타 첨탑을 밀어 올리는 사람은 안 장로와 엄 장로 그리고 두세 명의 청년들이다. 몇 번의 실패 끝에 간신히 첨탑이 제 위치에 올려졌을 때 박수소리가 짝짝짝 났다. 달빛같이 하얀 피부의 낯선 여자가 가지런한 이를 드러내고 활짝 웃으며 교인들 속에서 같이 손뼉을 치고 있다.

"어머니! 연락도 안하고 어쩐 일로 오셨어요? 교회 다 지으면 모시러 가려고 했는디."

한 목사는 하얀 피부 미인 뒤에 서 있던 백발의 할머니를 향해 황급히 인사를 한다.

"엄마가 오빠네 교회 짓는 데 가서 밥이라도 해주면서 도와야 한다고 해서."

박속처럼 하얀 여자는 한 목사한테 오빠라고 했다. 다소 통통한 몸매지만 활짝 웃는 입매가 영화배우 김지미처럼 고왔다.

"어머님이 할일이 뭐 있다고. 성도님들이 도와줘서 할 일이 없어요. 오시느라 피곤할 텐데 어서 집으로 가세요. 그런데 집 안이 엉망이어서."

사모는 많이 당황한 듯 앞서서 사택으로 달려 들어간다.

"거의 다 지었구나. 애썼다. 사둔어른 고맙습니다."

백발의 노파는 땀범벅인 얼굴로 안경을 벗어 닦고 있는

서 목수한테 허리를 구푸려 인사를 한다.

"이 청년이 성호라는 청년인가 보구먼. 고마워요. 성호 청년이 있으니까 교회 짓는다고 한 목사가 매번 말했어라우."

한 목사의 어머니는 성호한테 다가와 아는체를 한다.

성호는 멋쩍어서 고개를 꾸벅하고는 머리만 긁적인다.

"나중에 복 많이 받을 것이구먼."

백발의 노파는 성호의 어깨를 토닥여준다. 얼굴이 하얀 여자도 고개를 조금 숙여 인사를 한다. 하얀 얼굴이며 가는 콧날에 환하게 웃는 입속, 쌍꺼풀이 진한 눈매가 낯익은 듯했지만 가정중학교에 다니던 한주옥일 줄은 꿈에도 몰랐다.

"나도 그 학교에 좀 다녔어요."

한참 지나서야 이야기 중에 한주옥이 가정중학교에 다녔다고 한다. 순간 솔밭에서 인근 패거리들한테 하마터면 욕을 당할 뻔했던 여학생이 생각난다.

"김덕근이라고 한반이었지요? 인기가 많았던지 덕근이가 이야기를 자주 해서 기억나네요."

성호는 솔밭사건은 말하지 않기로 한다. 야밤에 솔밭으로 끌려간 사건은 한주옥도 기억하고 싶지 않을 테니까.

"맞아. 원래 우리 집이 공진면이거든. 그러고 보니 성호 선생과 우리 주옥이가 같은 가정중학교에 다녔구먼. 그때만 해도 생활이 어려운 애들이 다녔는데 더 이상 학생이 안 와서 지금은 문을 닫았다는구먼."

예수님이 양을 안고 있는 액자를 벽에 붙이고 있던 한 목사가 망치를 들고 돌아본다.

"그랬군요. 아쉽네요. 그래도 전 그 학교가 제일 많이 생각나는데. 엄격한 최 교장선생님이 많이 그립네요."

성호는 진정으로 가정중학교가 그리웠다. 가끔 꿈에도 보이곤 하던 학교다.

"전 엄마가 다리 아파서 데려다주지 못한다고 했을 때부터 학교를 그만뒀어요."

한주옥은 솔밭사건은 잊어버린 것 같다. 환하게 웃는 얼굴이 티없이 밝다.

갸름한 얼굴에 하얀 피부가 돋보이는 한주옥은 큰 체격에 둥글둥글한 편인 한 목사와는 영 분위기가 달랐다. 그날 밤 성호는 가슴이 설레며 쿵쿵 뛰고 있음을 느낀다. 한주옥을 다시 만나다니. 그때보다 훨씬 우아하고 아름다워 마치 천사를 보는 듯했다. 꿈을 꾸는 것 같았다. 한주옥이 한준기 목사님의 여동생일 줄이야. 세상은 넓고도 좁다더니 그 말이 실감난다. 성호는 한주옥이 있는 교회에 가는 것이 즐거웠다. 불확실했던 앞날에 희망의 빛이 보이는 것 같았다. 성호의 삶은 갑자기 물을 만난 고기처럼 싱싱해진다. 양어머니의 잔소리에도 불구하고 새벽기도를 마치면 아침까지 교회에서 한 목사를 도왔다. 교회는 다 지었지만 할일은 항상 많았다. 한주옥이 사모님과 같이 아침식사를 차려 주면 못이기는 척 얻어 먹는다. 한주옥의 웃는 얼굴을 보는 것만으로도 활력을 얻었다. 하루라도 한주옥을 안 보면 못 살 것 같았다. 마지막으로 유리창이 끼워지고 십자가에 불이 들어 왔다. 첨탑이 높은 아치형 교회는 도시 교회 못지않게 우아하고 멋진 모습을 드러냈다. 멀리서 보면 나즈막한 산과 어우러져 한 편의 그림엽서처럼 보인다. 십자가에 빨간불이 들어오는 장현교회는 언젠가부터 근동의 이정표가 되었다. 젊은이들의 취직 러시로 침체되어가던 교회에 새 신자가 멀리서도 찾아오기 시작했다. 십자가 불빛을 보고 관동리, 들판을 건너 월하리에서까지 예배를 드리러 온다. 예배시간이 되면 앉을 자리가 없을 만큼 예배당이 꽉 찼다. 한 목사는 안 장로, 새로 임직한 엄 장로와 함께 '대한 예수교 장로회 장현교회'라는 현판을 동으로 새겨 아치형 출구 앞에 붙인다.

"성호 선생, 사진 한 장 찍어요."

헌당식 날 기념사진을 찍고 흩어지는데 한준기 목사가 성호의 손을 잡아끌더니 둘만의 사진을 찍었다.

쪼개진 달

정민이는 음악을 틀어놓고 묵묵히 운전을 한다. 긴 침묵 속에 성호의 상념은 계속된다.

삐이익! 자전거 멈추는 소리가 난다. 공판장에 나갈 가마니를 일정하게 접고 있던 성호는 대문 쪽으로 고개를 돌린다. 새싹 마크를 붙인 모자를 쓴 덕근이가 자전거에서 내려 빨간 양철대문 안으로 성큼 들어선다. 덕근이는 방금 칠한 듯 색이 선명한 빨간 대문을 위아래로 훑어보고는 빨간색 양철지붕을 올려다본다.

"빨강색 지붕으로 바꿨네?"

"응."

"동네마다 지붕 개량하느라 굿이고만. 좋네. 돈 좀 더 들여서 양철지붕으로 항게 훨씬 보기가 좋구만. 봉도 세우고 물받이도 하였네. 우린 슬레이트로 했는디 영 얇은 것이 바람이 불면 날아갈 것 같애."

"벌써 출근하는 거여?"

성호는 덕근이 무슨 말을 하려나 기다리면서도 부지런히 가마니를 개키고 귀를 반듯하게 잡아 접어 한쪽에 쌓아 놓는다.

"잘살아보세 운동인가 새마을 운동인가 때문에 새벽부터 뛰어도 일이 안 끝나네. 아침부터 이런 말 꺼내긴 뭐하지만."

덕근이는 귓속말이라도 할 듯 옆으로 붙어서며 주변을 둘러본다.

"무슨 말을 하려고 그래?"

성호는 가마니 귀를 무릎으로 누르며 덕근이를 힐끗 본다.

"한주옥이 한 목사의 동생이었어? 어떻게 감쪽같이 몰랐지? 어제 버스 타고 오다가 봤는데 정말 예쁘더구먼. 나도 이젠 교회에 열심히 다녀야겠더라고. 그래야 일요일마다 한주옥이 예쁜 얼굴을 볼 꺼 아녀. 히히히."

덕근이는 손으로 입을 막으며 낄낄댄다. 성호는 아침부터 와서 기껏 그 말이냐는 듯 달갑지 않은 표정으로 가마니를 접어 쌓는 일만 한다. 대꾸도 하지 않는 성호에게 실없이 보인 것 같아 맘이 켕긴 덕근이는 웃음을 거두고 눈치를 살피더니 차곡차곡 쌓여 있는 가마니를 쳐다본다.

"지금도 가마니 짜? 마대부대가 나온 뒤론 방앗간에서도 안 쓴다던데."

덕근이 화제를 돌린다.

"댐 공사하는 데서 쓴대. 겨울이라 할일도 없고."

덕근이는 주머니에서 담배를 꺼내 한 개비 물고 라이터를 댕겨 불을 붙인다. 한동안 생각에 잠긴 채 담배를 태운다.

"오늘이 수요일인데 저녁에 교회 가?"

덕근이는 끝내 한주옥이 목적이었다.

"가지. 왜 너도 가려고?"

"한주옥은 내 첫사랑인데 다시 보니 가슴이 설레네. 만나보고 싶어."

"그럼 교회 나와. 나와야 볼 수 있지. 예배 안 빠지더라. 새 옷 자랑할 때만 오지 말고."

"그래서 말인데 한주옥이 좀 따로 만나게 해줘. 형은 교회 갈 때마다 만나잖아."

덕근이는 제대를 하자 다른 사람이 되었다. 부모를 졸라 공무원학원을 다니더니 그해 5급 공무원(지금의 9급) 시험에 합격을 했다. 운 좋게도 가까운 면사무소에서 근무하게 된 덕근이는 전에 없이 자신감이 넘친다. 예전엔 털렁거리고 놀기만 하였는데 지금은 평생 가난하게 사는 부모보다 낫게 살겠다며 열심히 산다. 동네 사람들도 그런 덕근이를 효자라며 칭찬했다. 덕근이는 예전의 덕근이가 아니었다.

그래서인지 한주옥과 사귄다 해도 이상할 것 같지 않았다.

"알았어. 니가 5급 공무원 시험에 합격해 면사무소 다닌다고 말했더니 놀라더라."

"놀랐겠지. 가정중학교 다닐 땐 공부는 뒷전이고 장난만 쳤잖아."

덕근이는 흐흐 웃는다. 성호는 묶은 가마니를 한쪽에 포개어 쌓는다. 열 개씩 묶어 놓은 가마니가 모두 여섯 죽이다. 성호가 일주일 동안 짠 것이다. 일본 수출이 막혔으니 가마니를 짜서 돈을 버는 시대는 지났지만 댐 공사장에서 사준다니 짜는 것이다. 원래 양아버지네는 동네 전체가 가마니를 짤 때도 가마니를 안 짰다. 가마니 짜기는 부부가 맞들어 짜는 것인데 양어머니의 건강이 안 좋았고, 가마니를 짜게 되면 온 식구가 달라붙어야 하기 때문에 동절기에도 휴식을 할 수 없다는 것이 양아버지의 핑계였다. 제대를 하고 취직도 못한 성호를 안타깝게 여겨 가마니 짜기를 권한 것은 양어머니였다.

"겨울에 할일도 없는디 저 짚눌 다 짜거라. 네 용돈도 하고 좋잖냐."

교회 건축도 다 끝났으니 가마니 짜기는 할만 했다. 남새밭에 집채만 한 볏단이 있는데 겨우내 군불을 때고도 남았다. 성호는 꾀부리지 않고 헛간에서 가마니를 짰다. 가마니는 동절기 유일의 수입원이다. 양아버지는 가마니를 팔아 온 돈의 일부를 성호한테 주곤 했다.

"한주옥이가 날 좋아할까? 형이 지금 핵교 교사를 한다면 형을 좋아할 것이구만."

덕근이는 메기처럼 큰 입을 씨익 늘인다. 덕근이도 회색 제복에 새싹 마크가 붙은 모자를 쓰고 있으니 사람이 훤한 것이 달리 보인다.

"그런데 앞으로 형은 뭐 할 생각이여? 사우디 갈 근로자를 뽑는다는데 거기는 안 갈 거지? 해외근로자로 가면 공무원보다 돈은 많이 번다는데. 형은 머리가 좋으니까 다시 공부하면 어디든지 붙을 거구만."

"교회나 나와. 한주옥이도 덕근이 니가 어떻게 변했는지 궁금해하더라. 예배당도 새로 지었으니까 구경도 할 겸."

성호는 빗자루를 들어 지푸라기가 널려 있는 마당을 쓴다.

"한주옥이 정말 그렇게 말했어? 알았어. 그럼 저녁예배 같이 가."

덕근이는 담배를 바닥에 던지더니 가죽 구두로 비벼서 끄고는 싱글벙글 웃으며 자전거를 타고 나간다. 그 뒷모습이 의기양양하다. 성호는 휘파람을 불며 달려가는 덕근이의 뒷모습을 잠시 지켜보며 피식 웃는다.

예배당을 다 지으면 서울로 돌아갈 줄 알았던 한주옥은

구정이 지나고 삼월이 되어도 가지 않았다. 봄이 오고 사택까지 다 지었건만 가지 않는다. 백발 성성한 어머니만 올라갔다. 한주옥은 몸이 안 좋아 공기 좋은 곳에서 더 있기로 했단다. 한주옥은 어머니와 서울 큰오빠 집에서 살았지만 시골에 오니 이해심 많고 잔소리 안 하는 작은 올케가 더 편했다. 또 건강이 눈에 띄게 회복되는 것을 느꼈다. 거기다가 교회도 새로 짓고 사택도 널찍하게 지었으니 어린 조카들 틈이지만 눌러 있을 만했다. 올케인 사모도 상냥하고 싹싹한 시누이가 말벗이 되니 좋아한다. 한주옥은 성호가 봉사하는 주일학교에서 서기 일을 보아준다. 주일이면 예배당 맨 뒤에 앉아 출석부를 돌리고 헌금을 기록했다. 언제나 화사한 색의 옷을 입거나 눈부신 하얀 옷을 입고 와서 아이들 하나하나에게 미소를 지어주니 싫어하는 사람이 없다. 공주처럼 예쁜 한주옥이 있으니 청년들은 예배가 끝나도 집에 갈 생각을 안 한다. 한주옥과 한 마디라도 더 이야기하고 싶어 해가 쏙 빠지는 저녁까지 어정대다가 저녁예배까지 마치고 갔다. 여자 선생들도 청년들이 집에 가지 않으니 교회에서 노는 것을 더 좋아한다. 교회는 일할 사람이 많아야 부흥한다. 젊은이들이 집에 가지 않고 교회에서 놀기 좋아하는 것을 보고 한 목사는 저녁예배 전에 성경공부를 시작했다. 청년들은 모두 도회지로 나가고 성호와 영찬이밖에 없는 줄 알았는데 교회를 새로 짓자 근동의 낯선 청년들이 불쑥불쑥 장현교회를 찾는다. 면서기 덕근이와 근동의 초등 교사라는 윤 선생이 교회에 등록한 것도 이때였다. 덕근이와 윤 선생은 성경공부를 하면서부턴 예배가 끝나도 가지 않고 뭉기적대다가 교회 일을 도와주기도 한다. 한주옥이 있는 교회에서 더 놀고 싶어 한다는 것쯤은 성호도 눈치로 안다. 한주옥은 군계일학처럼 뛰어난 미모를 가졌지만 오만하거나 쌀쌀하지 않았고 누구에게나 상냥해 남자들을 설레게 한다. 이듬해에는 주일학교 선생이 넘쳐났다. 그동안은 사정을 해도 맡지 않으려던 젊은이들이 자원해서 주일학교 선생이 되었다. 장현교회는 주일이면 인근에서 예배드리러 온 사람들로 가득 찼다. 청년들이 많아지자 처녀들도 모여든다. 이래저래 교회는 젊은이들이 바쁘게 들락거렸다. 교회에 나오지 않는 젊은이들까지 교회 철문 앞에 서성대는 것이 일상이 되니 한주옥은 혼자서 자유롭게 나다닐 수가 없다. 어디를 가든지 유령처럼 뒤를 따라오는 청년이 있다고 몸을 사렸다. 유행에 관심이 많았던 한주옥은 십리 길을 걸어 도시에 자주 나가는 편이었는데 몇 번 귀찮게 하는 남자를 만나고 난 후에는 혼자서 외출하지 못했다. 한 목사나 올케인 사모가 동행하지 않으면 한 달이고 두 달이고 나가지 못했다. 한주옥이 시골생활을 무료해 할 무렵 교회 앞까지 작은 버스가 들어왔다. 마이크로 버스라는 것이었는데 장현교회 앞까지 운행했다. 월하리 사람들은 솔밭과 뽕밭뿐인 산길을 지나야 하는 김제장보다 들판으로 나가는 솜리장이나 지경장을 더 선호했는데 버스가 다니기 시작하자 김제장을 보기 시작한다. 버스길이 열리자 가장 좋아한 사람은 한주옥이었다. 한주옥은 틈만 나면 버스를 타고 새 옷을 보러 나간다. 쇼핑을 즐기는 한주옥은 돈이 없어서 아무것도 못 살지라도 버스를 타고 나가서 시내 옷가게마다 휘돌고 다니며 아이쇼핑을 한단다. 한주옥이 있으니 세월이 바람처럼 지나간다. 다시 크리스마스가 돌아왔다.

주일학교 부장인 성호는 크리스마스 때 아이들에게 줄 선물을 사기 위해 버스를 타고 읍내에 갔다. 장을 다 봤을 때는 눈이 펑펑 내려 발이 눈 속에 빠질 정도로 쌓인다. 정류장에 가니 눈 때문에 버스 운행이 중단되었다고 한다. 성호는 크리스마스 선물로 줄 공책과 연필이 든 봉투를 들고 서서 집에 갈 궁리를 한다. 월하리행 버스를 타려던 사람들은 운행을 멈춘 버스를 보며 당황한다. 아이쇼핑을 하러 나왔다가 버스 시간에 맞춰 달려온 한주옥도 발을 동동 구른다. 갈색 가죽장갑을 끼고 종아리까지 올라오는 보기 드문 부츠를 신은 한주옥은 눈이 펄펄 날리고 있건만 목부분이 깊게 파진 순모 셔츠에 주황색 오버를 입고 머플러를 늘어뜨린 채 발을 동동거리다 성호를 보자 달려온다.

"버스가 안 간대요. 어쩌지요?"

"걸어가야겠네요."

"이거 신고 어떻게 가요. 이렇게 미끄러운데."

굽 높은 부츠를 신은 한주옥은 한 걸음도 제대로 걷지 못한다. 빗물이 섞인 눈으로 길바닥은 발만 디뎌도 미끄러웠다. 성호는 난감해진다. 한주옥이 멋을 잔뜩 부릴 줄만 알았지 철이 없다는 생각을 하지만 방법이 없었다.

"제 팔을 잡고 가요."

성호는 한주옥에게 한쪽 팔을 내준 채 걷는다. 눈길을 잘 걷지 못하는 한주옥은 미끄러질 새라 점점 더 세게 붙잡는다. 시오리 길을 어떻게 걸었는지 모르겠다. 비 오듯 땀을 흘리며 걸었던 기억밖에 없다.

"고마워요. 추웠지요? 어머, 얼굴이 다 얼었네."

장현교회 앞에 도착했을 때는 주변이 어둑어둑했다. 교회 문 앞에 다다르자 한주옥은 성호의 얼굴을 두 손으로 감싸쥐었다. 볼에서 느껴지는 주옥의 손길은 차가웠다. 성호는 자기도 모르게 한주옥의 두 손을 포개어 잡고 차갑게 얼어붙은 입술에 키스를 했다. 한주옥은 거부하지 않는다. 오히려 매달리며 안겨온다. 한주옥을 품에 안은 성호는 너무 긴장해서 가슴이 터질 것 같다. 한주옥은 성호의 입술에 손바닥을 대어 말을 못하게 막더니 한 번 더 키스를 하고는 도망치듯이 뛰어간다. 성호는 그날 밤 깊은 잠을 잤다. 감미로운 미소를 머금고서. 한주옥의 차가운 손길이 언제까지고 두 뺨에 머물러 있는 것 같았다. 한주옥의 입술이 닿았던 입술을 만져보고 또 만져본다. 거울 앞에 서서 자기의 입술을 보고 또 본다.

그런 일이 있은 후로 성호와 한주옥은 시내에서 자주 만났다. 겨울 농한기라 날마다 가마니를 짜고 새끼를 꼬아야 했는데 동네의 어느 집보다도 새끼를 많이 꼬아놓고 외출을 한다. 성호의 새끼 꼬는 손은 날아오르는 독수리 같았다. 쓰쓰쓱 비벼 올리는 솜씨가 똑바르고 일정했다. 금방 비벼 꼰 새끼가 엉덩이 뒤로 수북이 쌓였다. 나중엔 새끼 꼬는 기계를 샀지만 성호의 솜씨는 동네에 소문이 날 정도였다. 한주옥과 만나기로 한 약속 다방엔 언제나 한주옥이 먼저 나와 있곤 했다. 한주옥은 큰언니가 산다는 익산에 전날 나가 있다가 약속한 시간에 맞춰 김제로 왔다. 한주옥을 만나면 다방에서 커피를 마시고 빵집에 가서 빵을 먹고 영화를 봤다. 영화관에 가면 용기를 내어 한주옥의 손을 꼭 잡았다. 한주옥도 마주 잡아 주었다. 한주옥의 차갑고 포동포동한 손이 너무 좋다. 가끔은 한주옥의 탄력 있는 가슴에 얼굴을 기대어 숨결을 느껴보는 것도 가능했다. 얼굴도 모르는 어머니지만 한주옥의 가슴에 얼굴을 기대면 어머니의 가슴에 안긴 것 같은 따뜻함을 느낀다. 한주옥은 성호를 어린아이 달래듯 오랫동안 토닥였다. 한주옥과 같이 있으면 마음이 한없이 평안하다. 어둡고 불안하기만 했던 세상이 행복하게 느껴진다. 성호는 한주옥의 손을 잡으며 마음속으로 좋은 남편이 될 것을 결심한다. 한주옥 같은 매력 있는 아내와 살려면 남들이 부러워하는 직장을 가져야 할 것 같다. 그것이 가끔은 마음을 무겁게 한다.

"난 눈 뜨면 출근하고 저녁이면 퇴근하는 사람과 결혼할 거야. 일이 많은 농촌은 생각만 해도 끔찍하고 싫어."

"나도 그래. 날마다 허드레 옷만 입어야 하고."

예배당 대청소를 할 때였다. 여자 선생들과 같이 마루를 닦던 한주옥이 땀으로 달라붙은 머리를 쓸어 올리며 동료들과 주고받는 말이었다. 그러자 다른 여자들도 일에 파묻혀 사는 시골로 시집 안 갈 거라고 입을 모은다. 한 목사와 같이 의자에 올라가 커튼을 달고 있던 성호는 가슴이 뜨끔해졌다. 농사를 짓고 있는 자기에게 한 말이 아닌가 생각되었다. 한주옥은 자기를 있는 그대로 사랑하는 줄 알았는데 아닌가 하는 의구심이 생긴다. 한주옥의 남편이 되려면 하루빨리 출근하는 직장을 가져야 할 것 같았다. 취업을 적극적으로 생각하기 시작한 것은 그때부터였다. 초등 교사는 이미 물 건너 갔고 다른 출구를 찾아야 했다. 면서기가 된 덕근이나 군청 행정 공무원이 된 정구 형이나 고등학교 선생이 된 안 장로네 경진이 형처럼 월급쟁이가 되기로 한다. 공무원 시험은 7월에 있었다. 성호는 아무도 몰래 말단 공무원인 5급 공무원 시험을 보기 위해 밤마다 공부를 했다. 오랫동안 공부를 하지 않아 쉽지 않았지만 꼭 합격을 하여서 한주옥한테 정식으로 청혼을 할 생각이다.

"목사님을 찾아가서 동생과 결혼하게 도와달라고 했어."

저녁밥을 먹고 책상 앞에 앉아 있는데 덕근이가 할말이 있다고 하여 모정으로 나가자 입에 물고 있던 음식을 쏟아내듯이 다급하게 말한다. 성호는 깜짝 놀랐지만 느긋하게 되묻는다.

"그러니까 목사님이 뭐래?"

"동생한테 물어보겠다네."

성호는 아무렇지 않은 듯 웃고 만다. 덕근이가 안타깝게 느껴진다. 덕근이는 한주옥이 원하는 출근하는 남자지만 신앙심이 깊은 것도 아니고 덕근이 부모는 동네 주막을 한다. 비록 한주옥이 가정중학교도 마치지 못할 만큼 학력이 짧아도 인품 좋은 한 목사의 동생이며 출중한 미모는 한주옥의 가치를 몇 백 배 높여주지 않는가. 비가 추적추적 내리는 날이었다. 비를 흠뻑 맞은 덕근이가 곤죽이 되도록 술에 취해서 논에 거름을 뿌리고 있는 성호를 찾아왔다.

"한주옥이 보기보다 무섭네. 털끝만치도 날 좋아한 적 없다며 내가 가지고 간 반지를 보지도 않고 돌아서네. 지미럴! 정덕근이가 한주옥한테 채였다니까."

덕근이는 떨리는 손으로 반지 케이스를 보여주더니 그대로 차가운 길바닥에 고꾸라진다.

* * * *

정월 대보름날은 축제 분위기였다. 논둑마다 불길이 벌겋게 타오르고 집집마다 사당패들이 장구치고 북치고 꽹과리를 치면서 지신밟기를 하며 들락인다. 징소리 장구소리 꽹과리 소리가 높아지면서 남정네는 모정에, 여자들은 우물 앞 정자 나무 아래로 모여든다. 저녁을 먹은 성호는 작은 상자를 챙겨 주머니에 넣고 집을 나선다. 약속한 솔밭 원두막에 한주옥이 먼저 와 있다가 성호가 샛길로 올라가자 폴짝 뛰어내린다. 둘이는 솔밭 길을 걷는다. 사당패들의 장구소리와 꽹과리소리가 멈추지 않고 밤을 흔들어댄다. 달을 바라보며 얼마나 걸었던가. 어느덧 시끄럽던 장구소리도 잦아지며 밤은 깊어지고 소나무 사이로 보름달이 휘영청 뜬다. 온 세상이 달빛을 받아 환하다. 성호와 한주옥은 키가 큰 소나무 숲 마른 잔디에 앉는다. 빨간 교회 지붕이 멀리 보인다. 첨탑 위에 있는 십자가 불빛이 유난히 빨갛다고 생각한다. 성호는 한주옥의 손을 꼭 잡는다. 다른 팔로는 한주옥의 어깨를 안았다.

"보름밥 많이 먹었어?"

"살찔까 봐 조금 먹었어. 올케가 정말 맛있게 했는데."

한주옥은 많이 긴장한 듯 보였다.

"덕근이 때문에 놀랐지? 덜렁대서 그렇지 착한 애야."

"그래도 덕근이는 내 타입이 아냐! 내가 좋아하는 사람은 따로 있어."

"……."

성호는 아무 말도 할 수가 없다. 가슴이 마구 뛰는 것이 한주옥에게 심장 뛰는 소리를 들킬 것 같아 숨을 조금씩 내뱉는다.

"누구냐고 물어봐줘."

한주옥은 잡았던 손을 풀며 성호를 바라본다.

"누군데?"

성호는 작은 목소리로 물었다. 한주옥을 쳐다볼 수가 없다.

"아직 대답하지 않을 거야."

한주옥은 후훗 웃음을 터트린다. 성호는 한주옥의 손을 다시 잡는다. 왼손을 끌어다 주머니에서 꺼낸 작은 상자를 열고 금반지를 꺼내어 끼워준다.

"나와 결혼해줘. 지금은 비록 아무것도 없지만 주옥 선생을 위해서라면 무슨 일을 해서라도 행복하게 해줄 거야. 공무원이 되려고 한 달 전부터 공부도 하고 있어. 꼭 합격해서 돈 벌면 월급봉투째 다 줄게."

성호는 한주옥이 금방이라도 연기처럼 사라질 것 같은 두려움으로 그녀의 손을 움켜쥔다. 한주옥은 가만히 있었다. 자세히 보니 달빛 아래 비친 눈에 눈물이 고여 있다.

"사랑해. 많이많이 사랑해. 하늘만큼 땅만큼 우주만큼."

성호는 자신이 할 수 있는 모든 사랑을 보태어도 부족할 것 같아 갈증이 난다. 자신의 입에서 나오는 모든 말들이 허풍쟁이의 말 같아 목이 탄다. 사랑을 압축하여 한마디로 말할 수 있다면 뭐라고 해야 할까? 잠자리에 들어서야 생각이 났다. 성호는 이불 속에서 혼자 말했다. 내 생명을 다 바쳐 사랑해!

"나도요. 당신이 솔밭에서 날 구해준 사람이라는 것을 알았을 때부터 우리 만남은 운명이라고 생각했어요. 그런데……."

한주옥은 갑자기 흐느꼈다.

"그런데 왜 울어?"

성호는 한주옥이 우는 것이 맘에 걸린다.

"나도 몰라요, 왜 눈물이 나는지."

한주옥은 성호의 팔에 와락 매달렸다. 둘이는 어깨를 붙이고 앉아 하늘 높이 떠오른 노오란 달을 바라본다. 한주옥이 또 훌쩍인다. 성호의 마음은 점점 무거워진다. 한주옥이 우는 것이 마음 쓰인다. 보름달 주변으로 검은 구름이 밀려든다. 성호의 마음에도 먹구름이 밀려든다. 성호는 한주옥을 세게 끌어안는다.

"열심히 공부해서 꼭 공무원이 될 꺼야. 절대 주옥 선생 눈에서 눈물 나지 않게 해줄 꺼야."

성호는 한주옥의 손을 아프도록 잡는다. 한주옥도 성호의 손을 맞잡고 놓지 않는다. 고개를 들어 성호의 입술에 자기의 입술을 꼭 붙인 채 떼지 않는다.

그날 밤 잠자리에 누운 성호는 한주옥과 같이 본 보름달을 생각하며 한숨을 쉰다.

'자연 현상일 뿐이야.'

성호는 보름 달을 덮어오던 검은 구름을 생각하며 고개를 베개에 묻는다. 순간 달이 쪼개어지며 쫙 벌어지는 환상에 눈을 번쩍 뜬다.

실연

성호와 영찬이는 토요일 저녁이면 주보를 만들었다. 주보는 백여 장 정도 찍어야 한다. 성호가 철필로 쓰면 영찬이는 롤러에 등사 잉크를 적당히 묻혀 조심스럽게 등사기 위를 긁어내린다.

"계십니까?"

굵직한 목소리에 돌아보니 키 큰 남자가 현관 앞에 서 있다. 후리후리하니 촌에서 흔하게 볼 수 없는 핸섬 보이다. 콧날이 반듯하고 피부가 하얀 것이 서양인처럼 생겼다. 회색빛 양털 칼라가 달린 고급스런 가죽 잠바를 입은 남자는 성호를 향해 환하게 웃으며 성큼성큼 걸어온다.

"어떻게 오셨습니까?"

성호는 한 목사를 찾아온 타 교회 목사나 전도사로 알았기에 등사기에서 손을 떼고 공손히 묻는다.

"나야 석휘."

뜻밖의 손님이다. 초등학교 동창인 석휘가 오다니. 초등학교를 졸업한 뒤로 십여 년 동안 한 번도 만나지 못했던지라 몰라보겠다. 중학교 다닐 때 두어 번 편지는 주고받았지만 언제부턴가 흐지부지 연락이 끊겼다. 전주 일류 중학교에 다니는 석휘가 친구라는 것이 허황되게 느껴지는 한편 자격지심도 들었다. 더 이상 만날 일도 없으리라 생각하니 빨리 잊고 싶었다. 세월이 흐르면서 석휘를 정말 잊어버렸다. 그런 석휘가 눈앞에 서 있다. 몰라보게 변했다. 키가 훌쩍 컸고 이목구비가 수려한 미남이다. 목소리도 다정다감하고 지성미와 건강미까지 갖췄다. 연못에 빠져 앙앙 소리치면서 울던 예전의 여린 석휘의 모습은 찾아볼 수가 없다.

"여기 앉아."

석휘를 갈탄이 타고 있는 난로 옆 의자에 앉게 한다. 석휘는 작은 의자에 두 다리를 거북하게 벌리고 앉는다.

"여기가 우리 집에서 십리밖에 안 되는데 학교 졸업하고 한 번도 마주친 적이 없었다니, 우리 친구 맞냐? 정말 보고 싶었다. 넌 내 생명의 은인이 아니냐? 오늘 아침 문득 그 생각이 나서 만사 제치고 온 거야. 니네 집에 가니까 교회에 가보라고 해서 교회 십자가만 보고 찾아왔다."

석휘는 천장에서부터 바닥까지 자주색 커튼이 늘어뜨려진 교회 안을 둘러본다.

“참, 나 취직해서 전주로 발령받아 떠난다.”

“발령이라니, 무슨 발령?”

얼른 이해를 못한 성호는 등사판에서 몸을 일으킨다.

“초등 교사 발령받았거든. 교사로 나가면 널 보기가 더 힘들 것 같아서 부러 보러 온 거야.”

“아, 축하한다. 군대는 다녀왔어?”

“그럼. 학훈단 했다. 법대에 들어가고 싶었는데 우리 형이 법대 나와서 고시에 맨날 떨어지는 것을 보니까 빨리 취직하고 싶더라. 교육대는 2년이니까 남들보다 취업이 빨라서 좋네. 하하.”

즐거운 듯 밝게 웃는 석휘가 거침없어 보인다.

“우리 길호 형도 고시 공부하느라 양아버지를 힘들게 하던데 잘했다. 교사 발령 축하한다.”

성호는 석휘의 섬세하면서도 커다란 손을 잡고 흔든다.

“너도 공무원 시험이라도 보는 것 어때?”

“공무원 좋지. 그런데 농사를 짓다 보면 농사를 짓는 것도 괜찮은 것 같고, 교회 건축을 돕다 보니 건축하는 일을 하고 싶기도 하더라. 아직 무엇을 해야 할지 모르겠구먼.”

성호는 얼마 전부터 공무원 시험을 준비한다는 말은 하고 싶지 않았다. 생각보다 쉽지 않은데다가 일을 하다 보면 계획한 대로 공부를 하지 못했다. 찬물로 세수를 하며 책에 매달려보지만 어느 순간 깊은 잠 속에 빠져있기 일쑤였다. 이런 식으로 공부해서는 합격할 것 같지 않았다. 눈만 뜨면 아침부터 저녁까지 일을 하고 있으니 자신도 없다. 결국 머슴살이를 벗어나지 못할지도 모르겠다. 그것은 성호가 가장 원하지 않는 삶이지만 현재로선 출구가 없었다. 성호는 〈걸리버 여행기〉나 〈톰 소여의 모험〉 같은 책을 읽을 때부터 현리를 떠나 독립해서 살고 싶었다. 모험하는 사람은 세상을 바꾼다. 그러나 맘뿐이지 번번이 세상으로 나가는 것이 두려워 주저앉고 말았다. 성경에는 모든 것이 때가 있다고 했다. 심을 때가 있고 거둘 때가 있다고. 그렇다. 모든 농작물도 때를 따라 심고 거둔다. 성호는 자연에서 많은 것을 배운다. 특용 작물을 재배한다거나 새로운 기술을 도입하여 수확을 늘리는 것이야말로 새 시대를 열어가는 것이다. 그날 성호는 피워놓은 갈탄이 다 탈 때까지 석휘와 이야기를 나누었다. 그동안 못한 이야기를 하느라 시간 가는 줄 몰랐다. 농한기라 가마니를 짜서 판다는 이야기를 하자 석휘는 얼굴을 찌푸렸다.

"다시 공부를 해봐. 공무원 시험을 본다면 내가 5급 공무원 시험 문제지를 사올게."

석휘는 성호를 돕고 싶어 했다. 성호는 사양했다.

"난 나대로 계획이 있어. 모두가 도시로 떠나도 난 여기서 농사 지으며 살 거야."

그것은 한주옥에게 했던 말과는 달랐다. 농촌은 희망이 없다고 조언하던 양아버지의 말과도 위배되는 것이었다. 그런데도 태연하게 숙원하는 꿈인양 말하는 자신이 어이가 없다. 농촌에서 벗어나는 것이 소원이건만 자신을 속이며 말한다. 오랜 시간 지나서야 그때 한 말은 석휘를 속이고 자신을 속인 열등생의 마음임을 깨닫는다. 내면의 자존심이 거짓된 신념으로 자신을 치장했던 것이다.

"어디서든 신념을 갖고 산다는 것은 좋은 거야."

갈탄이 빨갛게 타는 것을 지켜보던 석휘는 흔들리지 않는 성호의 신념을 존중해 준다. 성호는 고개를 주억였지만 막연한 불안감을 느낀다. 문이 열리고 쟁반을 든 한주옥이 조심스럽게 들어온 것은 이때였다.

"아직도 불이 켜져 있어서 먹을 것 좀 가져왔어요."

월남치마에 하얀 순모 스웨터를 입은 한주옥은 어느 때보다 눈부시게 아름다웠다.

"이제 가려고 했는데."

성호는 한주옥의 출현이 반갑지 않다. 출중한 석휘와 꾀죄죄한 작업복 차림의 자신이 비교당할 것 같아 싫었다. 아니, 그보다 혼자만 알고 혼자만 보고 싶은 한주옥을 석휘한테 들킨 것 같아 불안했다. 등사기를 제자리에 옮기고 주보를 챙겨 주보대 위에 놓으면서 한주옥을 보는 석휘 눈이 빛나는 것을 보았을 때 기분이 혼란스러웠다. 석휘를 바라보는 한주옥의 눈도 반짝이는 것을 재빨리 간파한다. 묘한 패배의식 같은 것이 소나기처럼 쏟아지며 심장을 두들긴다.

"드시면서 이야기하세요."

한주옥은 하얗고 포동포동한 손으로 김치전 접시를 두 사람 앞에 놓더니 난로 위에 있는 양은 주전자를 들어 뜨거운 보리차도 컵에 따라 놓는다. 석휘를 바라보는 한주옥의 눈이 생기있게 빛나고 목소리는 금쟁반에 옥구슬 구르듯 상냥하다.

"누구야? 목사님의 딸? 미인이다. 이런 시골에 저런 미인이 다 있었다니 놀라운데?"

한주옥이 들어오자 큰 키를 세우고 서 있다가 한주옥이 나가자 다시 앉은 석휘는 놀라움을 감추지 않는다. 내 애인! 성호는 그렇게 말하고 싶었지만 엉뚱한 소리를 하고 만다.

"소개해 줄까?"

무슨 조화인지 성호는 평생 후회할 말을 하고 만다. 그때 내 애인. 우린 결혼하기로 했어. 이렇게 말했어야 했다. 그랬으면 석휘는 아쉬웠겠지만 한주옥을 애초 단념했을 것이다. 운명의 그림자는 여기서부터 드리우기 시작한 것이다.

"미인 싫다는 남자 없지. 어떤 여자야? 이 시간에 김치전까지 갖다 주는 것으로 봐선 널 좋아하는 것 아냐?"

석휘는 성호를 의미 있는 눈으로 지그시 바라본다.

석휘의 적중한 예감은 성호의 실수한 말을 되찾을 절호의 기회였다. 한주옥을 빼앗기지 않을 신의 한 수였다. 한주옥과 연인관계임을 밝힘으로써 모든 것을 원상태로 돌려놓을 수 있었다. 하지만 성호는 맘과 다르게 계속 헛발질을 했다.

"그러면 얼마나 좋겠냐. 오르지 못할 나무는 쳐다보지도 말라는 말이 있다. 맛있겠다. 전이나 먹자."

평소 한주옥을 오르지 못할 나무로 생각한 진심 그대로 말해버린 것이다. 그만큼 자신의 처지는 내놓을 것이 없지 않았던가. 성호는 김치전을 크게 한입 넣고 우물거린다.

"괜히 엿 먹이지 마라. 그렇잖아도 요즘 우리 부모님은 날 결혼시키지 못해 안달이다. 결혼을 해야 직장생활도 안정된다고 선을 보라 야단이다. 그런데 중매쟁이가 가져오는 여자 사진마다 맘에 안 들어. 예쁜 여자는 어디로 갔는지 하나같이 평범한 여자뿐이라니까. 그런데 저 여자 정말 애인 없어?"

석휘는 정색을 하고 심각하게 묻는다.

"맘에 들었구나."

성호는 전을 우물거리며 여전히 장난스레 말한다.

"들다마다."

"오빠가 목사님이야. 예수 안 믿는 남자한테는 시집 안 보낼 텐데. 사귀려면 예수 믿어야 할 거야."

"그까짓 거 믿으면 되지. 니가 날 저 여자한테 소개해봐. 당장 교회 다니고 예수 믿을 것잉게."

"알았어. 의중을 한번 물어보지. 좀 화려하니까 사귀게 되면 돈이 좀 들 거야."

성호는 여전히 진심을 감추며 느물느물 말한다. 한주옥한테 반한 석휘를 놀리는 것이 불안하면서도 재미있다. 언젠가 한주옥과 결혼한다고 석휘한테 청첩장을 보낼 생각을 하니 웃음이 터질 것만 같았다. 그때까지 석휘한테는 비밀로 하기로 한다. 비단 석휘한테만 비밀로 하는 것은 아니었다. 한 목사의 가족이나 양부모에게도 비밀로 하기로 한다. 결혼날짜를 잡을 때까지 모든 사람들한테 비밀로 하자고 둘이는 손가락을 걸어 약속했었다.

한주옥을 알게 된 석휘는 토요일이면 성호가 등사기로 주보를 찍는 시간에 맞춰 교회로 왔다. 대체로 혼자 왔지만 동창생과 동행해 오기도 한다. 성호가 주일예배에 쓸 주보나 유인물을 등사하는 동안 석휘는 난로 옆에서 한주옥이 나타나기만을 기다렸다. 그러나 외출이 잦은 한주옥은 예배당에 오는 일이 없다. 토요일이면 시내에 나가 쇼핑을 하느라 피곤했기 때문이다. 한주옥은 최신 유행하는 옷에 관심이 많았으므로 새로 나온 옷을 알아보기 위해 버스를 타고 익산이나 김제에 나가곤 했다. 버스를 타고 도시로 나가는 것이 한주옥에겐 크나큰 낙이었다. 옷을 잘 챙겨 입고 외출을 하지만 주머니 속의 지갑은 여유롭지 못했다. 때문에 예쁜 옷이 있어도 맘껏 살 수 없는 것이 괴로웠다. 통통한 편이지만 입는 옷마다 일백육십오 센티의 훤칠한 키에 잘 어울렸다. 빵빵하게 조이는 가슴 라인이 불만이지만 옷가게 주인은 가슴이 큰 것은 흠이 아니라며 오히려 가슴에 포인트를 주어 옷을 입으라고 권유한다. 한주옥은 매번 옷을 살 형편은 아니었으므로 옷에 어울리는 자잘한 액세서리로 만족해야 했다. 꾸미지 않아도 하얀 피부에 볼그레한 뺨이 고운데 최신 유행까지 열심히 좇으니 누구도 따라잡을 수 없는 멋쟁이로 소문이 난다. 교회에 온 청년들은 한주옥을 시종 흘끔거리며 훔쳐보다가 아쉬움을 안고 돌아가곤 한다. 더러는 한 목사의 설교에 감동하여 예수를 믿는 청년도 있지만 대부분은 한주옥을 보는 것이 목적이었다. 석휘가 은혜를 받을 줄은 정말 몰랐다.

"예수는 대단한 분이야. 나를 따르라. 나는 길이요 진리요 생명이라고 말할 수 있다는 것부터가 대단하지 않아?

이 세상 어느 성인이 나를 따르라고 자신있게 말하였나? 아무튼 예수라는 청년 당당한 것이 매력 있어."

석휘는 한 목사의 설교에 진심으로 깊이 감동했다.

"서점에 갔다가 샀어. 콘사이스야."

한주옥은 크리스마스 날 제일 먼저 나와 교회 마당의 눈을 치우고 있던 성호에게 작은 상자를 건넨다. 영어공부 많이 해서 공무원 시험에 꼭 합격해야 해. 한주옥은 성호가 꼭 공무원이 되길 바랐다. 반짝이는 눈 속에 간절함이 베어 있다.

관동리 너머 청수면 소재지의 기와집에 사는 석휘는 일요일이면 십리길이 넘는 장현교회에 왔다. 성호는 이왕이면 주일학교도 같이 하자고 권유한다. 석휘는 개학할 때까지만 학생부 예배를 돕기로 한다. 아직 성경말씀을 잘 모르고 기도도 할 줄 모르니 오락시간을 담당하는 정도지만 열정적으로 참여했다. 석휘와 덕근이까지 도와주는 어린이 주일학교는 다양한 프로그램으로 활기가 넘친다. 장현리의 어린이들은 교회당의 종소리만 나도 무슨 일인가 하여 교회로 달려왔다. 그때마다 한준기 목사님을 비롯한 성호와 석휘, 덕근이, 한주옥을 중심으로 하는 새 프로그램이 활발하게 진행되었다. 한 목사는 어린이새벽기도회를 열고 연극반과 찬양대도 만든다. 교회는 주일이면 성도들과 청년들 그리고 아이들이 모여 늦은 시간까지 불을 밝히고 다음 주 예배를 위한 준비로 바빠졌다.

아무리 은혜를 받았다 하지만 직장이 전주에 있는 석휘가 주일마다 장현교회에 나오는 것은 대단한 열정 없이는 불가능한 일이었다. 성호와 절친하다는 것이 이유라고 하지만 전주에도 교회는 많은데 굳이 장현교회만 고집하는 것은 필시 무슨 사정이 있다고 봐야 했다. 성호는 석휘가 한주옥에게 관심이 많은 것을 알고 있었지만 자기와 결혼을 약속한 사실을 말해 줄 수 없는 것이 안타까웠다. 한주옥한테 관심을 갖고 있는 청년은 석휘 말고도 더 있었다. 백성면에 있는 초등학교 교사인 윤 선생도 수요예배까지 열심인 것이 눈치가 예사롭지 않았다. 한주옥은 주일학교 예배가 끝나면 특별한 일이 없는 한 사택에서 나오지 않는다. 순옥, 복희, 윤주 같은 여자들과 히히덕거리며 어울리지도 않는다. 한주옥은 혼자 놀지만 외로워하는 것 같지 않았다. 나르시즘에 빠져 있는 한주옥은 자신을 꾸미고 가꾸느라 다른 사람을 신경 쓸 여유가 없었다. 여자선생들은 한주옥과 어울리지 않았지만 도도하지 않고 친절한 한주옥을 미워하지 못했다. 한주옥을 특별하게 여겨 예쁘고 착하다고 침이 마르도록 칭찬을 할 뿐이다. 전주에서 토요일마다 달려오던 석휘에게도 한계가 온 것 같았다. 무더위가 시작되고 30도 이상의 지열이 푹푹 끓는 한여름에 석휘는 병원에 입원을 한다. 입맛이 떨어지고 얼굴색이 나빠져 입원했는데 급성 간염이라고 한다. 성호를 비롯한 주일학교 선생들이 전주까지 병문안을 갔다. 한주옥은 빨간 장미꽃에 안개꽃이 섞인 꽃다발을 손수 준비해서 동행한다.

"여기에 꽂아놓을게요. 이 꽃 보면서 빨리 나으세요."

한주옥은 유리병에 꽃을 꽂아 창문 아래 놓으며 방긋이 웃었는데 너무 상냥하다 못해 애교를 떠는 것 같았다. 순간 성호는 심통이 났다. 한주옥이 석휘를 꽃으로 유혹하는 것 같아 기분이 나빠져 돌아오는 내내 입을 다물었다.

석휘가 다시 교회에 온 것은 한 달쯤 지나서였다. 언제 아팠냐 싶게 건강한 모습을 되찾은 석휘는 어머니를 모시고 성큼성큼 걸어들어온다. 고급 투피스 차림의 석휘 어머니는 키가 크고 이목구비가 수려한 것이 석휘가 어머니를 닮았음을 알 수 있었다. 석휘 어머니는 한 목사와 오랫동안 이야기를 하고 돌아갔다. 일주일 후에는 보통 키에 살집이 좋은 석휘 아버지까지 왔다. 노부부는 예수를 믿기로 했다며 장현교회에 정식으로 등록한다. 한준기 목사가 동화를 써서 아이들한테 들려준다고 하자 석휘 아버지도 한때는 소설가가 되려고 한 적이 있다며 절친하게 지낸다.

"아멘!"

석휘 어머니는 교회 나오는 것이 행복한지 설교 시간이면 앞자리에 앉아 아멘을 복창한다.

"예수가 내 영혼을 흔드는 구주이심을 이제야 깨달았어요. 새로운 인생을 사는 것 같아요."

석휘 아버지도 예배를 마치고 나면 교인들 앞에서 자신 있게 신앙 간증을 한다. 한준기 목사는 석휘 부모님이 교회에 나오자 목회에 큰 힘을 얻었다며 그 어느 때보다도 고무되었다. 장현교회는 점점 부흥이 되었다. 교인이 점점 늘어가자 한 목사는 교육관 건축을 계획한다. 교회 식당 겸 성경학교를 하기 위해서란다. 석휘 부모님은 교육관 건축 헌금을 모두 부담하겠다고 했다. 한 목사는 석휘 부모님의 헌금 덕에 벽돌을 손수 찍지 않아도 되었다. 겨울이 오기 전, 교회당 아래쪽에 슬레이트를 얹은 이십 평의 아담한 교육관이 완공되었다. 한준기 목사는 교육관을 흐뭇하게 바라보며 평일에는 지역 주민까지 불러 성경공부 외에 많은 문화 프로그램을 운영할 거라고 한다.

이듬해 여름, 성호는 공무원 시험을 보았다. 행정직 5급 시험이었다. 열심히 공부했지만 시간이 없어서 전 과목을 완벽하게 하지 못했다. 시험을 보는 내내 자신이 없더니 낙방했다. 당연한 결과겠지만 많이 낙심됐다. 콘사이스까지 선물한 한주옥을 볼 면목이 없다. 합격하면 당당하게 청혼을 하려던 계획이 무산되고 만다.

"실망하지 말아요. 내년에 다시 보면 되잖아요. 교육관 짓는다고 시간을 너무 빼앗겼어요. 그렇잖아도 바쁜데."

한주옥은 성호가 시험에 실패한 것은 교육관을 지은 때문이라고 한다. 교육관 지을 때 성호가 하루도 빠지지 않은 것은 사실이다. 그러나 성호는 교육관 공사를 탓할 생각은 없었다. 오히려 교회 봉사에 최선을 다했으니 하나님이 더 가치 있게 보고 합격시켜 줄 것이라 믿었는데……. 하나님이 자기를 사랑하지 않는가 회의가 든다. 여름성경학교를 끝낸 선생들은 회식을 마치고 2차 모임으로 과수원에 가서 수박을 먹기로 한다. 성호는 가고 싶지 않다.

"그깟 거 가지고 왜 그래요. 담에 붙으면 되잖아요. 수박 먹게 가요."

먼저 집으로 가려는데 한주옥이 쫓아와 팔을 잡아끈다. 원두막에 동그랗게 모여 앉아서 수박을 먹는데 한주옥이 수박 하나를 집어 성호한테 준다. 참외도 제일 먼저 한 쪽을 집어다 성호에게 내민다.

"와! 오늘 성호 호강하네. 한 선생님, 언제부터 그렇게 성호 선생하고 가까워진 거예요? 나도 공무원 시험에 떨어졌으면 좋겠네. 그러면 나한테도 서비스할 건가요?"

다른 사람의 눈치를 보지 않고 성호를 위로하는 한주옥

의 태도에 윤 선생이 놀린다.

"질투 나게 너무 그러지 마요."

먹는 자리라면 놓치지 않고 끼는 면서기 덕근이도 한마디 한다. 한주옥은 덕근이의 질투에도 동요됨이 없다. 여전히 성호에게 신경을 쓴다.

"두 가지 일을 다 성공할 수는 없어요. 장현교회 교육관 건축은 엄 선생님 도움이 제일 컸어요. 공무원 시험이 어디 쉽나요? 전문 학원에서 공부해도 떨어져요. 독학으로 그것도 농사일하면서 교회 교육관까지 짓는다고 매일 세면가루를 먹으면서 일했잖아요. 떨어진 것이 당연한 거예요."

한주옥은 일행과 헤어져 돌아가는 길에 성호를 따라와 위로해준다. 한주옥의 위로를 받자 서러움에 눈물이 난다. 한주옥이 가방에서 손수건을 꺼내 얼굴을 닦아준다. 감정이 복받치며 울음이 더욱 밀려 나온다. 한주옥은 그런 성호를 안고 다독여준다.

"합격하면 결혼하려고 했어요. 결혼해서 한 선생과 행복하게 살고 싶었어요."

성호는 한주옥의 손을 꼭 잡았다.

"내년에 또 시험 봐요. 그때 합격하면 결혼해요. 저 도망가지 않아요. 이렇게 옆에 있을 거예요."

한주옥은 성호의 손을 꼭 잡고 입술을 갖다 대었다. 산새

들이 시끄럽게 짹짹거리다가 푸드득 날아간다. 조용한 신작로 길은 달빛으로 환하고 하늘엔 별이 총총하다. 아름다운 저녁 풍경이 두 사람을 품어주는 것 같다.

"꼭 합격해서 내년엔 우리 결혼하자. 약속해!"

한주옥의 위로와 격려에 새 힘을 얻은 성호는 다시 한 번 약속했다. 두 사람은 밤길을 하염없이 걷다가 장현교회 철대문 앞에서 멈춘다.

"합격하지 못해도 우리 결혼해요. 이제는 하루빨리 성호씨를 위해 밥을 하고 빨래를 하고 싶어요."

한주옥은 성호의 귀에 대고 언젠가처럼 고백을 한다. 한주옥의 고백을 들으니 석휘가 나타난 뒤로 늘 불안했던 마음이 연기처럼 사라진다.

*　　　*　　　*　　　*

가을걷이도 다 끝나고 김장철이다. 교회 마당에서 여집사님들이 김장을 하고 있다. 성호와 영찬이가 등사기를 밀고 있는데 석휘가 들어온다. 몇 달간 안 보이던 석휘는 싱글벙글 얼굴이 밝다.

"잘 지냈어? 서울로 시집간 영숙이 누나는 잘살고 있지?"

석휘는 영찬이에게 전에 없이 말을 건다. 교회 마당에서 김장을 하는 여집사님 한 사람 한 사람에게도 인사를 한다.

"안녕하세요. 날씨가 추운데 고생이 많으세요. 무거운

것 들 일 있으면 저한테 시키세요."

"석휘야, 너 처갓집에 온 사람 같다."

왜 그렇게 말했는지 모르겠다. 처갓집에 가면 그럴 거라고 생각해 본 일도 없건만 성호는 그 말이 가장 적합한 것 같아서 뱉어냈을 뿐인데 석휘의 대답은 놀라웠다.

"암, 처갓집에 왔지."

석휘의 표정은 득의만만하다.

"나 결혼해. 너무 좋아서 진정이 안 되네."

성호는 갑작스런 석휘의 말에 눈을 동그랗게 뜬다.

"축하해. 여자는 어떤 사람이야? 같은 학교 여교사?"

성호는 한주옥이 석휘의 아내가 될 거라고는 꿈에도 생각하지 못했다. 그럴 수도 없는 것이니까. 몇 달 전까지만 해도 한주옥은 성호를 위해 밥을 하고 빨래를 하고 싶다고 했다. 그런데 석휘의 입에서 나온 대답은 너무 뜻밖이었다.

"내가 꿈꾸던 여자! 너도 잘 아는 장현리의 최고 미인! 맞혀봐!"

"……."

장현리의 미인이라면 한주옥을 빼고 누가 있단 말인가.

성호는 석휘를 노려본다.

"장현리의 미인이라면 한 목사님의 여동생 한 선생이라고 생각하는데? 또 다른 미인이 있었나?"

"맞아! 한주옥을 따라갈 미인은 없지. 너도 인정하지?"

흥분한 석휘는 성호의 팔을 잡고 흔든다. 성호는 석휘가 이상해진 것은 아닌가 싶다.

"그럼 한주옥이라고?"

이국적인 이목구비를 갖춘 석휘의 수려한 얼굴이 위에서 아래로 선을 긋듯 주억인다. 무슨 말이야? 한주옥은 나하고 결혼하기로 했어! 하마터면 그렇게 소리칠 뻔했다. 그러나 성호가 소리치기도 전에 석휘가 말한다.

"결혼날짜까지 잡았어. 이번 겨울방학에 하기로 했어."

성호는 눈앞이 하얘지면서 들고 있던 롤을 떨어뜨린다. 석휘가 잡지 않았다면 뒤로 넘어졌을 것이다. 성호는 석휘를 밀치고 밖으로 나간다. 김장을 하고 있는 마당을 지나 사택으로 뛰어들어간다.

"엄 선생님, 무슨 일이세요?"

부엌에서 일하던 사모가 깜짝 놀라 묻는다.

"한 선생님 좀 만나러 왔는데요."

성호는 제정신이 아니었다. 무례하게도 한주옥의 방이라고 생각되는 방문을 열어젖힌다. 방안에는 아무도 없었다.

"엄 선생님, 왜 그러세요. 아가씨는 서울 가고 없어요."

사모가 어리둥절한 표정으로 바라본다.

"서울요? 언제 갔나요?"

"어제 갔는데 왜요?"

"김석휘와 결혼한다는 말 사실이 아니지요?"

"어떻게 아셨어요? 사실이어요. 그래서 결혼 준비도 할 겸 어머니 계시는 서울에 갔어요."

"……."

순간 성호는 심장이 멎는 것 같았다. 어떻게 집에 왔는지 모르겠다. 그날 밤 성호는 잠을 자지 못한다. 온몸에 열이 펄펄 끓는다.

"니가 몸이 많이 쇠약해졌나 보다. 군대 갔다 온 뒤로 농사일에다 교회 건축에다 시험까지 본다고 무리했던 게야."

식음을 전폐하고 누워 있자 양아버지는 한약을 지어와 달여 준다. 익산의 유명한 한약방에서 지어 왔단다. 그러나 살고 싶지가 않다. 아프다는 핑계로 한 번도 빠지지 않던 교회에 가지 않는다. 배신감, 그것은 배신감이었다. 한주옥이 그럴 수는 없다. 이불을 뒤집어쓰고 누워있는데 한 목사가 찾아왔다.

"요즘 감기가 무섭다던데 엄 선생님은 좀 나았나요? 주일예배에 빠지지 않았는데 안 보이니 걱정이 되서요."

한 목사의 목소리를 듣는 순간 성호는 방문을 걷어차듯 밀고 나와 한 목사 앞에 무릎을 꿇는다.

"목사님, 존경하는 목사님, 한주옥 선생과 김석휘가 결혼한다는 말 사실이 아니지요? 지금까지 말하지 않았지만 한주옥 선생과 저는 결혼을 약속한 사이입니다. 그런데 어떻게 저한테 한 마디 말도 없이 석휘하고 결혼을 합니까. 김석휘는 저의 둘도 없는 친구입니다. 교인들의 시선도 있고 하여 결혼할 때까지 비밀로 하자고 했는데 정말 비통합니다. 이럴 수는 없습니다. 한주옥 선생이 이렇게 쉽게 배반할 사람은 아니라고 생각하는데 어떻게 된 일인지요. 목사님, 한 선생한테 한 번 물어봐 주세요. 우리가 결혼하기로 약속한 것을 잊지는 않았을 것이니까요."

성호는 기어이 울음을 터트렸다. 성호의 이야기를 다 듣고 난 한 목사는 무슨 말을 해야 할지 몰라 침묵한다. 주옥이가 성호와 친한 것은 알고 있었지만 결혼을 약속한 사이인 줄은 정말 몰랐다. 때문에 적극적으로 청혼해 온 석휘와의 결혼이 성사됐는데 난감하다. 이미 결혼 날짜까지 잡지 않았는가. 한 목사는 여동생 주옥이에 대한 실망감을 감춘 채 무거운 표정으로 입을 연다.

"엄 선생님이 우리 주옥이를 좋아하는 것은 눈치챘지만 결혼 약속까지 한 줄은 몰랐어요. 나도 매우 가슴이 아프네요. 뭐라고 말해야 할지 모르겠어요. 하지만 일이 이렇게 된 것도 하나님의 뜻으로 알았으면 해요. 오히려 엄 선생님한테 잘 된 일일지도 몰라요. 우리 주옥이는 엄 선생한테 많이 부족한 애여요. 부유하게 살지는 않았어도 막내 딸인데다 병치레가 많아 오냐오냐 키워서 고생을 몰라요. 거기다가 엄 선생도 아시다시피 화려하고 허영심이 좀 과해요. 주옥이랑 결혼하면 엄 선생도 실망할 거예요. 결혼은 꿈이 아니고 현실입니다. 지금은 힘들겠지만 분명 하나님이 엄 선생의 앞길을 인도해주실 겁니다. 나는 엄 선생님이 잘 되는 것을 어느 누구보다도 바랍니다. 마음을 추스르고 힘을 내요."

한준기 목사는 눈물을 펑펑 쏟고 있는 성호를 한동안 바라보더니 돌아갔다.

성호는 집을 나와 신작로를 달린다. 초겨울 비가 추적추적 내리고 있다. 숨이 턱에 차도록 달리다가 멈춰보니 잠사 앞이다. 소리쳐 울고 싶은데 빈 잠사가 보이니 무작정 들어간다. 잠사 안은 춥고 적적하다. 아무도 없는 잠사 안에 웅크리고 앉아서 한참을 울던 성호는 문득 울음을 그치고 잠사 안을 둘러본다. 잠사대를 엮은 노끈이 시선을 사로잡는다. 성호는 고통을 잊는 방법은 죽음뿐이라고 생각한다. 노끈을 풀어내려 했지만 잘 풀어지지 않는다. 노끈을 풀어낼 만한 도구를 찾는데 천장에 박힌 커다란 대못에 길게 늘어져 있는 새끼줄이 보인다. 새끼줄이 노끈보다 덜 아플 것 같다. 그래, 구질구질한 세상. 죽으면 끝나는 거야. 한주옥은 고래등 같은 기와집으로 시집가는 것이 어울리지. 집안 좋고, 월급을 타는 남편을 만날 만한 가치가 있지. 그 이상이라도 안 아까운 여자지. 천애 고아에 부모가 누군지도 모르는 빈털터리 머슴한테 시집온다고 한 것이 이상한 일이지. 그것을 믿은 내가 바보였지. 성호는 갑자기 하늘을 바라보며 소리친다.

"하나님, 그렇지 않은가요? 대답해 주세요. 이제 저는 희망이 없어요. 제가 할일은 죽는 것뿐입니다. 한주옥이 없는 세상을 살라고 하지 마세요. 한주옥이 없는 세상보다 지옥이 더 나을 테니까요. 저를 불쌍히 여기신다면 꼭 죽게 도와주세요."

성호는 채반을 올리는 선반으로 올라가 새끼줄을 목에 두른다. 풀어지지 않게 위아래로 단단히 묶고 눈을 감는다. 성호는 다시 눈을 감고 하나님께 기도를 한다.

"부디 절 받아주세요. 그리고 불쌍히 여겨주세요."

성호는 몸을 날려 뛰어내린다.

알을 깨고 나오다

캄캄하다. 여기가 어디인지 모르겠다. 새소리가 난다. 짹짹짹 참새소리다. 춥다. 온몸이 오슬오슬 떨린다. 몸을 웅크리고 두 팔과 무릎으로 기며 바닥을 더듬는다. 손끝에 가마니바닥이 만져진다. 여기가 어딘가. 손을 뻗어 여기저기 더듬어본다. 나무기둥이 만져진다. 무언가 이상하다. 기둥을 잡고 일어선다. 무엇인가 목에 걸려 거치적거린다. 굵은 새끼줄이 만져진다. 기억이 난다. 잠사 안? 목에 새끼줄을 매고 사다리에서 뛰어내렸지. 죽으려고 했지. 현실감이 되살아난다. 그렇다면 나는 죽은 것인가. 주변이 낯설지 않다. 죽지 않았나? 팔을 꼬집어본다. 아프다. 더 세게 꼬집어본다. 아프다. 새끼줄이 목 깊이 박히며 조여오던 압박감이 분명히 기억난다. 그런데도 살아 있단 말인가. 아니면 죽음 속에서 의식하는 것인가. 죽음 저 편에도 가마니가 있고 나무기둥이 있나? 숨을 깊이 들이마시고 천천히 뱉어낸다. 몸을 움직여본다. 정말 죽은 건 아닌 듯 확연한 현실감이 든다. 그런데 왜 이렇게 어두울까? 여기가 지옥인가? 지옥이라 어두운가? 어둠을 벗어나야 상황을 알겠다. 지금은 밤이라는 생각이 든다. 정신을 잃고 있는 동안 밤이 된 것 같다. 벽을 더듬어 출입문을 찾는다. 문이 있는 방향을 잡지 못하겠다. 벽을 더듬으며 걸어간다. 한참을 더듬어서야 납작한 것을 찾아낸다. 전기 스위치 같다. 위로 제쳐 올리니 60촉짜리 알전구들이 일제히 불을 밝힌다. 텅빈 잠사 안이 휑하니 드러난다. 새끼줄을 매었던 대못이 있던 자리를 올려다본다. 가마니 꿰매는 바늘처럼 크던 대못이 부러져 있다. 부러진 대못을 찾아 바닥을 살핀다. 반 토막 난 못이 바닥에 떨어져 있다. 65킬로그램의 하중을 견디지 못하고 떨어진 것이다. 성호는 망연해져서 바닥에 주저앉는다. 눈을 꼭 감았다가 떠 본다. 목에 아직도 늘어져 있는 새끼줄이 흉측하게 느껴져 얼른 벗는다. 새끼줄을 돌돌 말아서 멀리 던진다. 새끼줄은 선반 위 채반에 떨어져 꼬리를 내린다. 그 모양이 벽을 따라 위로 기어 올라가는 뱀과 같다. 새끼줄을 잡아내려 보이지 않게 바닥 구석으로 던진다. 새끼줄이 안 보이자 비로소 잠사 안의 적막감이 온몸을 휘감는다. 으스스 떨린다. 몇 시나 됐을까? 손목에 항상 차고 다니던 시계는 풀어 놓고 나왔다. 시계가 없으니 답답하기 그지없다. 산다는 것은 시간 속에 있다. 싹이 나고 자라는 모든 과정은 시간을 따라간다. 죽음은 시간을 멈추게 한다. 죽은 자에게 시간은 아무런 의미가 없다. 죽지 않고 살아난 것이 절망스럽다. 질긴 목숨이다. 총 맞은 조모의 품에서 죽었어야 했다. 안 죽고 살아난 것 때문에 고생만 하지 않았는가. 얼마나 운 나쁜 인생인가.

"하나님, 왜 저를 살렸어요? 죽여 달라고 기도했잖아요? 얼마나 더 괴롭게 살아야 절 데려갈 건가요? 무시당하며 사느니 차라리 죽고 싶어요. 제 맘 아시지요? 제가 얼마나 죽기를 바라는지 말예요."

혼자 있을 때 하나님을 향해 말하는 것은 성호의 습관이었다. 물론 기쁠 때도 하나님밖에 이야기할 대상이 없다. 앞길이 참으로 막막하다. 눈물범벅이 되어 멍청히 앉아 있는데 나방 한 마리가 날아든다. 뒤뚱이는 것이 누에고치에서 금방 나온 것 같다. 뒤늦게 익느라 처진 누에고치에서 부화된 나방인가. 잠사 벽 여기저기에 구멍 뚫린 빈 누에고치가 붙어 있다. 나방은 디룩거리다가 조금씩 날개짓을 하는 것이 안타까울 정도다. 밖은 점점 추워지는데 어디로 날아갈까? 벽에 붙어 있는 나방을 하염없이 바라본다. 누에고치에서 나온 나방이 나비가 된다는 말은 들어 보지 못

했다. 누에나방이 채송화씨 같은 알을 까놓은 것은 보았다. 모든 누에는 비단을 만들기 위해 존재하는 것인가. 고치를 다 걷어간 자리에 남아 뒤늦게 부화한 나방이 살 길은 있는가.

성호는 알을 까고 나온 누에가 고치를 짓는 과정을 지켜보면서 자랐다. 누에의 꿈은 나비가 되는 것이다. 그 꿈을 이루기 위해 잠도 자지 않고 밤을 새워 일을 한다. 한낱 생물에 불과한 누에도 저렇게 열심히 사는데 만물의 영장인 인간으로서 어떻게 살아야 잘 사는 것인지 반성하곤 했다. 그때마다 누에처럼 변신을 시도할 필요를 강렬히 느끼곤 한다. 그것이 자연의 섭리이고 하늘의 뜻이라면 그럴 때가 꼭 오리라고 믿었다. 요즘은 그 시점이 한주옥과 결혼하는 날이라고 믿었다. 그런데 한주옥은 성호를 떠났다. 아직도 한주옥의 차가운 손길이 볼에서 느껴지는데, 보드라운 입맞춤의 온기가 입술에 남아 있는데. 정이 듬뿍 담긴 목소리로 성호를 위해 밥을 짓고 빨래를 하고 싶다더니 어떻게 한 마디 말도 없이 떠날 수 있는지 모르겠다. 이렇게 황당한 변심은 처음이다. 정말 모멸스럽다. 결국 한주옥도 한 목사도 인간이었던 것이다. 배경 좋고 가문 좋고 학력과 직장도 좋은 석휘가 한주옥한테 어울린다지 않는가. 설교할 때는 과부와 고아를 사랑하라고 하더니 한 목사도 인간이었다. 위선자였다. 보암직도 하고 먹음직도 한 사과를 따 먹은 아담과 하와였다. 한주옥을 생각하니 다시 눈물이 솟구친다. 한주옥을 한 번만이라도 다시 보고 싶다. 아니, 한 번은 꼭 만나봐야 한다. 그런데 한 목사는 한주옥이 있는 곳을 알려주지 않는다. 한 목사가 원망스럽다. 석휘도 원망스럽다. 모든 것을 다 가졌으면서 성호의 유일한 희망이고 꿈인 주옥을 빼앗아가다니. 서글픔이 밀려든다.

별빛 하나 없는 칠흑 같은 밤길을 방향도 모른 채 걷고 또 걷는다. 성호의 입에서 멜로디 하나가 흘러나온다.

내 가는 길 멀고 밤은 깊은데 빛 되신 주
저 본향 집을 향해 가는 길 비추소서
내 가는 길 다 알지 못하나
한 걸음씩 늘 인도 하-소서

입에서 나오는 대로 흥얼거리는데 지나온 세월이 필름 풀리듯 스치며 눈물이 비오듯이 흘러내린다.

* * * *

"아직도 자냐? 남새밭 무 뽑아야 하는데 그만 일어나거라. 밤새 무엇했기에 새벽에 들어오냐?"

양아버지가 문 밖에서 말한다. 성호는 눈을 떴다가 도로 감고 만다. 몸이 언어맞은 듯 아프다. 다행히 아랫목은 뜨끈뜨끈하니 잠자기 아주 좋다. 양아버지가 양어머니를 위해 따뜻한 물을 맘껏 쓰라고 쇠죽 솥에 군불을 많이 땐 모양이다. 가을걷이가 끝나는 때여서 성호도 가끔 늦잠을 잔다. 그렇지 않고서야 양어머니가 늦게까지 잠자게 내버려 둘 리 없다. 성호는 이불을 걷어 올리며 일어나려 해본다. 반쯤 몸을 일으키다가 다리가 풀썩 꺾이며 주저앉고 만다. 몸이 천근만근 무겁고 머리가 지끈지끈 아프다. 다시 눈을 감고 만다. 사방 연속무늬의 천장이 오르락내리락한다.

양어머니는 점심시간이 되도록 나오지 않는 성호가 괘씸했는지 뽑아놓은 무를 구덩이에 저장하다 말고 집으로 휘적휘적 돌아와 성호가 자고 있는 사랑채의 문고리를 확 걷어채며 냅다 소리를 친다.

"너 뭐 하는 놈이냐? 늙은이는 밭에서 허리가 부러져라 일하는데 해가 똥구녁에 올라오도록 자빠져 자고. 냉큼 나오지 못하갔냐!"

어찌나 째지는 소리인지 몽롱한 중에도 귀에 콕 박힌다.

"나갈게요. 죄송해요."

성호는 눈을 게슴츠레 뜨고 비몽사몽간에 말한다.

"빨리 나와서 무 뽑아라 잉. 김장할 배추도 뽑아야 하고. 헐 일이 태산 같은데 아직도 자빠져 자냐!"

순순히 대답하는 것에 반분이라도 풀렸는지 양어머니는 열어젖혔던 문을 닫고는 휘적휘적 다시 밭으로 간다. 뒤미처 달려 나올 줄 알았는데 한 고랑의 무를 다 뽑도록 성호는 나오지 않는다. 이번엔 양아버지가 배추를 뽑다 말고 집으로 달려온다. 성호는 아직도 이불을 뒤집어쓰고 있다.

"이런 후레자식이 있나?"

날이 번한데 아직도 자고 있다니. 화가 난 양아버지는 물이 반이나 차 있는 세숫대야의 물을 그대로 들고 사랑방으로 씨엉씨엉 걸어가더니 방 안에 홱 뿌린다.

"냉큼 일어나거라. 젊은 놈이 어디서 밤을 샜기에 해가 번한대도 못 일어나냐! 당장 밭으로 나오지 못하냐!"

까무룩 정신을 잃고 누워 있던 성호는 차가운 물벼락을 맞고서야 정신이 든다. 양아버지가 눈에 쌍심지를 세우고 문 앞에 서 있다.

"예, 갈게요."

겨우 몸을 일으킨 성호는 문지방을 넘으려다가 휘청하더니 그대로 꼬꾸라진다. 몸이 불덩이처럼 뜨겁다.

"너 아프구나. 아니, 아프면 아프다고 말해야지. 아직 감기가 다 낫지 않았는가 본데 찬물벼락까지 맞았으니."

놀란 양아버지는 성호를 다시 눕히고는 따끈하게 데운 쌍화탕을 가지고 온다.

"몸살 난 것 같으니 우선 이것 먹고 뜨겁게 취한을 해라. 방은 아직 따뜻한 것 같으니 군불은 안 때도 되겠다."

성호는 태어나서 처음으로 죽게 앓는다. 사흘을 인사불성이 되어 앓았다. 식음을 전폐하고 누워 있는데 곧 죽을 것만 같았다. 양어머니는 매일 새로운 죽을 끓여다 머리맡에 놓아주며 우는 소리를 한다.

"성호야, 아프지 말고 빨리 일어나라. 내가 너한테 너무했다. 너 아프면 우리도 못산다. 성호야! 우리 아들 성호야!"

양어머니의 넋두리는 진심인 것 같았다. 성호의 손을 잡고 쓰다듬으면서 눈물까지 흘린다. 양어머니한테 서운했던 마음이 눈 녹듯이 풀린다. 그러나 아프다는 소리에 달려와 간절히 기도를 하는 한 목사의 목소리는 듣고 싶지 않다. 가만히 있다가 중간에 귀를 막는다. 발딱 일어나서 도망치고 싶은 걸 참는다. 위선자, 거짓말쟁이. 극도의 배신감과 분노로 온몸에 식은 땀이 배어나온다. 성호는 인사불성인 척 한 목사한테 끝내 인사조차 하지 않는다. 양아버지는 한약방에 가서 탕제를 지어와 달여 준다. 양부모의 지극 정성으로 성호는 빠르게 회복되었다.

*　　　*　　　*　　　*

"아버님, 저 중동 근로자 모집에 신청했어요. 이젠 소도 안 먹이고 누에농사도 끝났으니 떠나도 될 것 같아서요.

모 심을 땐 이앙기한테 맡기고 나락 거둘 땐 콤바인과 트랙터한테 맡기면 되니까 사우디 가는 것 허락해 주세요."

저녁상 물리기를 기다리던 성호는 양아버지 앞에 무릎을 꿇고 말한다. 그동안 현리를 떠나고자 군청에 다니는 정구 형한테 사우디 근로자를 언제 뽑는지 알아봐 달라고 부탁했는데 이듬해 초에 근로자 모집이 있다고 알려왔다.

"승낙을 하고말고가 어디 있냐? 우리 걱정일랑은 말고 니가 갈 길을 찾는다면 따를 것잉께 하고 싶은 대로 하거라. 사우디도 아무나 가는 것은 아닌 것 같은디. 사우디는 한겨울에도 머리가 벗어지게 뜨거운 나라라는데 고생하게 생겼구나. 기술도 없음서 뜨거운 나라에서 몸땡이로 버텨야 한다니. 부디 조심해서 댕겨오거라."

양아버지는 성호가 한 목사의 여동생인 한주옥을 사랑한 사실을 뒤늦게 알고 매우 안쓰럽게 생각했다.

떠나기 전 날 성호는 동네 어른들을 찾아다니며 사우디 근로자로 떠나게 되었다며 인사를 하러 다닌다.

"그래도 목사님을 뵙고 떠나거라."

마당에서 볍씨를 고르던 양아버지는 생각난 듯 이른다.

"……."

성호는 대답하지 않고 대문을 나선다. 그러나 장현교회엔 가지 않는다. 주일학교 선생들이 송별회를 연다며 놀러

왔다. 그들은 약간의 돈과 비행기 타고 가면서 먹으라며 과자와 오징어, 그리고 편지 쓰라며 필기구를 선물로 준다. 말없이 웃기만 하던 순옥은 아무도 모르게 제법 큰 봉투를 준다. 쬐고만 거여요. 순옥은 부끄럽다는 듯 얼굴을 붉히며 도망치듯 달아난다. 정성껏 싼 포장지를 펼쳐보니 운동화였다. 그렇잖아도 신발이 낡아서 하나 사려고 했는데 반갑다. 예전에는 순기 형의 헌 반장화를 주었는데. 순옥은 중학교를 졸업한 후 편물을 하여 돈을 번다는 소문이다. 아직 어린 줄 알았는데 사려 깊은 선물을 할 줄 아는 것이 어린애는 아닌 것 같았다.

* * * *

청바지에 카키색 군용 잠바를 입고 백여 명의 일행과 함께 비행기를 타고 사우디로 날아간 지 이 년 반 만에 돌아왔을 때 한국은 무더운 여름이었다. 활짝 열어놓은 빨간색 양철대문 안으로 들어설 때까지 양어머니는 완두콩을 손에 들고 마루에서 꾸벅꾸벅 졸고 있다. 텔레비전에서는 남진이 〈저 푸른 초원 위에〉를 신나게 부른다.

"성호가 왔어! 형님, 성호가 왔다니까."

동네 우물에서 빨래를 하던 경진이 형 어머니는 성호보다 앞서 들어가더니 졸고 있는 양어머니를 흔들어 깨운다.

"성호가? 참말로 우리 성호가 왔네. 얼굴이 새까맣게 탔구나. 그려 얼매나 고생이 많았냐?"

양어머니는 많이 당황해하며 앞에 수북이 쌓인 완두콩을 소쿠리에 담아 밀어놓는다.

성호는 마루 위로 올라가 양어머니한테 절을 올린 후 두리번거리며 묻는다.

"아버님은요?"

"느 아버지? 아까까지만 해도 너 기다리며 텔레비전 보고 있었는디……."

양어머니는 주변을 둘러보며 양아버지를 찾는다.

"아까 본께 덕구 데리고 고샅으로 올라가던디."

양어머니와 함께 성호의 큰절을 받은 경진이 형 어머니는 고샅 쪽을 가리킨다. 그러고 보니 마당에서 꼬리를 치며 반겨야 할 덕구가 보이지 않는다.

"덕구 잡으러 용배한테 갔구먼. 성호 오면 먹인다고 며칠 전부터 말했거든. 더운 나라에서 힘든 일 하느라 허해졌을 거라며. 그란디 성호는 더 튼튼하게 보이는구먼. 성호가 먹겠다고 하면 그때 잡아도 늦지 않다고 내가 그렇게 말했건만 기어이 잡으러 갔구먼. 느 아버진 나이 먹을수록 더 고집이 세져야!"

양어머니는 못마땅해하며 일어나 혼자 떠들고 있는 텔레비전을 끈다. 양어머니의 걸음걸이가 웬지 불안정하다. 머리도 허옇게 세었고 이마에도 주름살이 한결 자글거린다.

"그동안 농사짓느라 고생이 많았지요?"

"고상은 뭔 고상이냐. 준호가 핵교 선상 그만두고 서울로 이사했다. 형이 논을 두 배미나 팔아가 버려서 이제 농사라고 쥐꼬리만큼 짓는다. 그것도 기계가 다 혀서 고상은 크게 안한다."

"잘 하셨네요. 공부 갈칠 사람도 없는디 논농사 하나만 없어도 훨씬 수월하잖아요."

"그건 그렇지만. 너도 없지 농사도 줄였지 왠지 허전하고 슬퍼지더라. 니가 오니까 기분이 좋아진다. 그려, 점심 먹어야지. 나도 아직 안 먹었는디 밥상 차려 오마."

"빨래하다 성호가 오는 걸 보고 따라왔는디 그만 가볼겨."

경진이 형 어머니는 마루를 내려가려고 한다.

"양 집사, 밥 안 먹었으면 우리 집에서 한 술 떠. 성호 온다고 해서 닭고기 넣고 미역국 끓였으니까 먹고 가. 많당게."

양어머니는 경진이 형 어머니를 붙잡는다.

무지개 날개

엄주상은 마대자루를 어깨에 메고 대문을 들어선다. 뒤란으로 가더니 불에 꺼멓게 그을린 뭔가를 가마솥에 넣고 솥뚜껑을 덮는다. 잔솔가지를 긁어와 쌓아놓고 성냥불을 그어 솔가지에 붙인다. 연기를 뚫고 불이 빨갛게 타오르자 장작을 포개어 놓는다. 솔가지 밑을 부지깽이로 쑤석여가며 호호 입김을 불어 불씨를 살린다. 불꽃이 서서히 장작에 옮겨 붙는다. 불은 점점 세게 타오른다. 역겨운 누린내가 피어오르기 시작하자 솥뚜껑을 열고 거의 다 익어 가는 물체를 뒤집어놓는다. 허드렛 방으로 쓰였던 머슴방을 정리하던 성호는 코를 킁킁거리더니 냄새의 진원지를 찾아 토방으로 내려선다. 뒤란으로 가니 가마솥 아궁이에서 이글이글 불꽃이 타오르고 있다. 누릿한 냄새를 풍기는 정체를 알아보려 솥뚜껑을 열어본다. 입을 쩍 벌리고 통째로 들어가 있는 것은 충직하게 집을 지키던 덕구다. 정말로 덕구를 잡았네. 성호는 못 볼 것이라도 본 것 같아 얼른 솥 뚜껑을 닫는다. 양어머니의 사랑을 받던 덕구의 참혹한 종말을 보며 수만 가지 상념에 잠긴다. 인간의 무정함, 잔혹함, 이기심 같은 것을 생각한다. 복실이는 양어머니의 사랑 속에서 자라다가 허리가 쭉 늘어나고 키가 껑충 자라면 덕구가 된다. 덕구의 운명은 찬바람이 쌀랑쌀랑 불어댈 무렵까지다. 동지가 지나면 가마솥 안에서 고아져 보양식으로 몇 날 며칠 가족이 포식한다. 덕구가 사라질 때마다 성호는 양아버지한테까지도 막연한 배신감을 느낀다. 덕구를 불쌍히 여기는 사람이 아무도 없다는 것이 불만스럽다. 덕구는 눈이 오나 비가 오나 양어머니를 졸졸 따라다니며 꼬리를 흔들었고, 양어머니가 외출하면 신작로를 향해 목을 빼고 앉아 기다린다. 양어머니가 들판에 하얀 점으로 나타날 때부터 알아보고 총알같이 달려가 꼬리가 떨어져라 흔들어댄다. 일편단심 양어머니뿐이다. 덕구는 처참한 모습으로 가마솥에 넣어져 익어갈 것을 꿈에나 알았을까. 양부모한테 자신은 어떤 존재인가? 어느 정도의 가치가 있는가. 이 집 일을 해주는 일꾼 이상도 이하도 아니라는 생각을 하면 슬프다. 덕구보다 조금 더 실용적이고 아직은 쓸모있을 뿐이라 생각한다. 하루 속히 자립을 해야겠다고 다짐을 한다.

"먼 나라 가서 고생 많았다. 며칠간은 푹 쉬어라. 나가서 영화도 보고 친구도 만나고 해라. 그동안 많이 허해졌을 텐데 이거 먹고 힘 좀 내거라."

양아버지가 내미는 검은 액체는 이틀간 고아낸 개소주였다. 형들에게나 주었던 개소주를 주다니. 성호는 양부모를 잠시나마 비난했던 것이 미안하다. 먼 열사의 땅에서 고생했다고 개소주까지 만들어 주며 환대할 줄은 몰랐다. 비싼 한약재까지 넣어서 푹 고아냈다는 개소주를 매일 아침 공복에 먹으라 한다. 지독히 쓰지만 역겹지는 않다.

"너가 냄새를 싫어할까 봐 감초와 생강을 많이 넣었다. 어때, 괜찮지? 이거 먹으면 입안이 편안해진다."

쓰고 진한 개소주를 한 대접 다 마시자 양아버지는 주머니에서 입가심용 박하사탕을 한 봉지 꺼내 준다.

매일 아침 공복에 맞춰 개소주를 먹어서인지 지쳐 있던 체력이 몇 주 만에 회복되었다.

"제가 그동안 사우디에서 보낸 돈은 얼마나 되나요?"

성호는 사우디에서 돌아온 지 한 달이 넘도록 언급이 없는 양아버지에게 조심스럽게 물어본다. 텔레비전을 보던 양아버지는 조금 당황한 듯하더니 텔레비전을 껐다. 헛기침을 한번 하더니 조심스레 입을 연다.

"네 목숨 같은 돈이라서 그냥 놀리는 것이 아깝다고 하니까 네 큰형이 곱으로 늘려준다며 가져갔다."

뜻밖이다. 그동안 보신용 개소주까지 달여 주며 챙겨준 이유가 이 때문인가. 성호는 불안해진다. 애써 양아버지나 준호 형을 믿기로 한다. 설마 내 돈을 떼어먹을까.

"네 형한테 한번 가 보려냐?"

김장독을 묻던 날 양아버지가 제안한다. 그렇잖아도 준호 형을 만나 보고 싶던 차다. 양어머니가 싸 준 찹쌀자루 한 말을 메고 서울로 간다. 양아버지가 적어 준 대로 터미널에서 다시 버스를 타고 불광초등학교 앞에서 내려 독박골로 들어가는 고개를 넘는다. 신축 양옥집들이 깔끔하게 서 있다. 언덕을 오르락내리락하여서 겨우 찾아낸 집은 단층 양옥이다. 퇴직금과 현리 문전옥답을 팔아다 산 집은 거실도 안방도 넓었다. 번쩍거리는 자개농과 화장대가 안방에 놓여 있고 거실에는 양장피 문고판 책이 죽 꽂힌 책장에 은빛 비로드 소파가 윤기도 찬란하게 놓여 있다. 유리문 밖에는 잘 다듬은 고급 정원수를 종류 별로 심었다.

"집 좋네요."

성호는 현관문 앞에 찹쌀자루부터 부려놓았다.

"이 집 사는 데 삼백만 원이나 줬다. 가구랑 집기 사는 데 백만 원 들었고. 서울은 돈이 헤퍼 아무나 살 곳은 아니다."

준호 형은 비대해진 몸을 소파에 부리고 앉아 성호의 짐을 받을 생각도 안하고 자랑부터 한다.

"지금은 집값이 백만 원이나 올랐다. 내년쯤 되면 오백만 원까지 오를 거라고 하더라. 지금 서울은 하루가 다르게 집값이 오른다. 돈은 다 서울에 있다. 그러니 모두들 돈을 벌려고 서울로 몰려오는 거다."

성호는 들고 온 찹쌀자루를 형수의 지시에 따라 작은 방에 놓는다. 준호 형은 성호가 소파에 앉자 다시 자랑을 시작한다. 사우디에서 벌어 온 돈에 대해 듣고 싶은데 딴소리만 한다. 돈 이야기를 언제 하나 기다리며 잠자코 듣는다. 준호 형이 가져간 돈이 사백만 원이라는데 곱으로 불려준다고 가져갔다니까 불려서 받는 돈은 준호 형 집보다 더 좋은 집을 사고도 남겠다. 그런데 가져간 돈에 대한 이야기는 없고 엉뚱하게 오르는 집값 이야기만 한다.

"형님, 그동안 제가 보낸 돈이 좀 불었나요? 이젠 제가 왔으니 가지고 내려갈 수 있는지요."

형수가 타다 준 꿀물을 마신 성호는 용기를 내어 올라온 뜻을 내비친다. 그러자 준호 형은 팔 하나를 들어 성호 말을 제지하더니 아직 할말이 안 끝났다며 자기 말만 한다.

"아까도 말했지만 서울은 하루가 다르게 집값이 오른다. 섬 구석에서 선생질 백날 해봤자 월급 타서 애들 가르치고 먹고 쓰다 보면 저축은커녕 남는 것도 없는데 서울 와서 집이나 땅을 사놓으면 일 년이 멀다하고 폭등한다. 내가 학교에 사표를 내고 서울에 온 것도 그 때문이다. 여기는 집이나 땅을 사 놓으면 가만히 있어도 돈이 불어난다. 아까도 말했지만 이 집을 이 년 전에 삼백만 원에 샀는데 지금은 사백만 원이다. 내년엔 오백만 원으로 오를 전망이다. 여긴 서울 촌이니까 그렇지 지금 뜨고 있는 강남으로 가면 부르는 게 값이다. 그래서 네 돈도 불려주려고 강남의 아파트 딱지를 산 거다. 딱지라는 것은 아파트를 분양받을 수 있는 권리증 같은 건데 로얄 층으로 분양받으면 앉은 자리에서 몇 백만 원을 버는 도깨비 방망이지. 네가 사우디에서 고생하며 번 돈인데 그냥 썩히는 것이 아까워 내가 곱으로 불려주겠다고 가져온 것도 그 때문이다. 그런데 강남에 사 놓은 딱지에 문제가 생겼다. 사기를 맞은 거지. 하지만 걱정하지 마라. 내가 퇴직금으로 산 땅이 안양에 또 있으니까 그 땅을 팔면 네 돈부터 돌려주마. 그러니 일단 집에 내려가 있어라."

잘못 들은 줄 알았다. 사기를 맞다니. 성호는 무너지는 심정으로 작은 눈을 깜박이다가 숨을 크게 내쉰다.

"사기라니요?"

"철거만 끝나면 곧바로 아파트를 짓는다고 해서 딱지를 샀는데 사기 맞았다."

세상이 빙빙 도는 것 같다. 준호 형의 말을 정리하자면 성호가 사우디에서 죽기살기로 일해 번 돈으로 강남에 아파트를 짓는다는 분양권을 샀는데 사기를 맞았다는 말이 아닌가. 2년 반 동안 한 푼 안 쓰고 모은 돈인데 이럴 수가.

"그 사장 찾을 수 없나요?"

거실 한쪽에 넋놓고 앉아 있던 성호는 안방으로 들어가 누워 있는 준호 형한테 묻는다. 준호 형은 일어나더니 한참 생각에 잠긴 듯 말이 없다가 입을 연다.

"사무실까지 처분하고 도망친 놈을 어디서 찾냐? 나도 그놈을 찾으러 일주일 동안 헤맸지만 못 찾았다. 듣자하니 찾아도 돈 줄 놈이 아니라더라. 상습 사기꾼으로 감옥에도 몇 번 갔다 왔는데 질기기가 쇠심줄 같다더라. 내가 이렇게 누워 지내는 것도 그 충격 때문이다. 얼마나 신경을 썼던지 한 번은 길에서 쓰러져 응급실에 실려갔다. 서울이라는 곳은 눈 뜨고 코 베인다는 말 너도 들었쟈? 나도 그런 소릴 들었지만 이렇게 사기를 당할 줄은 몰랐다. 안양 땅이 팔리면 네 돈을 갚을 테니 아버지한테는 비밀로 해라."

"언제쯤 돈이 될까요?"

"지금 안양 땅을 내놓았으니까 기다려봐야지."

"반이라도 우선 변통해주면 고맙겠어요."

"나야 그러고 싶지만 수중에 돈이 안 들어오는데 어쩌겄냐? 안양 땅 팔리면 일번 니 돈부터 줄텅게 염려 말그라."

울고 싶은 심정을 누르고 집으로 돌아온 성호는 준호 형에 대해서 일체 함구한다.

"느 형이 잘해주더냐?"

성호가 어두운 표정으로 입을 거의 떼지 않자 양아버지가 답답했던지 묻는다.

"서울 구경이랑 시켜주던?"

"형이 바빠서 그럴 시간이 없어라요."

"그래도 남산이랑 창경원은 보여줘야지 서울까지 갔는디 그냥 보내더냐?"

"거기는 시골같이 한가하지 않아요."

"사무실 낸다고 했는디 사무실에도 가보았고?"

처음 듣는 말이다. 그러나 아니라고 하기도 그렇고 해서 얼버무리기로 한다.

"형님이 몸이 안 좋아 집에 계셨어요. 그리고 제가 서둘러 내려오는 바람에 사무실엔 못 가봤어요."

"허 사장이라고 동업한다는 장로님도 못 보았겠구나."

양아버지는 궁금한 것이 많았다.

"글쎄요. 교회 장로님 이야기는 들었지만 보지는 못했어요. 형님이 사무가 바빠서 이야기도 많이 못했어요."

성호는 침대에 누워서도 끊임없이 오는 전화를 받던 준호 형을 본 대로 이야기 해준다.

"시골서 그냥 맘 편하게 선생이나 하지 서울로 가더니 내가 아끼는 논까지 다 팔아 간 것이 안 좋아서 그런다."

양아버지는 꼬치꼬치 물은 것에 대해 변명이라도 하듯 말꼬리를 내리고는 한숨을 쉬며 밖으로 나간다. 성호는 양아버지한테 사실대로 말하고 싶었지만 양아버지가 크게 낙심할 것 같아서 참기로 한다.

서울에 다녀온 지도 한 달이 지났다. 준호 형한테서는 소식이 없다. 답답하여 매일 잠을 설친다.

성호는 옷을 챙겨 입고 집을 나선다. 사우디 갈 때 운동화를 선물한 순옥을 찾아가기로 한다. 미용실에서 보조로 일하고 있는 순옥은 밤이 되어서야 만날 수 있었다. 사우디에서 돌아오는 비행기 안에서 산 크림을 주기 위해 부러 찾아간 것이다. 순옥은 그동안 키도 훌쩍 크고 많이 말랐지만 어른스러워졌다. 파마를 하여 부푼 머리칼로 얼굴을 반쯤 가리고 있었는데 훨씬 성숙해 보인다. 순옥은 성호를 다방으로 안내한다. 성호는 우유를, 순옥은 커피를 주문한다.

"운동화 잘 신었어. 마음에 들지 모르겠어. 비행기 안에서 산 영양크림인데 파리 여자들이 쓰는 유명한 화장품이라네. 진즉 주고 싶었는데 이제야 가져왔네."

성호는 주머니 안에 간직해 온 선물을 탁자에 놓는다.

"오메! 샤넬크림이네. 이렇게 좋은 걸 받아도 되나 모르겠어요."

순옥은 좋아서 어쩔 줄 몰라한다. 너무 작은 걸 산 건 아닌가 걱정했던 마음이 팍 놓인다. 그날 성호는 순옥과 영화를 보고 순옥의 자취방에서 잠을 잤다. 집에 가겠다고 했지만 순옥은 늦었다며 자기 자취방에서 자고 가라고 한다. 영화를 보는 동안 순옥은 성호의 손을 잡고 놓지 않는다. 성호는 순옥이 자기를 좋아한다는 확신이 든다.

"다시 사우디로 나가려고. 돌아올 때까지 기다려줄래?"

"얼마 동안 있을 건데요?"

"삼 년 정도."

"그러면 내 나이는 스물세 살 되네. 엄니는 스물셋 되면 시집가라고 했는데 잘 되었네요."

성호는 순옥의 손을 꼭 잡는다.

"몸 건강히 잘 다녀와요."

사우디로 가는 날 순옥은 김포공항까지 와서 손을 흔들어 준다. 처음 사우디로 떠날 때는 어두운 하늘에 구름뿐이었는데 지금은 순옥의 원피스처럼 파란 하늘이 빛나도록 맑았다. 절망감에 싸여 떠났던 처음과는 다르게 든든하고 뿌듯하다. 어디를 가도 혼자라는 고독감에 마음이 무거웠는데 순옥이 기다리겠다 하니 큰 위안이 된다. 순옥과 함께한 달콤한 밤을 생각하며 비행기 의자에 몸을 깊숙이 묻는다.

결혼

바다 위로 황토색 모래바람이 휘휙 휙 날아간다. 현장건물 기둥에 내걸린 회사 로고가 그려진 초록색 깃발은 따따따따 북을 치듯 요란한 소리를 내고 있다. 모자를 귀 아래까지 눌러 쓰고 보안경에 마스크를 착용한 인부들은 바람을 등지고 고개를 숙인 채 철근을 묶는다. 모래바람이 작업복을 때리고 살갗을 긁어댄다. 근로용사들은 시간 내에 작업을 끝내려 일사분란하게 움직인다. 모래바람이 더 거세지기 전에 공사를 마쳐야 한다. 쏴쏴 소리를 내며 모래 섞인 바람이 허허벌판을 지나 작업장 위로 몰려온다. 인부들은 샌드스톰까지는 아니라며 작업을 계속한다. 바람이 조금 더 거세지면 하던 일을 멈추고 퇴장해야 한다. 작업복의 목 단추까지 꼭꼭 채운 인부들은 바람이 멈추기를 바라며 자주 하늘을 바라본다. 내일 한국에서 바지선이 도착하기 전에 끝마쳐야 할 공사였다. 바람 때문에 생각보다 작업이 더디어진다. 모래바람이 날리는 하늘은 점점 핏빛으로 물들고 있다. 초를 다투어 끝내려는 인부들의 열정 덕분에 작업은 마무리 되어간다. 제1작업장에서부터 제7작업장까지 이어지는 교량의 철근 묶기는 석양이 짙게 물들어갈수록 더욱 빨라진다. 제1작업장은 작업이 끝났는지 호루라기 소리가 울렸다. 성호가 속해 있는 제5작업장에서도 차질없이 일이 마무리 되어간다. 성호의 손도 빨라진다. 작업장에서는 찰크락 찰칵 찰크락 찰칵하는 소리만이 단조롭게 울린다. 시퍼런 바다 위에 축대를 세우고 교량을 잇는 철근 작업은 매우 위험하고 중요한 일이었다.

처음 교량작업을 시작할 때만 해도 인부들은 넓은 바다를 어떻게 메워 기둥을 세우고 교량을 만들까 반신반의했다. 머나먼 열사의 나라 사우디에 항만을 건설하겠다고 수주를 따 온 건설사 회장을 허영심 많은 엉뚱한 늙은이라고 비난했다. 아무리 돈에 목말라도 그렇지 고국의 생떼같은 청년들을 바다에 수장하려 사우디까지 데려왔냐며 목소리를 높이는 사람도 있었다. 그러나 대쪽 회장은 어떤 비난이나 욕설에도 의지를 굽히지 않았다. 안되면 되게 하라며 폐기된 대형 유조선 수십 척을 바다 속에 수장하는 일에 눈 하나 깜짝하지 않는다. 한강에 돌 던지기가 아닌 바다에 돌 던지기지. 모두의 비웃음과 야유에도 아랑곳하지 않고 폐유조선을 끌어다 수장시킨다. 기적이 일어나지 않는 한 불가능해. 여기가 한강인가? 시퍼런 바다라고. 수십 척의 폐유조선이 물살에 흔적도 없이 떠밀려 가버렸을 땐 사장단들까지 포기하며 손을 저었다. 그러나 고집불통으로 소문이 난 회장은 시련은 있어도 실패는 없다며 진돗개 근성으로 밀어붙인다. 장애물은 넘어지라고 있는 것이 아니고 넘어가라고 있는 것이다. 한국인에게 불가능은 없다. 진돗개 근성은 왕고집 회장님의 신념이고 의지였다. 수많은 폐선을 바다로 떠내려 보내면서도 물러서지 않던 왕회장의 신념은 마침내 성과를 낸다. 수백 미터 물속에 쌓인 폐선이 마침내 물길을 잡은 것이다. 교각이 세워지고 교량이 놓였다. 일이 진척됨에 따라 근로자들은 자신감으로 충만했고 항만 건설은 가속도가 붙기 시작한다.

농업고등학교 야간부 출신인 성호는 기술이 없으니 사우디에 와서도 잡일이나 하는 하급 노동자일 뿐이다. 잡일 노동자는 그날의 작업량에 따라 이리저리 이동하며 기술자들의 뒤치다꺼리를 하는 만큼 보수도 낮다. 해외 노동자 생활을 2년 반이나 했던 전력이 있지만 일당이 낮다는 것이 전에 없이 신경 쓰인다. 이왕에 돈 벌러 왔으니 보수가 좋은 곳에서 일하고 싶다. 더 나은 보수와 대우를 받으려면 무엇보다 기술이 있어야 했다. 기다리고 기다리던 기회가 왔다. 철근반원 중의 한 사람이 부상으로 일을 못하고 귀국하게 된 것이다. 성호는 철근반 자리가 하나 빈 것을 알고 작업반장을 찾아가 철근기술자로 써 달라고 부탁한다. 작업량에 쫓기던 작업반장은 한 번 해보라며 성호에게 철근 엮는 법을 가르쳐준다. 진즉부터 눈썰미로 철근 엮는 법을 배워 둔 성호는 작업반장 앞에서 숙련공처럼 철근을 엮어낸다. 이음새도 감쪽같이 처리한다. 속력이 조금 느린 것만 빼면 만점이라며 작업반장은 철근조에 성호를 합류시킨다. 사우디에 온 지 두 달 만에 기적적으로 배치를 받았다. 성호의 철근 엮는 기술은 날로 발전해 갔다. 요령을 터득하니 속도도 빨라진다. 성호를 유심히 지켜보던 작업반장은 성호를 고도의 기술이 필요한 철골작업장까지 내보낸다. 밧줄 하나에 의지하여서 철근을 자르고 묶고 조이는 작업은 목숨을 걸어야 할 때도 있다. 모래바람 너머로 보이는 노을이 점점 어둠에 잠식되기 시작한다. 성호의 철근을 엮는 손도 저물어가는 해를 따라 더 바쁘게 움직인다. 해떨어지기 전에 주어진 양의 공사를 마쳐야 하는 인부들의 손이 일사분란하게 움직인다. 용접공 한 사람이 성호가 마무리한 이음새마다 용접을 하며 뒤따라오고 있다. 마침내 작업종료 호루라기 소리가 유쾌하게 울려퍼진다. 성호를 비롯한 철근반원들은 일제히 하던 일을 놓고 작업장을 걸어 나오기 시작한다. 바람은 눈 보호대를 벗겨 갈 듯 얼굴을 때린다. 철근조가 빠져나간 곳을 몰타르 팀이 채울 것이다. 공사는 한 치의 오차 없이 아침까지 진행될 것이다. 항만 공사장에는 대낮같이 밝은 전깃불이 들어오고 야간 팀들은 각자 자리를 찾아 복귀한다. 열사의 땅에서는 낮 작업보다 밤 작업이 더 활기를 띤다.

"한국인들 정말 독합니다. 최고입니다."

사우디 현지인들은 일사분란하게 조를 짜서 움직이는 한국근로자들을 보면서 혀를 내두른다. 시퍼런 바다가 메워지고 교각이 물 위에 세워지자 볼 때마다 엄지를 들어올린다. 타종소리와 함께 게시판에는 철근조 종료! 라는 안내문이 나붙는다. 성호는 숙소 캠프로 돌아와 샤워를 하고 저녁식사를 마친 후 침대 속으로 들어간다. 누군가가 라디오를 틀었는지 김추자의 〈님은 먼 곳에〉가 캠프 안에 흐른다. 들들끓는 라디오지만 한국 노래를 듣는다는 것이 얼마나 흥겹고 좋은가. 애절하게 부르는 김추자의 노래를 들으며 눈을 감는다. 한주옥이 떠오른다. 한주옥의 환한 미소는 아무리 잊으려 해도 잊을 수가 없다. 고개를 세차게 흔들어 보지만 주옥의 미소는 김추자의 노래만큼이나 애간장을 끓이며 마음속으로 파고든다.

"애인한테서 온 편지요."

항공봉투가 머리맡에 툭 떨어진다. 동글동글한 글씨체로 보아 순옥의 편지였다. 애인? 성호는 지금까지 순옥을 애인이라고 생각해본 적이 없었다. 편지를 던지고 간 캠프반장의 말이 오랫동안 귓가에 맴돈다. 순옥의 자취방에서 순옥의 몸을 안았던 생각을 하니 달콤하다. 그때 자신은 순옥을 사랑했던가? 그런 것 같지는 않았다. 그저 따뜻한 엄마 품속 같았던 기억만 난다. 순옥의 깊고 따뜻한 곳에 머물며 황홀하게 부서지는 충만감은 평안이었다. 한없이 받아주고 안아주는, 그것은 오랜 방황과 불안을 멈추게 하는 평안이었다. 지난 번 편지에는 시내에서 머리 잘하기로 유명한 금발미장원에 다닌다고 했다. 고급기술을 배울 수 있는 미장원으로 원장은 커트를 잘하기로 유명하단다. 순옥은 미용사로 성공하고 싶은 의지가 강했다. 이번에는 무슨 소식이 담겼을까. 성호는 편지를 뜯지 않고 전등불빛에 비춰본다. 딱 한 장짜리 얇은 편지가 조금 아쉽다는 생각을 하며 봉투의 가장자리를 조심스럽게 찢는다. 가로줄로 된 편지지에 정성스럽게 쓴 글씨를 읽는다.

보고 싶은 오빠에게

50도가 넘는 열기 속에서 고생하는 오빠를 생각하면 마음이 너무 아파요. 얼마나 고생이 많으세요. 여기는 꽃 피고 새

우는 봄도 다 지나고 나무들이 파랗게 우거지는 여름이랍니다. 오빠가 사우디로 떠난 지도 석 달이 지났어요. 그동안 저는 금발미용실에서 원장님한테 커트기술을 배워 손님을 받은 적도 있답니다. 원장님이 내 기술을 인정해 준 것이지요. 그런데 얼마 전부터 현리 집으로 내려와 있어요.

오빠, 놀라지 마세요. 제가 임신을 했어요. 내몸에서 오빠의 아기가 자라고 있답니다. 미용실의 냄새가 너무 역겨워 견디지 못하고 집에 와 있어요. 이런 이야기는 오빠가 돈 많이 벌어올 때까지 비밀로 하려 했는데 어머니는 오빠가 언제 올지 모르니 병원에 가서 지우라고 합니다. 오빠, 저는 죽어도 아기를 낳고 싶어요. 오빠를 닮은 똑똑한 아기일 텐데 꼭 낳아서 키우고 싶어요. 그런데 어머니는 눈만 마주치면 저를 구박합니다. 오빠의 아기인 것을 알고는 배가 부르기 전에 결혼해야 한다고 서두르네요. 지금 저는 남부끄러워 바깥출입도 못하고 집 안에 갇혀 지낸답니다. 오빠가 우리 어머니한테 돌아가면 결혼할테니 걱정 말라고 편지 좀 보내주었으면 해요. 저는 오빠의 아이를 가진 것이 너무나 행복하답니다. 오빠도 아이를 지우는 것을 원하지 않을 줄 알아요. 그러나 어머니는 결혼식도 않고 아이를 낳겠다는 저를 매일 구박합니다. 못난 딸 때문에 걱정과 눈물로 사는 어머니를 봐서라도 하루빨리 결혼식을 올리고 싶어요. 오빠, 부탁인데 사우디에서 돌아와

저와 결혼해 주세요. 아기를 낳기 전에 결혼하고 싶어요. 두 손 모아 부탁합니다. 혹 맘이 변하여 저하고 결혼할 수 없다면 전 농약을 먹고 죽어버릴 겁니다. 저는 오빠하고 결혼하는 것이 꿈이라는 것을 알아주세요.

오빠만 사랑하는 순옥 올림

청천벽력 같은 소식이었다. 순옥이 임신을 했다니. 죄책감으로 가슴이 찔린다. 착한 청년으로 근동에 소문났었는데 지금쯤 동네사람들이 도둑놈이라고 욕을 할 것만 같았다. 그러나 한편으론 입가에 알 수 없는 미소가 연신 번지고 있음을 부인할 수가 없다. 순옥의 자궁에 자신의 씨를 받은 아기가 자라고 있다는 것이 기분 좋고 뿌듯했다. 혈육의 정이 마음속 깊은 곳에서 샘물처럼 퐁퐁 솟아난다. 순옥을 품에 안았을 때 결혼하자고 말했던 것 같다. 순옥이 쉽게 자기를 받아준 것도 결혼하자고 말했기 때문이다. 성호는 잠을 이루지 못하고 뒤척이다가 편지를 쓴다. 편지 받고 많이 놀랐다는 것과 미안하다는 말, 철근기술자로 일하게 되어 봉급이 기술자 수준으로 올랐다는 것과 결혼할 비용과 신혼 집을 구할 비용을 만들어야 하니 일 년만이라도 더 일하게 해달라고 달래는 내용이었다. 순옥의 어머니한테도 순옥과 결혼할 것이니 믿어달라는 편지를 따로 써서 같은 봉투에 넣는다. 그러나 성호의 약속과 위로에도 불구하고 순옥은 계속 보챈다.

"오빠 언제 와? 배가 자꾸 불러오니 너무 무섭고 힘들고 괴로워. 어머니는 부끄럽다고 밖에 나가지도 못하게 하지, 소문이 나서 동네사람들이 수군거리니 죽고만 싶어."

눈물로 얼룩진 편지가 올 때마다 성호는 돈이고 뭐고 다 그만두고 돌아가 결혼식을 올려야만 할 것 같았다. 더 늦으면 순옥이 정말로 농약을 먹고 죽을 것만 같았다. 목표한 돈을 벌려면 3년은 더 일을 해야 할 것 같은데 순옥이의 배가 자꾸만 떠올라서 견딜 수 없다. 아쉽지만 성호는 팔 개월 만에 현리로 돌아오고 만다.

* * * *

딴 따따따 딴 따따따 풍금소리에 맞춰 성호는 발을 한참씩 들고 있다가 내딛는다. 그때마다 하객들이 까르르 웃는다. 결혼식을 한 번도 본 적이 없는 성호는 풍금소리에 맞춰 걸어야 하는 줄만 알았다.

"그냥 자연스럽게 걸어와요."

보다 못한 주례자 고 전도사가 소리친다. 그러나 성호는 여전히 풍금 소리에 맞추느라 발을 천천히 올렸다가 내린다. 사람들이 또다시 까르르 폭소한다. 성호는 자신이 무슨 큰 잘못을 저지른 것 같아 얼굴이 홍당무처럼 붉어진다. 성호가 고 전도사 앞에 설 때까지 폭소는 계속되었다. 다음은 신부 입장 차례다. 큰 키에 얻어 입은 것 같은 헐렁한 양복을 걸친 순옥의 아버지는 눈을 껌벅이며 순옥의 팔을 올려 잡고 날지 못하는 독수리처럼 우스꽝스럽게 가슴을 쫙 펴고 있다가 풍금 소리에 깜짝 놀라 앞으로 걸어 나간다. 성호가 입장할 때처럼 박자를 맞추느라 올린 발을 내릴 생각도 안 하고 서 있다가 넘어질 듯 쿵 소리가 나게 놓는다. 결혼식장은 시종 웃음바다가 된다. 여기저기서 배를 움켜쥐고 발을 구른다. 엄 장로도 큼큼큼 입을 벌리지 않으려 하다가 참을 수 없었는지 하하하 입을 찢어지게 벌리고 웃고 만다.

"지금부터 엄성호 군과 오순옥 양의 결혼예배를 드리겠습니다. 모두들 좌석에 앉아 주시면 감사하겠습니다."

웃음기가 사라지지 않는 얼굴로 고 전도사는 하객들을 진정시키려 한다. 하객들은 주례자의 지시에 따라 자리에 앉았지만 여전히 신랑과 신부 아버지의 걸음을 떠올리며 킥킥댄다. 한 사람이 웃음보를 터트리면 전염병이라도 옮은 듯 우그그그 입을 틀어쥐고 웃는다. 좀체로 진정이 안 된다.

"엄성호 군과 오순옥 양은 아플 때나 즐거울 때, 어려운 일이 닥쳤을 때도 주 안에서 서로 사랑하고 존경하며 검은 머리가 백발이 되도록 사랑하며 살 것을 맹세합니까?"

"예."

"예!"

성호와 순옥이 대답을 같이한다. 성호의 대답보다 순옥의 대답이 더 큰 것 같았다. 이것도 사람들의 웃음보를 터트리게 하였는지 잠잠해졌던 웃음이 다시 터진다.

*　　　*　　　*　　　*

성호와 순옥의 신혼집은 엄 장로의 사랑채, 성호가 살던 머슴방이었다. 미닫이문으로 위아래를 나누어 고구마저장방으로 쓰던 윗방엔 신접살림을 놓고 아랫방은 침실로 쓴다. 장롱은 윗방에, 앉은뱅이 화장대는 아랫방에 놓았다. 순옥은 배가 부른 몸으로 양부모를 지성으로 섬겼다. 눈만 뜨면 소리 없이 일어나 밥을 하고 반찬을 만들었다. 양어머니도 성호 내외를 아끼고 사랑해준다. 큰아들 준호가 성호의 돈을 가져가 사기당한 것도 이유겠지만 결혼을 한 성호가 집을 나갈까 봐 노심초사한다. 엄 장로나 자기가 전 같지 않아 쌀 한 가마도 못 옮기는데 장정이 된 성호는 이제부터 진짜 일꾼이 아닌가. 남실댁은 멀리 사는 아들보다 같이 사는 양아들 성호가 든든하다. 남실댁은 순옥이 애를 낳을 때도 손수 아기를 받아주고 딸 이상으로 보살펴준다. 성호한테 다랑가지 농사를 지으며 같이 살자고 달래도 본다. 성호는 선뜻 대답을 하지 못하지만 순옥은 당돌했다.

“저희는 서울로 가서 살 거예요. 제가 미용실을 차려 돈 벌면서 살 거예요.”

순옥은 단호했다. 딸 정선이가 기어다니기 시작하자 서울로 떠날 계획을 본격적으로 세운다. 밥을 먹고 살려면 서울로 가야 한다고 한다. 또 준호 형이 빌려간 돈을 받기 위해서라도 서울로 가야 한다고 한다. 그러나 준호 형의 형편은 더 나빠진 듯했다. 살던 양옥집이 경매로 넘어가게 되었다며 양부모가 여기저기 돈을 구하는 것 같다. 경호 형과 길호 형 몫으로 남긴 논까지 팔아가야 할 처지가 되었단다. 상황이 이러니 돈을 받을 길이 막연하다. 설상가상으로 준호 형 때문에 양부모가 고향을 떠나야 할 상황까지 오고 말았다.

“이 집은 니가 나가지 말고 살아라. 이 집도 팔자고 하는 걸 내가 반대했다. 이 집만이라도 너한테 주고 싶었다. 그리고 다랑가지 논은 건졌으니 농사짓고 살아라.”

양부모가 옷가지만 싼 가방을 든 채 준호 형의 승용차를 타고 떠났지만 성호는 안채로 옮겨 가지 않는다. 머지않아 양부모가 서울에서 못살고 다시 돌아올 것이라는 생각 때문이었다.

양부모가 서울로 가자 성호도 살 길이 막막해진다. 다랑가지 논배미 두 개가 있다고 하지만 농사지어봤자 두 배미에서 쌀 열 가마도 안 나온다. 그것만 가지고 세 식구가 사는 건 어림도 없다. 게다가 준호 형이 언제든지 팔아갈 수도 있었다. 양부모는 성호 것이라고 말했지만 논을 자기 앞으로 이전해 준 것도 아니지 않은가.

"우리도 서울로 갑시다. 농사 지을 것도 없는디 촌에서 못 살아요."

순옥은 눈만 뜨면 서울로 가자고 한다. 그동안 결혼식하고 살림하느라 통장에는 사우디 가서 벌어 온 돈이 조금밖에 남지 않았다. 돈을 더 벌어야 한다. 사우디에 다시 나가야 할 것 같았다. 그 길이 가장 쉬운 듯했다. 어차피 몸 하나로 살아온 만큼 고생스럽게 일하는 것은 두렵지 않았다.

"삼 년만 더 나가야겠어."

저녁상을 물린 성호는 결심한 듯 말한다. 정선이한테 젖을 먹이던 순옥이 깜짝 놀라서 바라본다.

"사우디를 또 간다고?"

"그래도 거기가 쉽잖어."

"그동안 나 혼자 정선이 키우라고?"

"조금만 참아. 삼 년이야."

"삼 년씩이나?"

순옥은 입을 크게 벌리며 놀란다.

"삼 년이 짧은가? 당신 없인 하루도 못살아. 그러지 말고 서울로 가자. 정선이가 조금만 더 크면 나도 미용실 나가서 돈 벌 수 있어. 사우디 갔다가 석리에 사는 명순이 오빠처럼 다쳐서 돌아올 수도 있잖아. 죽을 수도 있고."

순옥은 월남전쟁에 나갔다가 허리를 다쳤다며 몇 년째 누워 있는 이웃동네 친구 오빠 이야기를 하며 극구 반대한다.

밤새 궁리를 해보지만 서울로 가는 것밖에 뾰족한 길이 없다고 생각한 성호는 아직 새벽잠이 곤한 순옥을 흔들어 깨운다.

"우리도 서울 가자."

"서울 어디로 갈 건데?"

"불광동 준호 형네밖에 갈 데가 어딨어. 싫어도 돈 줄 때까지는 우리 세 식구 받아주겠지. 형수님도 내 사정 아니께 싫어도 잠시는 받아줄 꺼고만."

"잘 생각했어요. 나도 피해되지 않게 형님 도와주며 미용실에 나가 돈 벌께요."

순옥은 서울로 가자는 말에 잠에서 완전히 깨어난다.

경운기 상경

새벽 미명에 성호는 마당에 서 있다. 새벽하늘은 먹포도처럼 진하다.

"춥네."

순옥이 잠자는 아기를 이불에 싸서 안고 나온다.

"해나면 풀리겠지."

순옥이 조심스럽게 토방으로 내려선다. 갈 길이 머니 야반도주자마냥 첫새벽에 집을 나서야 했다. 마당엔 짐을 채운 경운기가 서 있다. 며칠 전부터 꼭 필요한 것만 추려서 챙겨 뒀다. 추리고 추리었지만 이삿짐은 경운기에 꽉 찼다. 간장, 된장, 고추장을 담은 항아리 셋에 앉은뱅이 화장대를 올리고 그 위에 옷가지와 이불을 얹었다. 자질구레한 살림살이는 틈새마다 끼워둔다. 순옥은 정선이를 안고 화장대 앞에 들어앉는다. 끊임없이 털털거리는 충격을 줄이고자 바닥엔 두터운 솜이불을 깔았다. 찬바람을 막고자 비료부대도 여러 개 포개어 둥그렇게 세워둔다. 성호는 출발에 앞서 운전대를 잡고 잠깐 기도를 한다.

"이제 우리는 경운기를 타고 서울로 갑니다. 우리 세 식구 서울까지 무사히 도착할 수 있도록 도와주세요. 경운기도 고장 나지 않게 지켜주세요. 야곱을 거부로 만드신 하나님, 저 엄성호도 서울에 가서 돈 많이 벌어 부자 되게 도와주세요. 부자가 되면 저처럼 가난한 사람, 불쌍한 고아를 도우면서 살겠습니다. 정말입니다. 믿어주세요."

기도를 하는데 뭉클하니 감정이 벅차오른다. 두려움보다 새 희망이 태양처럼 솟아오른다. 언제나 외톨이였는데 가족을 이루고 떠난다는 것이 자랑스럽다. 책임감으로 어깨가 무겁지만 힘은 열 배나 더 난다. 결기하는 마음으로 입술을 지그시 물어뜯는다. 한치 앞을 내다볼 수 없으니 더욱 하나님을 의지한다. '하나님! 가는 길목마다 살피시고, 동행하여 주세요.'

경운기 시동 켜는 소리가 동네를 깨운다. 조용한 동네가 탈탈거리는 경운기 소리로 요란해진다. 성호는 마당과 헛간, 뒤뜰까지 돌아본 다음 다시 방마다 문을 열어 확인하더니 방문마다 고리를 걸어 놓는다. 경운기를 타고 대문을 나가서는 안으로 팔을 뻗어 걸개를 채운다. 혹 양부모님이 오더라도 나간 집 같지 않게 신경을 써 두는 것이다.

"일찍 가네."

골목을 짜박짜박 걸어오는 사람은 순옥이 어머니다. 성호는 출발하려던 경운기를 세운다.

"뭐 하러 춘디 나왔어? 새벽에 강께 인사 않고 떠난다고 혔잖어."

어두운 길을 더듬어 온 어머니가 걱정되어 순옥이 하는 투정이다.

"가면서 먹으라고."

순옥이 어머니는 성호 앞으로 꾸러미 하나를 내민다. 물렁한 것이 따뜻하다.

"삶은 닭하고 인절미야. 먼 길 가는디 허기지지 말라고. 암탉을 잡아 찜했응게 먹으면서 가."

순옥이 어머니는 막내딸 순옥이가 젖먹이를 데리고 서울까지 경운기를 타고 간다니 잠도 안 자고 음식을 만든 것이다.

"장모님, 감사합니다. 서울 가서 자리 잡으면 연락하겠습니다."

"미안혀, 우리도 겨우 사는 형편이니 줄 것도 없네. 순옥이 막내딸이라고 고생 안 시키려 했는디 도와줄 것도 없고, 쌀이라도 좀 가져가라고. 얼마 안 되어."

뒤따라 헐레벌떡 달려와 반 가마나 되어 보이는 쌀자루

를 경운기 앞쪽에 올려놓는 사람은 말수 적은 장인이었다.

"쌀은 일 년치 가지고 가는데 뭘 가져왔어요. 감사합니다. 잘 먹겠습니다."

"언능 가. 늦으면 밤에 떨어져 고생헌다. 낯선 곳에서 길 잃지 말고 잘 가야 혀!"

"어무니, 아부지, 아프지 말고 잘 있어요. 우리가 자리 잡으면 어무니, 아부지도 서울 한 번 와."

"장인어른, 장모님, 떠납니다."

성호의 경운기는 순옥이 부모의 배웅을 받으며 현리를 빠져 나간다. 경운기 소리에 개들이 짖기 시작한다. 잔등 넘어 석리를 지나가는데 플래시를 든 남자가 길을 막고 서 있다.

"나여."

경운기를 세우자 경운기 불빛을 받은 영찬이가 얼굴을 가리며 다가온다.

"뭐 하러 나왔어."

"형이 떠난다니 잠이 안 오네. 서울 가서 잘살아. 그동안 나한테 이모저모로 잘해준 것 생각하니 눈물이 났구만."

"고맙긴 내가 고마웠지."

"형마저 떠나고 이젠 석리, 현리 합쳐서 남은 사람은 나 혼자네."

"그래도 영찬이는 논도 많고 밭도 많잖아. 농번기 땐 형제들이 다 내려와 도와주니까 뭐 살 만하지."

"자리 잡으면 가끔 내려와. 한 목사님은 안 뵙고 그냥 가?"

"담에 보자."

성호는 대답 대신 경운기 시동을 건다.

"조심혀서 잘 가. 그 먼 서울을 경운기 타고 간다니 찻길 겁나네. 형수님도 잘 가요!"

영찬이는 순옥의 앞에 뭔가를 던져놓고는 못내 아쉬워하며 서 있다. 새벽에 떠나느라 못 보고 갈 것 같다며 동네 어른들한테는 인사를 다 했는데 석리의 영찬이가 배웅해 주니 새삼 감동을 받는다.

"영찬이가 돈을 줬네. 오천 원이나 줬어라요. 정선이 내복도 있네."

영찬이가 저만큼 멀어지자 순옥은 돈 봉투와 보자기에 싼 아기 내복을 들어 보인다.

"자식, 왜 쓸데없는 짓을 하고 그러지?"

말투는 퉁명했지만 고마운 마음에 울컥한다.

"지금 어디로 가요? 찻길로 안 가고."

어둠 속에 앉아 있었지만 가는 방향이 이상했던지 순옥이 소리친다.

"예배당에 인사 좀 하려고."

"한 목사 싫다면서?"

"교회와 작별인사하려고 간다니까."

"그게 그거지. 거기 가면 한 목사 만날 텐데."

순옥이 따지는 사이 예배당 빨간 철대문 앞에 당도한다. 문이 활짝 열려 있다. 성호는 경운기에서 내려 대문 앞에 서서 교회를 바라본다. 예배당을 짓는다고 얼마나 많은 벽돌을 찍었던가. 예배당엔 전등불이 환하게 켜져 있다. 한 목사가 새벽기도를 하고 있을 것이다. 어둠에 잠긴 마당과 철대문 앞에 서 있는 벚나무와 한주옥과 자주 만나던 뒷산까지 살펴본다. 지난 날들이 필름처럼 돌아간다. 성호 선생! 언제나 선생이라고 불러주던 한 목사의 다정한 목소리가 예배당 문이 열리면서 들릴 것만 같다. 몸을 돌려 도망치듯 바쁘게 걸어나온다.

"지금부터 서울을 향해 달린다."

성호는 힘차게 말하고는 툴툴툴 시골길을 달려간다. 말없이 떠나버린 것을 알면 서운해할 한 목사를 생각하니 기분이 찝찝하다. 이중인격자! 아직도 아픔의 멍울을 지울 수가 없는지 마음에는 비난이 남아있다. 내가 이곳을 굳이 들러 가는 것은 예배당에 얽힌 추억이 제일 많기 때문입니다. 예배당은 내게 사는 법을 가르쳐주고 깨우쳐준 진짜 나의 학교였습니다. 성호는 마음속으로 생각한다.

한 시간쯤 달리니 포장도로가 나온다. 포도농가 옆을 지나간다. 은혜보육원을 찾아가던 날 길을 잃고 헤매다가 들어갔던 포도밭인 듯했다. 포도원 주인이 성호한테 관심을 보이며 성공하려면 남이 생각하지 못한 것을 생각해야 한다고 말했던 것이 떠오른다. 성호는 남보다 앞서는 생각이 무엇일까 하고 가끔 골똘히 생각하곤 했다. 포장도로를 한참 달려 목천교를 지나간다. 빈 도로를 경운기의 최고 속도인 30킬로로 달려본다. 소 구루마 시대는 지났다며, 농촌에서 살려면 경운기를 사라고 양아버지가 조언하여 샀던 것인데 이삿짐을 싣고 서울로 갈 줄은 몰랐다. 경운기가 새 거라 생각보다 잘 달린다. 포장도로라서 튀는 충격도 덜한 것 같다. 이대로라면 무난히 서울까지 갈 것이다.

"저게 고속도로여. 고속도로만 따라 가면 서울 가는 거여. 고속도로 들어서기 전에 좀 쉬며 뭐 좀 먹자고."

허기를 느낀 성호는 갓길 양지로 붙어서 경운기를 세운다. 경운기가 서자 순옥이 기다렸다는 듯이 뛰어내린다.

"아이고, 등뼈야!"

순옥은 두 팔을 흔들어대고 허리를 폈다 오므렸다 서너 번 한다. 두 사람은 순옥 모친이 싸준 인절미를 들고 양지에 앉는다.

"벌써 쑥이 나오네. 여기 많네!"

파릇파릇하게 올라오는 쑥을 보자 순옥이 감탄한다. 순옥은 쑥을 피해 납작한 돌판을 찾아 앉고는 인절미를 꺼내 성호 입에 넣어준다. 옷 속으로 파고들던 꽃샘추위도 해가 뜨자 녹아버렸는지 인절미를 오물대는 성호의 이마에 땀이 흥건하게 배어 있다.

"아직도 온기가 있네."

순옥도 인절미를 입에 넣고 오물거린다.

순옥이 문득 웃는다.

"경운기 타고 서울 가는 사람은 아마 우리뿐일 거야. 정말 재밌다."

순옥이 호호 더 크게 웃자 성호도 따라서 웃는다. 순옥이 목에 두르고 있던 머플러를 풀어 성호의 개털모자를 벗기고 이마에 흐르는 땀을 닦아준다.

"개털모자 벗으니 코미디언 배삼룡 같네. 호호호."

순옥이 뭐가 우스운지 성호를 바라보며 깔깔 웃는다.

"배삼룡 싫어?"

"내가 좋아하는 코미디언이야. 이렇게!"

순옥이 다가와 볼에 뽀뽀를 해준다. 순옥이 자꾸 웃기니 성호도 무겁고 처량하던 마음이 편해진다.

"한양길이 천리라지만 우리 사랑 끊을 수 없네—"

순옥은 처음 듣는 노래를 목소리 높여 성악가처럼 뽑는다.

"노래 잘하네. 무슨 그런 노래가 있어?"
성호가 놀란 눈으로 바라본다.
"중학교 다닐 때 강당에서 고등학교 언니들이 매일 연습하던 노래야. 성춘향과 이 도령이라는 오페라를 한다더라고. 우리 여중은 여고랑 같이 있어서 강당을 같이 썼거든."
"남원에서 서울이 천리인가?"
"그건 모르겠는데 비슷항게 천리 길이라고 했겠지. 이 도령이 짚신 신고 몇 날 며칠 간 길을 우리가 경운기를 타고 가네. 아- 재밌다."
순옥은 또다시 소리 내어 웃는다.
"잘하는 노래 있으면 해봐."
성호는 순옥이 너무 사랑스럽다. 언제나 밝은 얼굴로 짜증부리지 않는 것이 참 좋다.
"찬송가 하나 할까?"
"그래, 나도 알면 따라 할게."
"잘 모를걸. 자주 안 부르는 노래여. 사모님이 잘 부르던 노랜데."
"무슨 노랜데? 우리 사모님 노래라면 나도 알지."
"들어봐요. 음이 좀 높아서 나올지 모르겠네."
순옥은 큼큼거리며 목소리를 가다듬더니 고운 목소리로 노래를 한다.

샤론의 꽃 예수 나의 마음에
거룩하고 아름답게 피소서
이 생명이 참사랑의 향기로
간 데마다 풍겨나게 하소서
예수 샤론의 꽃
나의 맘에 사랑으로 피소서

"와~ 정말 잘하네. 나도 그 노래 들은 것 같아. 사모님 마음처럼 순하고 따뜻한 찬송이네. 노래 잘 들었으니까 이거 하나 더 먹고 일어나요."

성호는 순옥이 입에 인절미 하나를 넣어주며 일어난다. 순옥이 어머니가 싸 준 통닭과 인절미는 뱃속을 든든하게 채워준다. 역시 어머니의 사랑은 깊고 넓고 크다. 경운기는 대전을 옆으로 끼고 지나간다. 신탄진 가면 반은 간다고 하던데 이정표에 신탄진이 보인다. 아직 서울까지의 거리가 얼마인지 모르니 여유를 가질 수가 없다.

"정선이 우유 쪼매 사 매깁시다. 계속 탈탈거리면서 달리니까 정선이도 배가 빨리 꺼지는지 보채는구먼."

순옥의 말에 성호는 신탄진 휴게소로 들어간다. 경운기에 기름도 넣을 겸 해서다.

"벌써 난 몸살이 난 개비여. 온몸이 아프네. 아유, 정선이 좀 봐요. 아침엔 안 그렸는디 콧물이 질질 흐르고 야도 몸살이 난 겨! 지금은 고생허지만 훗날 경운기 타고 서울 올라간 것 이야기해줘야지."

경운기에 기름을 넣는 동안 순옥은 정선이한테 우유를 먹이면서 후일담 할 것을 말하며 웃는다. 순옥은 피로감으로 핼쓱했지만 성호와 눈길이 닿으면 언제나 호호 웃는다.

성호네가 불광초등학교 앞에 도착했을 때는 밤 10시였다. 생각보다 두 시간이나 더 걸렸다. 서울의 복잡한 길 때문에 헤맨 것이다. 내내 자지 않고 이것저것 걱정이 많던 순옥은 앉은뱅이 화장대에 등을 기댄 채 세상모르고 자고 있다. 성호는 공중전화로 가서 준호 형한테 전화를 한다.

"왔냐? 많이 늦었구나. 지금 어디냐?"

미리 편지를 해놔서 준호 형은 자지 않고 기다리고 있다.

"불광국민학교 정문 앞인데요."

"그럼 이삿짐 차한테 독박골로 가자고 해서 고갯길을 넘어가. 내가 너 살 집 얻어놨다. 고개 넘어 가면 빨간 벽돌로 지은 불광교회가 있을 거야. 교회 지나서 더 내려가 막다른 골목 파란 대문집이다. 시골서 이사 오기로 한 사람이라고 하고 우선 짐부터 풀어라. 오늘은 너무 늦었으니 내일 보자. 나도 하루 종일 나돌았더니 많이 피곤해서."

준호 형은 따로 집을 얻어놨다고 한다. 형네 집에 안 가게 되니 한편 고마운 일이다. 먼길을 왔는데 내다보지 않는 준호 형한테 조금 서운하다. 양아버지도 있지 않은가. 양아버지는 그럴 분이 아닌데. 해가 떨어지니 급속히 추워져 준호 형이 말한 집을 찾는 것이 급해진다.

"독박골 가려는데 어디로 가면 되지요?"

"독박골이래 저기 언덕빼기를 넘어야기시레."

학교 앞에서 리어커에 과일을 놓고 파는 아주머니는 심한 이북 억양으로 언덕배기 동네를 가리킨다. 경운기를 타고 들어갈 수 있는 고갯길이어서 다행이었다. 물어물어 고개를 넘어가니 빨간 벽돌로 지은 불광교회가 있다.

"어구메야! 지금 산꼭대기로 올라가는 거시요? 여그는 집을 산에다 짓고 사는가벼. 어메, 저그 집 좀 봐. 어케 다 집들이 게딱지 같다냐?"

가파른 오르막길이라 경운기가 힘들게 올라간다. 순옥이 계속 놀라워한다. 서울에 대한 환상이 깨지고 있다는 증거였다. 준호 형이 얻어놓은 집은 골짜기 안에 있다. 파란색 철대문을 들어서니 루핑으로 지붕을 얹은 창고 같은 집이다. 산비탈에 서 있는 오두막들보다 못한 집이다.

"아저씨가 살 방은 저기예요."

안경을 쓴 깡마른 여자가 미닫이만 열어젖히고 앉아 허름한 헛간을 가리킨다. 경운기에 실린 이삿짐을 보고 오늘 시골에서 이사 올 사람임을 알아본 모양이다. 여자가 가리킨 곳은 거적대기 같은 것을 얹은 지붕에 베니다로 벽을 붙인 발로 차면 부서져 버릴 것 같은 헛간이다. 어디서 뜯어낸 문짝을 가져다 붙여 그나마 방문임을 알 것 같다.

"이런 곳에서 사람이 살 수 있어요? 다른 곳은 없나요?"

냉골바닥에 찬바람이 넘실거리는 방을 본 성호는 도저히 안 되겠다 싶었던지 얼른 되짚어 나와 안채 미닫이문 앞에 서서 묻는다. 여자는 다시 드르륵 문을 열어젖힌다.

"오만 원짜리 방이 다 그렇지요. 밤이 늦었는데 먼저 번개탄 사다가 난로부터 피워야 잘 수 있을 겁니다. 우리도 연탄 간 지가 방금이라서 당장은 밑불 줄 것이 없어요."

구들이 없어 난방도 되지 않아 쇠난로에 의지해 살아야 한단다. 날이 따뜻해지려면 아직 한 달은 더 기다려야 하는데 난감하다.

"갓난애도 있네."

주인 여자는 순옥이 안고 있는 아기를 보더니 딱한 듯 혀를 찬다. 성호와 순옥은 우선 방으로 들어가 잠자리를 만든다. 수백리 길을 탈탈거리며 달려오느라 입에서 쓴 내가 난다. 시골에서 가져온 석유곤로에 라면을 끓여 허기를 달래고 나니 피곤이 왈칵 몰려온다. 이불을 바닥에 펴고 있는 대로 껴입은 채 두꺼운 솜이불을 덮고 눕는다. 이 밤에 낯선 곳에서 연탄을 사러 갈 수도 없으니 그냥 자기로 한다. 길에 누워 있는 것처럼 찬바람이 얼굴 위로 솔솔 날아다닌다. 그런 중에도 몰려온 피곤은 세 사람을 깊은 잠 속에 빠트린다. 아침에 얼어 죽지 않고 일어난 것이 기적만 같았다. 성호는 일어나자마자 연탄부터 사온다.

"밤새 떨었겠네. 아유! 어린 것 좀 봐, 볼이 까마네."

벌겋게 타는 밑불을 가져온 주인 여자는 정선이의 얼어붙은 볼을 바라보며 혀를 찬다. 그러고 보니 순옥의 얼굴도 추위로 검으틱틱해졌다.

"불이 피어오르면 방이 더워지니까 너무 활활 타지 않게 공기구멍을 조금만 열어요."

여자는 주의를 주고 간다. 그러나 성호네 세 식구는 따뜻한 방이 절실하다. 일분일초도 지체할 수 없다. 구멍을 활짝 열어놓고 속히 데워지기를 기다린다. 마침내 불이 활활 타기 시작한다. 성호네 세 식구는 난로 곁을 떠나지 못한다. 한데 방이라 난로 옆에서 멀어지면 냉기가 살 속까지 파고든다. 대여섯 평 남짓한 창고 방은 온도 조절이 불가능하다. 불이 타오르면 열탕처럼 덥고 불을 낮추면 싸느랗게 식어버리는 냉방이 된다. 서울에 오자마자 성호 가족은 모두 감기에 걸리고 만다. 창고 방은 앉은뱅이 화장대를 들여놓자 비로소 사람 사는 곳 같다. 오만 원에 이런 창고 방이나마 얻은 게 다행이었다는 사실을 안 것은 부동산을 돌아본 후였다. 어디를 가도 오만 원짜리 방은 없었다. 자기 집에 들일 방도 없는데 무작정 서울로 온다는 성호의 말에 준호 형은 창고 방을 얻어 놓은 것이다. 가지고 있는 돈에서 오만 원을 방값으로 주고 나니 이십 오만원 남는다. 연탄과 양식을 사고 나니 또 오만 원이 없어진다. 당장 일을 해야 먹고 살 수 있을 것 같았다. 저녁 때 성호는 양부모님에게 인사도 드릴 겸 순옥과 정선이까지 데리고 준호 형을 찾아간다.

"니가 서울로 온다니까 아버지 어머니는 시골집을 비우면 안 된다며 어제 내려갔다. 그래, 짐 정리는 다 했냐?"

예상한 대로였다. 성호 보기가 민망해 부랴부랴 내려간 것이 틀림없다. 성호는 씁쓸하게 머리만 주억인다. 아직도 준호 형은 경매로 넘어간다는 집에 살고 있었다. 길호 형 몫 논까지 팔아 간 것으로 건진 것 같았다. 집에는 준호 형 혼자 있다. 준호 형은 보리차를 가져와 탁자 위에 놓는다.

"짐이랄 게 있나요? 경운기에 조금 실어 온 것인데."

"경운기에 실어 왔어? 그럼 경운기 타고 온 거야?"

준호 형은 깜짝 놀란다.

"예."

"고속도로로?"

"첨 오는 길인데 고속도로로 와야 길을 잃지 않고 올 것 같아서요."

"야가 큰일 날 뻔했네. 이 추운 날 경운기 타고 고속도로로 오다니. 신문 날 일이다. 서울이 얼마나 먼 곳인데 경운기로 오냐. 이런! 식구가 다 감기에 걸렸나 본데 뜨끈하게 보리차 많이 마셔라. 그리고 이건 내가 먹고 남은 약인데 먹어봐라. 콧물감기에 좋더라."

잠옷 차림으로 이불을 둘러쓰고 있던 준호 형은 성호와 순옥이 재채기를 하고 콧물을 훌쩍이자 약상자를 가져와 약을 꺼내 준다. 성호와 순옥은 알약 하나씩을 입에 넣고 삼킨다. 벌써 열이 오르기 시작하는 정선이한테도 삼분의 일쯤 잘라서 가루로 만들어 타 먹인다. 준호 형은 순옥에게 남은 약을 다 가져가라며 준다.

"몇 번 먹어야 나을 거다."

순옥이 약을 소중한 듯 챙겨 주머니에 넣는다.

"미안하다. 내가 돈을 줘야 좋은 방을 얻을 것인데 아직도 막아야 할 돈 땜에 네 돈은 못 준다. 돈이 풀렸으면 너에게 그런 방을 얻게 하진 않았을 것인데. 얼마 전부터 네 형수도 애들 반찬값이라도 번다며 식당에 일 나간다. 나 때문에 모두가 고생을 한다."

창고 방의 열악한 상황을 아는 준호 형은 미안해한다. 성호는 제대로 된 방을 얻을 돈만이라도 만들어 달라고 하려던 마음을 접고 만다.

“당장 일을 해야겠는데요.”

어차피 어그러진 돈, 준호 형이 미안해하는 것을 보니 굳이 불편하게 하고 싶지 않았다.

“그려 일자리부터 찾아야지. 내가 우리 사무실의 허 사장한테 알아보라고 부탁은 했응께. 니가 너무 서둘러 왔구먼. 일자리 먼저 알아놓고 오는 것인디.”

“삼월이면 농사철이고, 어차피 농사일 안 하는데 먼저 와서 일자릴 얻어야 할 것 같아서요.”

“서울이라는 곳이 만만치가 않아. 금방 일자리가 생겼다가도 홱 틀어지거든. 요즘은 시골서 농사짓던 사람들이 너도 나도 돈 번다고 몰려와서 전 같지 않아. 막노동이라도 할 거지? 허 사장이 그쪽은 잘 아니까.”

허 사장이라는 사람은 준호 형과 같이 부동산 쪽에서 일하는 동업자인 것 같았다.

“제가 힘쓰는 일밖에 할 줄 아는 것이 있어야지요.”

“그렇다면 쉽다. 내 나가서 알아보고 연락하마. 그럼 나도 나가봐야 하니까 가보거라.”

밖에는 어둠이 깔렸건만 준호 형은 저녁밥도 안 먹고 집을 나선다. 돌아오는 길에 성호는 불광시장에서 순옥과 정선이에게 털신과 귀마개를 사 준다. 일주일은 금방 지나갔다. 준호 형한테선 일자리 소식이 없다. 준호 형한테 전화를 하기 위해 공중전화 부스로 간다. 독박골 사람들 모두가 이용하는 공중전화 앞에는 벌써 줄이 길게 늘어 서 있다. 성호는 사람들 뒤로 가서 선다. 사람들은 자기 차례가 되면 여기저기로 한참씩 전화를 한다. 빨리 좀 해요. 나 급해요. 뒤에서 사정해도 좀처럼 나오지 않는다. 이래서 공중전화 앞에서 살인사건도 나는가 보다라고 생각한다. 성호는 십 분 이상 기다려서야 공중전화를 쓸 수 있었다.

"상무님 없는데요."

젊은 아가씨의 목소리였다. 준호 형은 부동산회사의 상무인가 보다. 준호 형 집으로 전화를 한다. 형수가 받는다.

"서울로 이사 왔다는 말 들었다. 지금 형님 없는데. 용건이 뭐지? 나한테 말해. 내가 전해줄게."

형수는 성호가 장가를 가서 애를 낳았건만 머슴이라고 생각하는지 말끝마다 반말이다.

"형님이 제 일자리 알아봐 준다고 해서요. 돈도 거의 다 떨어지고 하루가 급한데, 어서 빨리 일하고 싶어요."

성호는 형수의 마음을 건들세라 조심스럽게 입을 연다.

"형님을 믿으면 안 돼. 자기 앞가림도 못하는 인간인 걸 모르는구먼. 서울 와서 지금까지 돈만 꼴아먹었지 벌어 온

적 없는 사람이야. 논 팔아 온 돈도 다 까먹고 나도 손가락만 빨게 생겼어. 오직하면 일 한번 안해본 내가 식당에서 일할까. 투자하는 것마다 사기를 당하는 인간이야. 시골 논 다 말아먹었는데 무슨 정신으로 네 일자릴 알아보겠어. 그런 일자리 있으면 형이 해야 해. 내 말 명심해. 절대 형님은 믿지 마. 선생질밖에 할 것이 없는 사람인데 서울 와서 재산 다 날리고 제 명을 못살 거야. 알았지? 내 말."

전화를 끊은 성호는 앞이 캄캄해진다. 막연하던 불안감의 실체가 눈앞에 드러난 것이다. 양부모님도 그것을 알고 서울 온다는 성호를 보지도 않고 시골로 내려간 것이다. 현리 문전옥답 열두 마지기에다 그 논 밑으로 여덟 마지기짜리 세 배미까지 나란히 지으며 중부자 소리를 듣고 살던 양부모였는데 준호 형이 사업한다고 다 팔아다 날리고 속 끓이는 모습이 선연하다. 성호는 자기도 모르게 빨간 벽돌로 지은 교회를 찾아간다. 기도하고 싶어 견딜 수가 없다. 아니 어디 가서 한없이 울고 싶다. 견고한 교회문은 단단히 잠겨 있다. 아무리 두드려도 나오는 사람이 없다.

"망할 교회네."

성호는 굳게 닫힌 예배당을 보며 저주를 하고 만다.

밥을 위하여

벚꽃이 만발한 인도를 따라 무작정 걸어간다. 어디를 가나 사람과 자동차가 많았고 산비탈마다 집들이 다닥다닥 들어앉아 있다. 도로는 지하철 공사를 하느라 파헤쳐져 있고 건물을 짓는 공사장도 널려 있다. 온통 땅 파는 소리와 몰타르 치는 소리로 조용한 곳이 없다. 경제개발 5개년 계획이라는 현수막이 거리마다 붙어 있다. 여기도 공사 중, 저기도 공사 중이다. 지금껏 노동으로 살아왔는데 어디 가서 일거리 못 찾을까 하여 나선 것도 이 때문이다. 성호는 지하철 공사장 앞에서 걸음을 멈춘다. 할 수 있는 일이 있는지 알아보고 싶다. 이곳 저곳 기웃대며 터널 안을 살핀다. 사우디에서 기름덩이며 폐품을 치우는 막일도 했는데 무엇인들 못할까 싶었다. 땅속에서 두더지처럼 땅을 파는 일쯤 겁날 것도 없다. 헬멧을 쓴 남자가 공사장 터널 안에서 있다. 비지땀을 흘리며 일하는 사람들과는 달리 담배를 태우며 이것저것 지시하는 것이 관리인쯤 되어 보인다.
"저 말씀 좀 물어봐도 됩니까?"
성호가 정중하게 말을 건넨다.
"뭔데요?"
남자가 성호의 위아래를 훑어내리며 묻는다.
"사우디서 철근 묶는 일을 했는데요, 이 공사장에 철근 묶는 일 할 수 있을까 해서요."
성호는 자신감 있게 말한다.
"일자리를 찾는군요. 그렇다면 지하철공사에서 근로자를 채용할 때가 있으니 거기로 응모해야지요. 여기는 이미 일할 사람 다 채워져 있는데요."
"아, 그렇군요. 그러면 언제쯤 사람을 뽑나요?"
"올해는 다 뽑았을 걸요? 내년에 신문에 공고가 날 겁니다. 그때 응모해 보세요."
"아, 예."
성호는 인사를 하고 터널 밖으로 나온다. 당장 산 입에 거미줄 치게 생겼는데 내년까지 기다릴 수는 없다. 아파트 공사가 한창이라는 강남에도 가보았지만 마찬가지였다. 버스를 타고 다니다 공장이 많은 동네에서 내린다. 기계소리가 요란한 공장마다 들어가 일자리가 있는지 알아본다.
"누구 소개로 왔어요?"

“소개 받고 온 건 아닌데요.”

“여기에서 일하려면 보증인 두 사람이 있어야 합니다. 아무나 뽑지 않아요. 우리 회장님은 신원이 확실한 사람을 원합니다.”

기계소음으로 가득 찬 공장의 관리소장은 고개를 흔들어 대며 나가라고 손짓을 한다. 성호는 서울이라는 곳이 만만치 않은 곳임을 깨닫는다. 일자리 구하겠다고 돌아다녀봤자 아는 사람 하나 없는 서울에서는 맨땅에 헤딩하기였다. 주머니 안의 토큰은 하나 둘 모래 빠지듯 사라진다. 토큰 백 개를 사서 주머니에 넣을 때는 다 떨어지기 전에 직장을 구할 줄 알았다. 손 안에 너댓 개의 토큰을 쥐고 몇 대의 버스를 그대로 보낸다. 어디로 가야할 지 몰라 거리에 서 있다. 하늘이 컴컴해지더니 먹구름이 밀려오고 빗방울이 후두둑 떨어진다. 건물 밑으로 가서 비를 피한다. 오늘도 일자리를 구하지 못한 채 집에 가야 할 것 같다. 비는 바람을 타고 건물 벽으로 흩뿌린다. 바지 아래와 운동화가 젖는다. 건물 벽으로 바짝 붙어서서 쏟아지는 빗줄기를 원망스럽게 바라본다. 오늘도 순옥은 동네 아줌마들의 머리를 하기로 했다며 웃었는데 언제까지 순옥이 버는 연탄 값도 안되는 돈으로 살아야 할지 막막하다. 박스를 가득 실은 리어카를 끌고 비를 맞으며 오던 남자가 성호가 서 있는 처마 밑으로 들어선다. 박스는 비닐을 씌워서 안전한 것 같은데 벙거지 모자를 쓴 남자는 머리에서부터 운동화까지 흠뻑 젖었다. 남자가 고개를 드는데 뜻밖에도 아는 얼굴이다. 남자도 성호를 놀란 눈으로 바라본다.

"성호 아녀? 현리 사는 성호 맞장!"

걸걸한 목소리가 현리의 찬문이 형 찬수였다.

찬수는 동갑내기 친구 성호의 손을 덥썩 잡는다.

"어찌 엄 장로네 성호가 여그 있디어?"

"그러게 말여. 원수는 외나무다리서 만난다더만 우리가 원수도 아닌데 여그서 만나고. 세상은 넓고도 좁다더니 이런 때를 두고 하는 말인갑네. 그나저나 너는 가구공장에 들어간다고 서울 가지 않았어? 근디 뭐하는 거여? 리어카 끌고 다니며."

의지가지없던 성호는 찬수를 만난 것이 기적만 같다. 찬수의 입성이며 꼴로 보아 오히려 도와줘야 할 것 같지만 찬수를 만나니 세상을 얻은 듯 좋다.

"그려. 처음 서울 왔을 때는 가구공장이었지. 근디 사장이란 놈이 돈을 안 주는 거야. 월급 달라고 하면 차일피일 미루기만 하고 환장하겠는 거야. 석 달 만에 주는디 이것 띠고 저것 띠고 낭게 쌀 한 말 살 것밖에 안 남드라고. 또 몇 달이고 월급이 밀릴지도 모르니 나와뿌렸지. 그때부터 쓰레기 주워다 고물상에 넘기며 사는데 하루 벌어 하루 쓰는 거지만 가구공장보다 낫네. 보기엔 거지같지만 큰 껀 만나면 밥은 걱정없이 먹고 살 수 있어. 수입도 가구공장보다 나으면 낫지 못하지도 않고."

골목식당에 들어가 라면을 한 그릇씩 시켜 먹고 나자 찬수는 그동안 고생한 이야기를 한다. 찬수는 서울에서 살아갈 방법을 아는 대로 가르쳐 준다.

"서울 오면 다 잘 되는 줄 아는데 천만에야. 석리에 사는 오중식이라는 형은 고물 주워서 부자 되었잖아. 그 형도 처음엔 중국집에 배달부로 취직했는데 일 년 동안 고생만 죽어라 하다가 뛰쳐나와 고물을 주우면서 돈을 벌었어. 지금은 석리 사람들 다 데려와서 고물로 돈 벌게 하잖아. 나도 석리 친구 영만이라고 그 애 따라서 이 일 하는 거구만. 오중식 형은 구로에 고물상을 차렸는데 서울로 온 사람 중에 돈을 제일 많이 번다더라고."

양복 입고 회사에 다니는 줄 알았던 찬수가 고물을 줍는다니. 서울로 취직해서 떠난 사람들은 모두 바닥인생을 사는 것만 같았다. 그것도 모르고 시골에서 살 땐 서울로 취직해 나간 애들을 얼마나 부러워했던가. 준호 형만 봐도 서울 가서 부자 될 듯 좋은 직장 버리고 떠나더니 양아버지의 옥답 판 돈으로 살고 있지 않은가. 서울은 정말 만만치 않은 곳이라는 생각이 든다. 정신 바짝 차리지 않으면 굶어죽기 딱 맞는 곳이다. 시골에서 사는 게 뱃속 편한 것임을 깨달았지만 그렇다고 다시 시골로 갈 수는 없다.

"이렇게 고생하면서 너는 왜 시골로 안 내려가? 시골엔 농사지을 사람이 없어서 난리인데."

"그럼 넌 왜 왔는데?"

"난 현리에 아무것도 없으니까. 하지만 너네는 논도 있고 밭도 있잖아."

"그깟 것 얼마나 된다고. 서울 와서 첨에는 다들 고생을 많이 혀! 서울은 생각보다 살기 어려운 곳이지만 시골에 가봐야 희망이 있어? 그랑게 죽어라 버티는 거다. 그래도 서울은 희망이 있으니까. 운이 좋으면 돈을 벌 수 있거든. 오중식이처럼 말여. 그 형은 국민학교 졸업하고 서울 와서 중국집을 나온 뒤로 버스 차장도 하고 세차장에서 일도 하고 안 해본 것이 없었다는데 고물을 주우면서부터 돈이 모이더라네. 지금은 고물상 하면서 트럭도 사고, 집게차도 사고 얼마 전에 들응께 집도 샀다네. 서울엔 돈이 널려 있당게. 쓰레기를 줍다보니 땅에 떨어진 것 반은 돈이더라고. 하찮은 돈이지만 티끌 모아 태산이라잖아. 일단 내 수중으로 돈이 바로바로 들어오니까 살 것 같드라고. 흐흐."

찬수는 허연 이를 드러내며 웃는다.

*　　*　　*　　*

"아버지, 고물상은 돈은 좀 버는지 몰라도 사람 대우를 못 받는다는 것이 단점이어요. 저는 우리 집이 고물상 하는 것이 부끄러웠거든요."

정민이가 남자의 이야기를 자르며 끼어든다.

"남들이 더럽다며 기피하니 빽 없고 힘없는 인생들한텐 딱 맞는 직업이지야. 그렇지 않다면 우리 차지나 되었겠냐? 난 고물 주우면서 사람들한테 대우받으려 한 적 없다. 무조건 예예 하면서 불쌍한 척 해야 고물을 많이 줍거든."

"어쨌든 할 수 있는 게 없는 사람들이 하는 일이잖아요."

정민이는 씁쓸한 듯 중얼거린다.

남자는 보온통의 물을 한 모금 마신다. 창문을 열고 하얀 드럼통 같은 것이 널려 있는 들판을 바라본다. 거름을 뭉쳐 썩혀 놓은 것이다.

남자는 지게로 산더미 같은 거름을 나르던 키 작은 청년을 떠올리며 이야기를 이어나간다.

"고물 줍는 게 아무렇게나 하는 것 같아도 각자 맡은 구역이 있어 남의 구역을 침범하면 싸움이 일어났다. 때문에 눈치껏 주워야 했다. 내가 찬수를 만난 것은 기적이었다. 그때부터 찬수를 따라 고물을 찾아 헤맸다. 당장 끼니가 급한데 일자리를 가릴 처지가 아니었거든. 고등학교를 나온 찬수도 고물을 줍는데 머슴살이하던 내가 못 할 게 뭐 있냐 싶었다. 처음부터 건축을 했더라면 좋았을 것 같지만 고물 줍는 것이 내 운명이었던 거야. 당시 건축하던 사람들은 그렇게 돈을 잘 벌진 않았거든. 망하는 사람도 많았다. 내가 고물을 주울 땐 고물이 해외로 팔려 나가던 전성기였다. 개발바람이 불어 동네마다 쳐부수고 아파트를 지었으니 고물은 산더미처럼 많았다. 난 고물을 주우면서 세상을 배웠다. 준호 형이 서울엔 돈이 많다고 했는데 아무리 눈을 크게 뜨고 둘러봐도 돈 한 푼 안 보였지만 고물을 줍는 날부턴 돈이 굴러다니는 것이 보이더라."

남자는 창문을 닫는다.

"고물 주우면 하루 얼마나 벌어요?"

"대중없지야. 난 타고난 부지런함으로 누구보다 일찍 일어나 집집마다 다니며 쓰레기를 뒤적여 고물을 찾아냈지. 아파트가 늘어나면서 쓸 만한 고물은 더 많아졌다. 아파트에 입주하는 사람마다 낡은 살림을 버리고 새 가구를 사는 것이 유행이었지. 그 덕에 우리 집 살림살이는 돈 한 푼 안 들이고 다 주워다 썼다. 니 엄마 화장품까지도."

"생각나요. 우리 집엔 새 물건이라곤 없었으니까. 참고서도 다 주워다 공부했잖아요. 어머니 목에 걸린 십자가 목걸이도 주운 거라고 들었어요."

"맞다. 누군가 핸드백 속에 케이스 째 버린 것을 너그 어매 생일 때 선물로 주었더니 꼭 차고 싶었던 거라며 눈물까지 흘리며 고마워하더라. 내가 사온 줄 안 거지."

"엄마는 주운 목걸인 줄 몰랐어요?"

"그땐 몰랐지만 지금은 알지야. 사십 살 되던 생일에 진주 목걸이 사주면서 말했지. 돈이란 참 묘한 것이더라. 고물을 주우면서부턴 돈 쓸 일이 없더라. 쓰레기를 줍다 보면 언젠가는 필요한 것을 찾게 되니까 소비욕구도 사라지고. 고물을 주우니 널린 게 옷이고, 책이고, 가방이니 입맛에 맞는 것으로 골라서 썼다. 고물줍기를 일이 년 하자 무얼 주워야 큰돈이 되는지도 알게 되더라. 종이나 구리는 예나 지금이나 최고지. 신문지 같은 것도 값이 나가고. 가끔은 금붙이를 줍기도 했다. 재수가 좋은 날은 쓰레기와 함께 버린 현금을 줍기도 하고 말이야. 버린 핸드백이나 양복 주머니에서 돈이나 귀중품이 나올 때도 있었지. 이를테면 손목시계 같은 것도 헌옷 속에서 주웠다."

"수표나 금덩이도 주워 봤어요?"

"허허허! 그보다 더한 것도 주웠다. 허허."

"어떻게요?"

정민이의 눈이 동그랗게 커진다. 성호는 허허 웃기만 한다.

"서울로 오기 전까지 살았던 누리자원은 언제부터 했어

요? 집이 고물상이라 친구 한번 데려 가지 못했는데."

정민이는 누리자원의 어수선한 집을 떠올리며 얼굴을 찡그린다. 누리자원! 그때가 정말 전성기였다. 아침부터 저녁까지 압축한 고물을 덤프트럭으로 끊임없이 실어 날랐다. 쇳덩이를 싣고 광양으로 제지공장으로 중고 가전시장으로 바쁘게 오갔다. 삼십 평 누리자원의 하루 매출이 백여만 원이라는 것은 아무도 몰랐을 거다. 아침부터 저녁까지 분리작업과 압축작업을 쉬지 않았다. 분리된 폐품은 다음날 새벽에 트럭에 실려 재가공 공장으로 갔다. 이 모든 일을 찬수 형제와 순옥까지 포함하여 직원 다섯이 해냈다.

"조물주는 공평하다고 생각한다. 분에 맞게 열심히 살면 언젠가는 좋은 일이 생기는 것 같더라. 난 길가에 버려진 때부터 남의 눈치를 보며 살았는데 쓰레기 같은 인생살이에 맞게 쓰레기 장사를 했으니 나한테 딱 맞는 직업이었던 게야. 그래서인지 같은 쓰레기를 주워도 항상 돈을 더 많이 받았지. 사람은 타고난 분수대로 살면 언젠가는 복이 굴러 온다고 본다. 이만큼 살고 보니까 인생이 보인다. 자기 수준에 맞게 살면 하는 일이 즐겁고 발전도 하지만 수준에 안 맞게 살면 하는 일마다 어그러진단다. 근면, 인내, 성실이 바탕에 있다 해도 중요한 것은 누군가 돕는 자가 있어야 한다. 나는 하늘이 도왔다고 생각한다. 누리자원,

그 좋은 땅을 얻은 것부터가 하늘이 준 기적이었다."

"누리자원은 어떻게 산 거예요?"

"누리자원은 내 인생 모두를 바쳐 산 것과 마찬가지다."

"좀 더 자세히 말해주세요."

"양아버지는 인생을 잘못 사는 준호 형을 많이 닦달한 것 같더라. 내 돈을 끝내 못 줄 줄 알았는데 십 년 만에 땅으로 받았다. 어느 날 준호 형이 안양에 사놓았다는 땅을 사라고 하더라. 외진 곳에 있다 보니 잘 안 팔린다고 나한테 사가라는 거야. 시세보다 비쌌지만 못 받은 돈만큼 제해준다기에 원금을 돌려받을 기회 같아서 적금 다 해약하고 빌릴 수 있는 돈은 빌리고 해서 샀다. 땅을 사고 보니 주택가에서 떨어져 고물상 하기 딱 좋은 자리더라. 무조건 서울을 떠나 그곳에 누리자원을 낸 거지. 너희들이 누리자원 2층에서 사느라 고생을 했지만 좋은 일은 그때부터 일어났다. 그 땅을 사자 주변에 대단지 아파트가 들어온 거야. 땅값이 몇 달 만에 폭등했다. 준호 형한테 빌려준 돈이 땅으로 돌아와 몇 십 배로 불어난 거지. 부자도 누군가가 도와야 부자가 된다는 말이 이젠 이해가 되냐? 우리 속담에 착한 끝은 있어도 악한 끝은 없다고 했는데 하늘이 날 도와준 거라고 믿는다."

"아버지가 사우디에서 벌어 온 돈이 결국 아버지를 부자로 만들었네요."

"그런 셈이지."

"정말 기적 같은 일이네요. 아버지를 존경해요."

정민이는 진심으로 존경의 마음을 담아 고개를 숙인다.

"건축을 하게 된 이야기도 해 주세요. 아버지가 건축을 하면서부터 부자 소리 들으며 산 것 같아요. 고물상 할 땐 돈 걱정 안하는 속부자였고요. 안 그래요?"

자동차는 어느덧 평야지대를 양편으로 끼고 달리고 있다. 목적지까지 사십 분이 남았다고 뜬다. 남자는 하던 말을 잠시 끊고 창문을 내려 밖을 살핀다. 낯익은 산이나 밭을 찾아보지만 들녘은 비닐하우스로 가득 차 있고 새 도로가 쭉쭉 뻗어 있는 것이 모두 낯설다.

"다 온 것 같은데 볼일도 볼 겸 휴게소에 들렀다 가자."

남자는 창문을 닫고 하차할 준비를 한다.

꿈꾸는 운명

"아버지, 고물상 한다고 부끄러워한 것 죄송해요. 아버지 이야기를 책으로 쓰고 싶네요. 그런데 양할아버지한테 다랑가지 논은 받았어요? 할아버지 돌아가셨을 때 아버지 따라 장례식장에 간 것은 생각이 나요. 장례식장에서 처음 보는 할머니가 과자 사먹으라며 천 원을 준 것도요. 그때가 제가 초등학교 일학년인가 이학년 때인 것 같은데."

휴게소 화장실을 다녀와 생강차 한 잔을 사서 마시고 있는데 정민이가 뜻밖의 질문을 한다. 정민이의 손에는 양념을 잔뜩 바른 구운 햄이 들려 있다. 먹성 좋게 한입 크게 베어 씹는다. 햄을 먹는 아들을 보니 둘째 성훈이가 생각이 난다. 주워다 먹이는 햄이였지만 고기라고 정말 좋아했다. 고기를 맘껏 먹이지 못한 것이 생각나 우울해지려 한다. 남자는 고개를 흔들며 차창 밖 하늘을 바라본다.

"할아버지 돌아가셨을 때를 기억하는구나."

정민이가 할아버지의 장례식장에 다녀온 것을 기억하는 것이 기특하다. 양아버지가 돌아가셨다는 부음을 받았을 때 폐업공장 철거작업을 다른 사람한테 넘기고 초등학교 이학년인 정민이를 결석까지 시키며 데리고 다녀왔다. 양아버지는 어느 핸가 서울에 와서 정선이는 보았지만 정민이는 유치원에 가서 보지 못했다고 아쉬워했었다. 초등학교 사학년이었던 정선이의 전과목 백 점짜리 시험지를 보며 칭찬하던 양아버지가 선연하다. '아비가 못한 공부를 정선이가 다 하려나 보다. 우리 정선이 판사 되어서 이 할애비 소원 좀 풀어줄래?' 7년 동안 공부했지만 끝내 사법고시에 패스하지 못하고 지방직 공무원이 된 길호 형은 양아버지를 많이 낙심시켰나 보다. 양아버지는 정선이를 품에 안고 꼭 판검사가 되어 집안을 일으켜 달라고 기도까지 했다. 나중에 정선이가 사법고시에 합격하여 변호사가 된 것은 양아버지의 기도가 이루어진 것이라고 생각한다. 그때까지 성호는 여자가 사법고시를 본다는 것은 꿈도 꾸지 않았다. 정선이를 대학까지 가르쳐 능력 있는 남자한테 시집 잘 보내자고 생각한 것이 고작이었다.

"그럼요. 그때 어떤 아저씨가 똑똑하다고 칭찬해준 것도 생각나요."

어떤 아저씨란 한 목사를 두고 하는 말인 것 같다. 그때

한 목사는 발인예배를 인도하였다. 둘이서 진지하게 이야기를 할 수도 있었는데 한 목사를 보는 것만으로도 화가 나던 때였다. 한 목사가 장례예배를 인도하는 줄 알았다면 가지도 않았을 것이다.

"아드님인가? 잘생겼네. 이름이 뭐지?"

한 목사는 성호를 보고 선뜻 다가와 말을 건다. 대답을 얼른 못하고 있는데 정민이가 대신 대답을 한다.

"엄정민입니다."

"아이구, 똑똑하네. 몇 학년이지?"

"2학년입니다."

"2학년이 키가 크네. 정민이는 꿈이 뭐야?"

한 목사는 뚱한 성호를 무시하고 눈을 반짝이는 정민이에게 자꾸 묻는다.

"천문학자가 되고 싶어요."

"왜 천문학자가 되고 싶은데?"

"저는 태양과 달과 별이 하늘에 떠서 움직이는 것이 신기하거든요. 천문학자가 되어 그것들을 연구하고 싶어요."

"엄 선생, 아들 잘 두었구만. 천문학이라면 미래세계를 변화시킬 분야라고 하던데, 꿈이 멋지네. 아들이 엄마 아빠의 좋은 데만 닮아 잘생기고 똑똑하구만. 내가 정민이를 위해 기도 좀 해줄까?"

한 목사는 기도를 해주고 싶은지 정민이의 손을 잡는다.

"기도가 뭔데요?"

교회를 가본 적이 없는 정민이가 의아한 듯 성호를 바라본다. 순간 한 목사의 눈이 커진다. 놀라워 하는 표정이다. 성호를 향해 무언가 묻고 싶은 듯 바라본다.

"저, 기차 시간이 다 돼서요. 동네 어른들한테 인사하고 빨리 가봐야겠어요."

성호는 정민이의 손을 잡아끌며 급히 자리를 떠났다. 참 이상한 일이다. 객지생활을 하면서 힘들 때마다 그립고 보고 싶고 의지하고 싶은 사람이 바로 한 목사였는데 어두운 감정에서 벗어나지 못한다. 남자는 양아버지 장례식장에서 만난 한 목사와 진지하게 이야기를 나누지 못한 것이 문득문득 아쉬웠다. 그때 석휘와 한주옥의 소식도 알 수 있었을 것인데 증오의 감정으로 이성적일 수 없었다. 감정을 컨트롤할 수가 없었다. 그때를 생각하면 자신이 한없이 졸렬하게 느껴지고 밉다. 그날 한 목사는 정민이가 기도가 뭐냐고 묻자 큰 의문을 갖고 남자를 바라봤었다. 아이가 왜 기도를 모르지? 성호 선생은 아이를 교회에 안 보내나요? 하고 힐책하는 듯한 한 목사의 눈을 지금까지도 잊지 못한다. 정민이도 그때 본 한 목사를 잊지 않은 것 같다.

쭈그렁 밤송이 삼 년 간다더니 늘 고롱거리며 병치레가

심하던 양어머니는 건강했던 양아버지보다 오래 살았지만 끝내 준호 형한테는 가지 못하고 말년에 초등학교 교사였던 길숙이 누나 집에서 살다가 돌아가셨다.

"아버지, 무슨 생각을 그리 골똘히 하세요? 다랑가지 논 받았냐고 제가 물었는데요."

"맞다. 네가 다랑가지 논 이야기를 하니까 내가 딴생각을 했구나."

남자는 허허 웃는다. 기침을 하더니 마른 입가를 휴지로 닦는다.

"양아버진 다랑가지 논을 나한테 준다고 수없이 말했으니 양어머니를 비롯해서 준호 형까지 다랑가지 논은 내 것이라고 여겼다."

남자는 말을 하다 말고 다시 기침을 한다. 보온통을 들어 물을 한 모금 마시고 얘기를 계속한다.

"하지만 나는 다랑가지 논을 내 앞으로 이전하지도 팔지도 않았다. 양어머니가 돌아가셨을 때 준호 형을 만났는데 아무도 살지 않는 집과 다랑가지 논을 팔아 아들 아파트 사는 데 보탰다는 소리를 들었을 때도 내 것이라고 주장하지 않았다. 요새 사람들 같으면 여섯 살 때부터 부려먹고 새경을 주지 않았다고 노동력 착취라고 매도할 수도 있을 거다. 그러나 나는 절대 그렇게 생각하지 않는다. 그동안 내 형편이 나아진 이유도 있지만 애초부터 서너 마지기 되는 두 배미 다랑가지 논을 갖고 싶어하지 않았다. 부모 없는 나를 먹여주고 재워준 분들이다. 아무리 어리다 해도 그만한 일도 안하면 누가 먹여주고 재워주겠냐? 그때는 먹는 것 해결하려고 부모 있는 애도 머슴살이나 식모살이를 했다. 난 양어머니가 쉴 틈 없이 부려먹었지만 배고팠던 적은 없었다. 짧은 공부지만 학교도 다니고 흉내는 다 냈다. 무엇보다 교회에 보내준 것이 고맙다. 머슴을 교회에 보내는 집은 없었다. 또 근본도 없는 나를 호적에 올려준 것도 고맙다. 나는 교회에 다니면서 새로운 것들을 많이 알았다. 목사님 설교를 들으며 올바르게 사는 법도 배웠고 힘들 때 기도하는 법도 배웠다. 성경을 읽으며 윤리와 법도도 깨우쳤다. 기독교는 사람을 품격 있게 만들어주는 종교라고 생각한다. 성경에 나오는 말씀대로 살면 대학 졸업한 사람보다 지혜로운 사람이 될 수 있겠더라. 성경대로 살지 못해서 문제지. 내가 부모 없는 고아로 살았어도 어디에 가나 인정받고 후레자식 소리 안 듣고 신용을 얻은 것은 어릴 때부터 성경말씀에서 정직과 성실을 배운 것이 나도 모르게 인격의 바탕을 이루었기 때문이라고 본다. 양아버지 집과 장현교회는 나에겐 옥토였다. 세상을 변화시키려고 애쓰는 목사님을 만난 것도 행운이었다."

"아버진 교회도 안 나가면서 진짜 하나님을 믿네요. 행복도 불행도 모두 하나님 뜻이라고 생각하다니. 그래도 아버진 성공했으니까 그렇게 말하는 거예요. 아직까지 밑바닥 삶을 살고 있어도 그렇게 말씀하실 수 있을까요?"

"글쎄, 어쨌든 난 내가 꿈꾸던 대로 부자가 되었다. 무일푼으로 시작했지만 서울 역세권에 내 빌딩을 지었으니 거부까지는 아니지만 부자가 된 것 아니냐? 이제는 거부가 되는 지름길이 보인다 했는데 병들고 말았구나. 내 꿈은 여기까지인가 보다고 체념하게 되는구나."

남자는 잠시 말을 멈추고 또다시 보온통의 물을 마신다. 표정이 씁쓸해 보인다.

"내가 집을 짓게 된 것에 대해 말하자면 길다. 건축을 하면 돈을 많이 번다고 생각한 적도 없건만 왜 그런지 집 짓는 것만 보면 관심이 갔다. 결국 건축가로 살게 될 줄이야."

남자는 기침을 두어 번 하더니 눈을 깜빡댄다.

"부산 아주머니를 만나 건축일을 시작하게 되신 거죠?"

정민이가 이미 알고 있다는 듯 묻는다.

"그랬지."

남자는 생각을 정리하듯 눈을 반짝인다.

부산 아주머니를 만난 것은 정선이가 서울대학교 법학과에 합격한 때문이라고 해야겠다. 누리자원 고물들 속에 살면서도 언제 그렇게 공부를 했는지 대한민국 최고 대학교 법학과에 합격한 것이다. 사람들의 축하인사를 받으면서 생각하니 가족들을 더 이상 고물상에서 고생시키고 싶지 않았다. 정선이 학교가 있는 서울대학교 앞에 집을 샀다.

그런데 집을 잘못 샀다. 축대집이었는데 붕괴 위험이 있는 집인 걸 몰랐다. 집을 다시 팔아야 할지 고민하고 있을 무렵 부산 아주머니를 만났다.

"여기에 집 짓자. 지금 집 짓는 사람은 부자 된다. 이 동네가 생긴 이래 용적률 사백 프로 허가받기는 처음이다. 건축법이 또 바뀔지 모르니까 미루면 안 된다. 이 연립은 지금 지어야 값나간다."

삼십 년 건축을 했다는 나이 지긋해 보이는 경상도 억양의 여자는 예쁘장한 용모에 목소리가 컸다. 집을 지으려고 101호와 102호를 샀다며 아침부터 찾아와 소리를 친다.

"집을 지으면 좋겠지만 무슨 돈으로 짓지요?"

연립 사는 사람들은 건축업자라는 부산 아주머니가 집을 짓자는 소리를 하니 솔깃했지만 돈이 없으니 주춤한다.

"내가 집 지을 방도를 설명할 테니 저녁에 모두 101호로 모이세요."

그날 밤 건축 계획을 듣기 위해 주인들이 1층 101호로 모였다. 101호에 살던 경찰관은 소문도 없이 이사 가고 집은 비어 있다. 새 집주인인 부산 아주머니는 냉수가 든 종이컵을 사람들 앞에 한 잔씩 놓아주더니 자기소개를 한다.

"난 서울에서만 삼십 년 집을 지었어요. 이 동네서 부산 아주머니라고 하면 모르는 사람 없습니다. 그 부산 아주머니가 바로 접니다. 내가 집 지어 주면 부자 안 된 사람 없지요. 나와 손잡고 집 지으면 모두 부자가 된다는 말입니다. 이 건물은 축대집으로 다 부서져 갑니다. 얼마나 날림으로 지었는지 그동안 붕괴되지 않고 버틴 것이 기적입니다. 건물 아래로 내려가 보면 알겠지만 축대가 삭아서 금방이라도 주저앉으려고 하니 여기서 살다가는 큰 변을 당합니다. 내가 이 낡은 집을 산 것은 새로 짓기 위해서입니다. 이번에 이 동네가 준주거지로 바뀌어 용적률 400%로 지을 수 있답니다. 그래서 1층 두 채를 산 겁니다. 알아보니 은행에서 대지 99평을 담보로 하면 최고 육억까지 준다니까 그 돈으로 지으면 여러분은 돈 한 푼 안 내도 지상 7층에 지하 1층으로 빌딩이 올라갑니다. 모자라는 건축비 이억은 원룸 몇 개 만들어 전세로 빼서 받으면 되고, 나머지는 네 평짜리 고시원으로 지어서 임차인한테 월세로 받으면 됩니다. 지하 1층에 지상 7층으로 원룸 4개에 고시원방 72개가 나오고도 주택 한 채가 나옵니다. 주차장 한쪽에 고시 식당을 만들어 세를 줄 수도 있고요. 대충 계산

해도 한 집에 돌아가는 돈이 삼백은 될 겁니다. 매달 임대료로 삼백만 원 내지 삼백오십만 원씩 통장에 돈이 들어올 겁니다."

"어머! 그렇게 많은 돈이 나와요?"

지하 2호에 사는 여자는 놀라서 입과 눈을 치켜뜬다.

"그렇다카지 않습니까. 내 말을 믿고 집을 지으면 부자가 되는 겁니다. 이래도 안 짓는다고 하면 바보지요."

대나무 가지 휘두르는 듯 짱짱한 목소리로 거침없이 말하는 부산 아주머니의 눈빛은 초롱초롱하니 자신감이 넘친다.

"나를 믿고 집을 짓고 싶다면 여기에 도장 찍어요. 그리고 나랑 같이 은행에 가서 대출 신청하자. 3월부터 공사 시작하면 추석 전후로 방을 낼 수 있다. 은행이 땅을 담보로 대출을 해주니까 꾸물거리지 말고 퍼뜩 짓자. 이런 좋은 기회는 다시없다. 안 지으면 바보 멍청이라는 거다."

부산 아주머니는 갑자기 편하게 하겠다며 반말을 한다.

"매달 삼백만 원씩이나 나온다면 까짓거 지읍시다."

축대 옆 지층에서 이십 년째 살고 있다는 지하 1호방 할아버지와 할머니가 찬성을 한다. 운전을 한다는 202호 아저씨는 계산기를 두들기더니 입이 벙글 벌어진다.

"한 집에 삼백만 원씩 나온다면 당연히 지어야지요. 그런데 아주머니를 어떻게 믿지요?”

202호 운전사는 큰소리 떵떵 치는 부산 아주머니가 미심쩍은 듯 우묵한 눈으로 흘겨본다.

“이것 보면 다 안다. 우리 집 등기부등본 맞지요? 나도 이 건물 주인인데 의심스럽다면 등기부등본을 맡길 거다.”

부산 아주머니는 자신감이 넘쳤다. 당당한 것이 남자 이상으로 배포가 있다.

부자가 된다는 꿈에 부푼 무궁화 연립 네 세대는 이틀 만에 집을 짓자고 도장을 찍어 동의한다. 두 달 만에 방을 얻어 서둘러 이사를 한다. 성호네도 근방에 지하방을 월세로 얻었다.

각자 방을 얻어 나간 연립 주인들은 대출을 주선해 준 서울부동산에 자주 모였다. 대출금 육억을 얻기로 하고 은행에 가서 인감도장을 찍고 집 짓는 날만 기다리고 있는데 지하 2호에 살던 아주머니가 얼굴이 해쓱해져서 말한다.

“어쩐대요. 부산 아주머니가 경찰서로 불려갔다네요.”

“그게 정말이에요?”

“우리 집 짓는다는 목수를 만났는데 부산 아주머니가 경찰서에 갔다네요.”

순간 문이 벌컥 열리더니 202호 운전사가 들이닥쳤다.

“부산 아주머니가 경찰서에 갔다니 이게 무슨 날벼락 치는 소린가요? 당장 만나봐야 하는 거 아닌가요?"

운전사도 부산 아주머니를 만나러 갔다가 현장 소장 이씨한테 들었단다. 놀라서 얼굴이 벌겋게 상기되어 있다.

지하 1호에 사는 할아버지는 소리없는 한숨을 쉰다.

"집 지으라고 대출신청서에 도장까지 찍었는데 우리 다 사기당하는 거 아니에요?"

운전사는 한층 사색이 되어 불안한지 서성인다.

"어쩐지 큰소리 뻥뻥 칠 때부터 수상하다 했드만 순 사기꾼 아녀? 아이구! 진즉 집을 그냥 팔았어야 하는디 돈 번다는 바람에 집을 지으려다 폭삭 망하는가 비네. 아이구 내 팔자야! 어쩐지 그 아주머니 너무 서둔다 싶었어요. 난 왜 하는 일마다 안 되는지 몰러!"

부자 된다고 제일 좋아하던 지하 2호 아주머니도 부산 아주머니를 사기꾼으로 몰아가며 신세타령을 한다.

"너무 걱정하지 맙시다. 이 집이 언제 무너질지 몰라 걱정한 것은 사실이잖아요. 지하 1호 아래 축대 보았지요? 보기만 해도 아슬아슬하지 않습니까. 이 집은 누가 지어도 다시 지어야 합니다. 건축도면도 다 나왔고 부산 아주머니의 신용도가 나쁘지 않다는 것을 먼저 확인하고 집을 짓게 한 것인 만큼 끝까지 믿어봅시다. 부산 아주머니도 이 연립을 두 채나 가진 집주인인데 사기를 칠 이유가 없지 않습니까. 사정을 먼저 알아보는 게 좋을 것 같습니다."

성호는 사정을 알아보자고 사람들을 설득한다.

"맞아. 부산 아주머니 몫이 두 채나 있는데 걱정할 것 없어. 다른 업자로 교체하여 지으면 돼요."

지하 2호 아주머니는 다른 건축자를 찾아보자고 한다.

"업자를 교체하는 것은 이르고요. 우선 부산 아주머니를 찾아가 자초지종을 알아봅시다. 문제가 있으면 아직 대출금이 나오지 않았으니 은행에 가서 취소하면 됩니다."

"엄 사장 말이 맞아요. 먼저 경찰서로 찾아가 부산 아주머니한테 자초지종을 들어보기로 합시다."

지하 1호 할아버지가 나지막한 목소리로 말한다. 성호는 일행과 경찰서 유치장에 있는 부산 아주머니를 찾아간다.

"하이고야. 내 사마 사기로 몰려 경찰서 왔다는 거 아이가. 돈 육천만 원 땜시 사기꾼이 되었당카 아닌가. 지난번 빌라 두 채를 지을 때 받은 돈으로 이번에 산 집값부터 계산하느라 사채 빚을 미루었더니 의심 많은 고 문둥이 같은 늙은이가 날 고소한기라. 신축건물 전세금 모두 빼면 일번 갚는다는데도 안 믿고 고소부터 하니 억장이 막힌다마. 신축한 연립이 팔리는 데는 시일이 걸릴 거니까 내사 무궁화 연립 산 것 중 한 채는 팔아야겠다고마. 고물상이 내 집 하나 사그라."

"얼마에 팔려는데요?"

성호는 집 살 돈은 없었지만 일단 물어본다.

"내사 이억 사천에 두 채 샀으니 남기는 것 없이 일억 이천만 주꼬마."

"돈만 갚으면 그쪽에선 고소를 취하한대요?"

"하마! 하마! 돈 받을라고 고소한 거니 돈 갚으면 난 바로 나간다."

성호는 가만히 있을 수 없었다. 이 집은 부산 아주머니가 다시 지어야 손해를 보지 않는다는 판단에서다. 성호는 집 주인들을 모아 놓고 대책을 강구한다.

"여윳돈 있는 사람은 부산 아주머니가 산 1층 집 중 하나를 사세요."

"그럴 돈이 어딨어요?"

운전사가 펄쩍 뛴다.

"월세로 집 얻어 나갔는디 그 큰 돈이 어디에 있어요. 난 언능 집 지어 월세 받을 날만 기다린다고요."

지하 2호 아주머니도 냉랭하다.

"각 집에서 천만 원씩만 빌려줘도 사천만 원은 될 듯한데. 나머지는 제가 구해볼테니. 일단 부산 아주머니를 나오게 하여야 일이 풀립니다."

"천만 원이 작은가요? 전 천만 원은커녕 백만 원도 없어요. 월셋집 보증금 만드느라 얻은 빚이 얼만데요."

운전사는 커피 잔을 내려놓고 나가버린다.

"나도 지금은 천 원도 없어라우."

지하 2호 아주머니도 운전사를 따라 나간다.

"아저씨는 천만 원 만들 수 있나요?"

성호는 생각에 잠긴듯 눈을 감고 있는 지하 1호 할아버지한테 조용히 물어본다.

"알아봐야지. 아들놈들한테 말해볼까 해."

"그럼 그렇게 해 주세요. 저도 고물상을 담보로 대출을 낼 수 있나 알아볼게요."

제일 먼저 돈을 구한 사람은 지하 1호 할아버지였다.

"일천만 원 구했구만. 두 아들이 오백만 원씩 보내주었네."

성호는 누리자원을 담보로 하고 은행에서 오천만 원을 빌릴 수 있었다. 그동안 누리자원의 공시지가가 올라갔는지 은행에선 수월하게 대출을 해 준다.

"이런 고마울 데가! 내사 고물상 아저씨 은혜 잊지 않을끼다. 할아버지 은혜도 죽을 때까지 잊지 않는다."

부산 아주머니는 귤 한 박스를 가지고 와서 성호의 손을 꼭 잡는다. 부산 아주머니가 경찰서에서 나오자 바로 굴착기가 오고 공사가 진척된다. 99평 대지에 용적률 사백 프로로 짓는 지하 1층 지상 7층 건물의 터가 닦기기 시작한다.

"집 지을 때 난 대학생이었잖아요. 학교 옆으로 가서 하숙한 생각이 나요. 완성된 집을 보니 정말 어마어마했어요. 갑자기 우리가 부자 된 것 같았어요."

준공필을 받은 날 회식자리에서 모두들 부산 아주머니에게 공을 돌린다. 부산 아주머니는 그들의 치하에 당당하게 인사를 받는다. 내가 당신들 부자 만들어줬다! 안 그런가? 가장 많이 쟁쟁거렸던 운전사를 부릅뜬 눈으로 바라본다.

"고맙구먼요. 정말 고마워요."

운전사는 술잔을 건네며 고개를 조아린다.

"고물상 아저씨요, 나하고 좀 이야기 좀 할까? 내사 빌린 돈도 갚아야 하고 해서."

회식을 마치고 집으로 돌아가려는 성호를 부산 아주머니가 붙잡는다. 자판기에서 커피 두 잔을 빼서 들고 식당 마당 파라솔 아래 자리를 잡는다.

"내사 이번이 마지막으로 집을 지은 기다. 내 나이 지금 일흔넷이다. 그동안 돈 많이 벌었다. 아들 딸 대학까지 가르치고 유학 보내서 사장 만들고 교수 만들었다. 이번에 내가 유치장 가는 걸 보더니 아이들도 공사 그만하라 카고 나도 더 이상 집 짓고 싶지 않다. 이제부터 이 집에서 나오는 돈으로 여행이나 하며 남은 인생은 편하게 살 거다. 문제는 내가 그만두면 같이 일하던 오 목수랑 건축 팀들이 놀게 생겼다. 나하고 일하면서 일류 기술자 되었는데 아깝다. 건축을 하려면 사람을 부릴 줄 알아야 하는디 야들은 기술자는 되지만 사장은 못 된다. 그동안 내가 보니 고물상 엄 씨가 눈치 빠르고 사람 다룰 줄 아는 것이 잘할 것 같은데 건축 한번 해볼 생각 없는가? 하겠다면 나하고 일하던 팀을 붙여줄 테니. 소장 이 씨 같은 사람 없다. 해병대 출신 아니가. 해병대 정신으로 일 틀림없이 잘한다. 내가 옆에서 훈수를 줄 테니 무서버 말고 뛰어들어 봐라. 고물상 성공시킨 것을 보니 건축도 잘할 것 같구마. 듣자니까 사우디 건설현장도 가보고 전혀 쌩댕이는 아닌가 보던데. 건축이 고물상보다 나을 것이다."

뜻밖의 제안이었다. 건축에 관심을 가진 것은 어제오늘 일이 아니다. 장현교회를 건축할 때부터 눈썰미 있게 익혀 둔 것이 목수 일이다. 중동에 갔을 때는 철근 엮는 법을 익혀 철근반원으로 일한 경력도 있다. 그동안 고물이 돈이 된다고 소문이 났는지 너도나도 고물상을 열어 경쟁자가 많아지니 업종변경할 적기다 싶었다.

"굶어죽지 않으려고 시작한 고물상은 이젠 그만해도 되지라."

순옥도 고물상 처분에 미련이 없다. 성호는 이십 년 동안 해오던 누리자원을 내놓았다. 이제 막 전성기에 들어섰는데 내놓으니 서로 사려고 한다. 높은 시세로 처분할 수도 있었지만 그동안 고물업계로 인도해주고 같이 일하였던 찬수, 찬문이 형제한테 넘긴다. 처분한 돈 중 대출금 갚고 남은 것으로 건축할 만한 주택을 사기로 했다. 서울로 온 뒤 골목상가에 미장원을 차린 순옥도 그동안 모은 돈이라며 1억 원을 내 놓는다. 부산 아주머니와 서울부동산 문 사장이 소개하는 구로동 4차선 도로 코너에 있는 헌 집을 대출금을 끼고 구입한다.

"됐다마. 고물상은 물건 보는 감각이 있구마. 그 집을 잘 지어봐라. 오 목수가 보기보다 꼼꼼하니까 목수일 맡기면 나머지는 지들이 손발을 척척 맞춰가며 잘 지어준다. 나만 믿거라. 내가 보니 엄 씨는 성공할 끼다. 건축은 돈만 벌려 하면 실패다. 먼저는 일하는 기술팀을 잘 챙겨야 하고 둘째는 이웃이다. 이웃과 소통이 잘 되면 일은 일사천리로 풀린다. 내 말 명심하그라."

부산 아주머니의 칼칼하고 짱짱한 목소리는 할 수 있다는 무한한 자신감을 갖게 한다.

"그동안 아버지가 지은 집이 몇 채나 되지요?"

정민이의 물음에 설핏 잠이 들려던 남자는 눈을 번쩍 뜬다. 차창 밖은 어느 덧 물오르는 산야로 검푸르다. 남자는 기침을 하더니 휴지로 입가를 훔쳐낸다.

"일 년에 두 채씩만 잡아도 이십 년 지었으니 사백 채 되나? 어떤 땐 일 년에 세 채도 지었으니까."

물 한 모금을 마신 후에야 말을 잇는다.

"주택가 중심으로 욕심 부리지 않고 지어서인지 생각보다 어려움 없이 지었다. 가끔 주변에서 아파트 공사를 해보라고 했지만 그 정도 자금은 안 되었다. 때가 되면 아파트 공사도 할 것이다. 사업가는 계속 투자를 해서 사업을 확장해야 발전이 있다. 그래야 아래서 일하는 사람들도 열심히 일을 한다. 부산 아주머니가 물려준 메인 기술팀들은 정말 순수한 사람들이었다. 지금은 반 이상이 교체되었지만 나를 믿고 열심히 집을 잘 지어주었다."

"아버지, 정말 대단하네요. 건축과를 졸업한 것도 아니고 경제학이나 인문학을 공부한 것도 아니지만 대학 졸업한 사람보다 훌륭해요."

정민이는 진정으로 감탄한 듯 목소리가 진지하다.

"현장에서 뛰는 것과 책상머리에서 펜대 잡고 머리 굴리는 것은 딴판이니라. 난 언제나 현장에서 부딪히며 살아왔다. 맨몸으로 폭풍 속을 뚫고 다녔다고 해야겠지."

"지금 아버지 연세가 육십팔이지요? 앞으로 십 년은 더 일할 수 있을 거예요. 꼭 암을 이기고 사업가로 우뚝 서세요."

"글쎄다. 하늘이 허락하면야. 그런데 요즘은 다른 생각이 자꾸 든다. 몸이 병들고 나니 야심 같은 것은 사라지고 서울 올 때 기도한 것들이 자꾸 생각 난다. 죽기 전에 내가 해야 할 일인지도 모르겠다."

"어떤 것을 기도했는데요?"

"부자 만들어주면 가난한 사람을 돕겠다고 했다."

"가난한 사람을 돕겠다고 기도했다는 거예요?"

남자는 고개를 주억인다.

"나라에서 복지정책을 잘 하고 있는데 아버지가 왜 나서요? 아버지만큼 사는 부자는 널렸어요. 재벌도 아니면서."

정민이는 기막히다는 듯 말한다.

"하나님은 서원한 것을 잊지 않는다고 들었다."

남자는 진지하다.

"아버지, 그런 소리는 신앙인들이나 하는 말이지 아버진 세금이나 많이 내세요. 그러면 나라에서 복지 다 해요."

남자는 입술을 조금 움직여 웃는다. 가방 속의 약을 꺼내어 입안에 털어 넣고 물을 마신다. 아버진 세금이나 많이 내세요. 정민이가 던진 말을 생각하며 고개를 흔든다. 멀리 낯익은 교회 첨탑이 보인다. 장현교회다. 남자는 등받이에 기대고 있던 허리를 들고 눈을 크게 뜬다.

다메섹의 빛 ★

남자는 장미꽃이 흐드러지게 피어 있는 연두색 펜스를 따라 걷는다. 숨을 고르며 쉬다 걷다 한다. 펜스를 벗어나자 자갈 섞인 흙길이다. 돌멩이가 발바닥을 콕콕 찔러 아프지만 참고 걷는다. 완만하지만 길어지는 경사길에 숨이 찬다. 목에서 바람 빠지는 쇳소리가 난다. 걸음을 멈추고 숨을 고른다. 십여 분 멈추어 있자 숨소리가 골라진다. 다시 힘을 내어 걸어가려던 남자는 절규하는 소리에 고개를 돌린다. 비탈에 서 있는 초라한 집에서 나는 것 같다. 입구로 보이는 곳에 십자가가 붙어 있다. 자세히 보니 소망교회라는 교패가 걸려 있다. 소망교회라 씌어 있는 초라한 집의 나무 출입문을 밀어본다. 문이 스르르 열린다. 여인이 강대상 앞에 엎드려 있다. 남자는 깔끔한 장판이 깔린 예배당이 낯설지 않다고 생각한다. 열었던 나무문을 소리 나지 않게 닫는다. 문에는 '내 집은 기도하는 집'이라고 씌어 있다. 들어가서 기도를 하고 싶다. 그러나 서울 온 뒤로 교회에 가지 않았다는 생각을 하자 자신이 없어진다. 발걸음을 돌려 다시 산길을 걸어간다.

남자는 산속 운동기구가 있는 마당의 긴 의자에 앉는다. 저만큼 앞에서 한 남자가 철봉에 매달려 몸을 들었다 내렸다 하는데 보기가 참 좋다. 날렵한 몸이 철봉 위를 빙빙 돌기도 하고 두 발이 허공을 차며 튀어오르기도 하는 것이 눈을 뗄 수가 없다. '한창 때다. 나도 저맘땐 쌀가마 지고 뛰어 다녔지.' 80킬로짜리 쌀가마를 등에 지고 나르면 동네 어른들이 젊은 성호를 부러워했던 생각이 난다. 그 좋던 시절 다 지나가고 병든 몸으로 숨을 할딱이고 있는 자신이 한없이 초라하게 느껴진다. 마당은 운동하는 사람들로 활기가 넘친다. 철봉 외에도 제자리 걷기, 허리돌리기, 윗몸일으키기 등 다양한 운동을 할 수 있는 기구가 있다. 남자는 윗몸 일으키기를 해보려다가 포기하고 앉았다.

"안녕하세요?"

훌라후프를 하고 있던 여자가 인사를 한다. 아침마다 시츄종 강아지를 데리고 와서 운동하는 여자다. 긴 머리를 뒤로 질끈 묶고 딱 붙는 쫄바지를 입은 걸 보니 젊은 아가씬가 싶지만 아들이 고등학생이란다. 남자가 나올 때면 영락없이 여자도 나와서 운동을 한다. 여자는 모든 운동기구를 순회하듯 다 마치면 훌라후프로 마무리를 한다. 훌라후프를 하면서 운동을 하러 오는 사람들에게 아는체 하는 것을 보니 사교성이 좋다. 남자는 여자의 인사가 부담스럽다. 이것저것 묻기 전에 자리를 피한다. 몸돌리기 운동을 조금 하던 남자는 소나무에 걸린 거울 앞으로 간다. 작은 아이 같은 남자가 축 늘어진 어깨를 움츠리고 가쁜 숨을 내쉬고 있다. 남자는 하얀 마스크로 얼굴을 반쯤 가리고 하절기건만 목도리를 목에 칭칭 감고 있다. 이 작은 아이 같은 남자가 자기라는 것에 이제는 절망도 안한다. 마스크를 했으니 안 보이지 마스크를 벗으면 광대가 드러난 앙상한 볼이 나타난다. 다크서클이 선명한 눈은 좀비 같다. 마스크를 좀 더 위쪽으로 올려 단단히 얼굴을 가리고 가슴을 쫙 펴본다. 여전히 초등학생처럼 작다. 폐암 선고를 받기 전만 해도 건축현장을 진두지휘하며 펄펄 날았는데 몇 달 만에 이렇게 쪼그라들 수가 있는가 싶다. 병원에서는 아직도 수술날짜를 잡지 않는다. 몸 상태를 봐가며 수술을 한다는데 다섯 달이나 지났다. 요즘은 의술이 좋아서 돈이 문제지 웬만한 암은 다 낫는다며 걱정하지 말라는 순옥의 말처럼은 안 되는 것 같다. 치료 초기엔 식욕도 나고 한 목사 장례식장에도 다녀올 만큼 좋아지는 것 같았는데 계속 치료를 하건만 눈에 띄게 더 쇠약해진다. 죽음이 눈앞에 어른거린다. 병원에서도 좀 더 두고 봅시다만 하는 것을 보니 영영 수술은 안 할지도 모르겠다. 병들면 끝이라는 말이 실감된다. 살아온 세월이 허망스럽다. 여행 한 번 가지 않은 것도 후회가 된다. 무엇을 위해 그렇게 일만 했는가 죽으면 끝인데. 남자에게는 오직 일만 보였다. 어릴 땐 밥을 먹기 위해 일을 했고, 장성해선 돈을 벌기 위해 일을 했고, 결혼해서는 가장의 책임을 다하기 위해 일했다. 먹고살 만큼 돈을 벌었는데도 일을 계속한 것은 일거리가 계속 들어왔기 때문이다. 서울 온 해 몇 달을 빼고는 일은 꾸준히 남자를 찾아왔다. 들어오는 일거리를 마다할 사람은 없다. 일은 계속해야 끊어지지 않는다.

폐암은 남자를 일하지 못하게 했다. 일에서 손을 떼게 했다. 다행히도 정민이가 공부를 잠시 쉬기로 하고 오 목수와 함께 남자가 발병하기 전 계약한 독산동 오피스텔을 짓고 있다. 미국까지 가서 천문학 공부를 하던 정민이는 아버지를 대신하여 성호건축에서 건축 실무부터 배워가며 집을 짓는다. 오 목수 말에 의하면 정민이는 의외로 건축에 관심이 많아 건축에 관한 책을 매일 탐독한단다. 이 없으면 잇몸으로 먹는다더니 정민이가 순순히 건축업에 뛰어들어줘서 안도가 된다. 정민이에게 일을 맡기고 쉬어도 될 것 같다. 순옥이랑 여행을 하면서 살아도 될 것 같다. 그런데 건강이 안 따라준다. 순옥이 가고 싶어하는 해외여행을 떠날 수 없을 것 같다. 남자는 앙상한 팔을 올렸다 내렸다 몇 번 하더니 의자로 가서 앉는다. 두 팔을 올리고 내리는 것조차 힘들다니. 죽을 목숨임을 실감한다. 한숨을 길게 쉰다. 나무 사이로 빛나는 햇살이 오늘 따라 유난히 맑다. 앞으로 얼마나 더 저 햇살을 볼 수 있을까? 청옥빛 맑은 하늘을 더 많이 보기 위해 눈을 크게 떠 본다. 참새 몇 마리가 푸드덕거리며 솔가지 위로 내려앉는다. 남자는 짹짹거리는 참새를 오랫동안 바라본다. 참새 소리가 아름답다. 그동안 참새 소리를 아름답다고 생각해본 적이 없었다는 것이 이상하다. 그저 어디서나 볼 수 있는 하찮은 새로만 알았다. 그러고 보니 서울에 온 뒤로 참새를 본 기억이 없는 것 같다. 눈가가 촉촉해진다. 비통함이 마음을 슬프게 한다. 한 번도 보지 못한 부모님이 보고 싶어진다. 죽었는지 살았는지 알 수도 없는 부모님은 어떤 사람이었을까? 어떤 사연이 있길래 조부모한테 맡긴 아들을 한 번도 찾아오지 않을까. 동네 어른들의 말에 의하면 부모가 지리산으로 들어간 빨치산일지도 모른다고 하는데 산에서 숨어 지내다가 못 나오고 얼어 죽었는가. 아니면 북쪽 나라로 숨어 들어가 못 오는 것인가. 무슨 근거가 있어야 찾아보지 않겠는가. 낳아준 부모를 생각하면 답답하기만 하다. 부모를 돈으로 살 수 있다면 샀을 것이다. 남자는 답답한 마음에 두 손을 모아잡고 눈을 질끈 감는다. 주님, 절 이대로 죽게 할 건가요? 주님, 절 가련하게 보시고 좀 낫게 해 주세요. 오래 사는 것은 안 바래요. 여행 한 번 하지 못한 아내랑 여행 한 번 다녀오게 해주세요. 간절함 때문인지 기도가 터져 나온다. 교회를 안 나가면서부턴 기도를 잊고 살았다. 그런데 요즘은 혼자 있을 때 기도가 자꾸 나온다. 천지를 창조하신 하나님만이 기적을 일으킨다고 알고 있다. 하나님은 죽은 사람도 살리는 분임을 어릴 때 교회에서 들었다. 죽은 나사로를 살리신 예수님 이야기도 들었다. 하나님은 전지전능하시다고 들었다. 과부의 죽은 아들도 살리셨다. 그 밖에도 병든 사람을 많이 고친 예수님을 알고 있다. 문둥병을 고치고, 미친 여자를 온전하게 고쳐주고 눈먼 소경과 귀머거리를 고친 예수님이 아닌가. 남자는 교회에 가서 기도하고 싶다는 생각을 하며 일어나 운동마당을 내려간다. 비탈에서 본 소망교회를 향해 달음질하듯 걸어간다. 문이 닫히면 안 된다는 생각에 속력을 내본다. 사십 년 동안 발길을 끊었는데 병에서 낫고자 하는 마음에 찾는 것 같아 자존심이 허락하지 않았는데 아까 본 작은 교회는 들어가도 될 것 같다. 죽기 전에 그 여인처럼 기도하고 싶어진다. 남자는 자기가 왜 암에 걸렸는지 곱씹을 때마다 한준기 목사가 생각났다. 현리 살 때 열병으로 펄펄 끓는 중에도 한 목사가 기도해준다고 하자 귀를 막은 것이 자꾸 걸린다. '그깟 기도 필요 없어요. 가세요. 죽으면 죽었지 기도 안 받을 겁니다.' 한주옥의 배반을 안다면 하나님도 이해할 것 같았다. 그때 남자는 한 목사와 한주옥, 그리고 김석휘한테 꼭 벌을 줘야 한다고 기도했었다. 세 사람에게 벌을 내리지 않는다면 하나님은 없다고 말하고 다닐 거라고 협박까지 했다. 그래서인지 한 목사와 한주옥 부부가 죽었다는 소식을 평생 기다렸던 것 같다. 그런데 한 목사 장례식에 갔을 때 남자는 무엇을 보았던가. 한주옥과 김석휘의 의연한 모습, 그들은 벌을 받기는커녕 범접할 수 없을 만큼 성숙한 삶을 살고 있지 않던가.

소망교회에 도착했을 때 문은 열려 있었고, 기도하던 여인은 없었다. 남자는 여인이 기도하던 자리로 가서 엎드린다. 무언가 많은 것을 기도하고 싶은데 기도할 말을 잊은 채 한참을 하나님만 부른다. 한 목사 장례식에서 본 것들이 스크린처럼 움직인다.

장현교회에 도착했을 땐 매장예배가 진행중이었다. 화장을 해 유골로 돌아온 고인의 뼛가루를 수목장한다고 했다. 한주옥과 김석휘는 유골을 구덩이에 쏟을 즈음 도착했다.

"일곱 시에 공항에 도착해 서둘렀는데도 늦었네요. 오빠가 이렇게 빨리 가실 줄 몰랐어요. 이제야 와서 미안해요.”

한주옥은 오빠의 뒤를 이어 목사가 된 조카를 붙잡고 늦은 사연을 말하더니 구덩이에 흙 한 줌을 집어넣고는 바닥에 주저앉는다.

“오빠, 나 왔어요. 지금도 날 미워하진 않겠지요? 오빠 때문에 아프리카에 가서 사람 된 것 감사해요. 오빠, 천국에서 이 땅의 고통은 다 잊으시고 편히 쉬세요. 오빠 사랑해요. 정말 많이많이 사랑해요.”

한주옥은 모여 있는 사람들을 의식하지 않고 한동안 흐느낀다. 김석휘가 한주옥을 붙잡아 일으키더니 장례식에 온 손님들을 향해 공손히 인사를 한다.

“죄송합니다. 공항에서 달려왔는데도 좀 늦었습니다. 바쁘신 중에도 이렇게 많이 와주셔서 감사합니다.”

부부는 긴 여행으로 피로해 보였지만 모두에게 인사를 한다. 그리고 곧 한 목사의 수목장 진행을 도왔다. 식수할 벚나무를 이쪽 저쪽으로 바라보며 ‘수형의 멋진 모습이 교회 쪽으로 향하도록 해 주세요.’ 하며 간섭하기도 한다. 하얀색 가운을 입은 찬양팀이 나무를 심는 주위로 둘러서서 찬양을 한다.

천국에서 만나보자

그날 아침 거기서
순례자여 예비하라
늦어지지 않도록
만나보자 만나보자

찬양이 조용히 흐르는 장례식장에는 땅을 파는 소리와 나무의 모양을 잡는 인부들의 투박한 목소리만이 조심스럽게 들린다. 벚나무가 반듯하게 하늘을 향해 세워지자 모두 박수를 치며 마무리를 한다.

수목장이 끝나자 장현교회 성도들은 김석휘와 한주옥한테 몰려간다. 부부는 그들과 악수를 하고 포옹을 하며 다정하게 인사를 주고받는다. 성도들과 해후하는 모습을 보니 교인들과의 유대감이 매우 두터운 것 같았다. 성도들과 교우를 모두 마친 뒤에야 석휘 내외는 영찬이의 안내를 받으며 식당에 있는 남자 일행한테로 온다.

"장로님, 장로님의 국민학교 친구 엄성호를 아시지요? 지금은 서울에서 건축회사를 한대요."

성호를 한눈에 알아본 김석휘는 눈을 키우며 손을 내민다.

"엄성호! 얼마만인가? 형님 돌아가신 걸 어떻게 알고 왔어? 보고 싶었는데 정말 반갑군."

석휘는 남자의 손을 와락 잡는다. 사실 남자는 석휘 내외가 택시에서 내릴 때부터 지켜봤다. 반가움에 달려가 악수하고 싶은 마음도 있었지만 지난날 배신의 감정에 갇혀 너그러워지지 않았다. 미쳤어! 날 배신한 사람들이잖아. 오랜 세월에 닳아지고 삭아졌다고 생각했던 배신감과 증오심이 슬금슬금 피어오르며 가슴 한 복판에 또아리를 튼다. 적어도 한주옥은 자기한테 미안하다는 말을 어떤 경로를 통해서라도 한번쯤 했어야 했다고 생각한다. 사람을 농락해도 유분수지 결혼하자고 철석같이 약속해놓고 어떻게 헌신짝 버리듯 차버릴 수가 있는가. 내가 그렇게 같잖게 보였던가. 상처받은 자존심과 자격지심으로 더욱 노여워진다. 천사 같은 얼굴 어디에 그런 철면피한 사기성이 있는지 자다가도 벌떡벌떡 일어났던 지난 날이 떠오른다. 죽어도 용서할 수 없는 여자다. 남자는 석휘와 주옥이 교인들의 환대 속에서 웃고 있을 때 부글부글 끓는 심정을 감추기 위해 차양이 쳐진 마당 뒤쪽에 등을 돌리고 서 있었다. 석휘 부부로 인해 신경이 곤두선다. 고 목사를 만났을 때 어떻게 인사를 했는지 모르겠다. 정민이를 보더니 칭찬을 많이 한 것 같은데 생각이 안 난다. 한주옥은 중앙 통로에서 한준기 목사의 아들이며 현 장현교회 담임목사로 있는 한상준 목사와 포옹하며 눈물을 흘린 후, 이제는 얼굴 전체에 주름이 깊어진 고 목사와 오랫동안 이야기를 했다.

한주옥이 조문객들 한 사람 한 사람을 찾아다니며 인사를 하고 있을 때도 남자는 차양 뒤쪽에 숨듯이 서 있었다.

검은색 투피스의 긴 치마를 입은 한주옥은 의외로 수수했다. 그 옛날의 화려함은 어디로 갔는지 거의 은발이건만 염색도 하지 않았다. 편안하고 온화한 표정에서 오랜 신앙의 연륜이 느껴지는 것이 세상의 어떤 여인보다도 멋지게 늙었다. 통통하던 예전의 모습은 사라지고 살점 하나 없는 날씬한 몸매에 선명해진 이목구비가 세련미를 더한다. 가볍게 움직이는 몸놀림도 오십대 초반으로밖에 보이지 않는 것이 세월을 거꾸로 산 여자 같다. 석휘 부부를 먼발치서 보고 있던 남자는 두둑한 배를 내밀고 걸어오는 덕근이와 큰 키를 구부정하게 세우고 걷는 필승이를 발견하자 '저기 오는 사람들이 아버지 친구들이다.' 하며 정민이의 등을 치고 달려가 격렬한 만남을 가진다.

"너 건축회사 회장이라더만 배 좀 나와야지 왜 이리 멸치가 됐어? 밥 좀 먹어라! 누가 너보고 회장이라고 하겠냐? 오늘 우리가 한턱 낼 테니 잔뜩 먹고 살 좀 쪄라. 그동안 뭘 하느라고 이제사 나타났는지 말도 좀 하고 말야!"

덕근이와 필승이는 남자보다 나이가 어리지만 친구처럼 놀았던 옛날처럼 반말을 한다. 예전이나 지금이나 순수한 모습은 변한 게 없다. 병원에서 치료받는 중에 내려온 것을 영찬이에게 말하지 않았으니 덕근이나 필승이는 남자가 아픈 환자인 것을 알리가 없다.

"안녕하세요! 처음 뵙겠습니다. 아들입니다."

"야! 아들이냐? 와! 이제 보니 아들은 너 안 닮고 크네. 순옥이를 닮았구만. 순기 형을 많이 닮았잖아. 그 집 씨가 큰 편이지."

덕근이가 부러운 듯 정민이의 위아래를 훑어 내린다.

"전 아버지를 많이 닮은 줄 알았는데요."

정민이는 서슴없이 대해주는 아버지 친구들에게 편하게 대꾸를 한다.

"그야, 그 씨가 어디 가냐? 짱구이마랑 오뚝한 코가 영락없는 성호구만. 집안이 잘 되려고 부모의 좋은 것만 닮았구만. 하하하."

"너희들도 잘 살고 있지? 덕근이는 퇴직했어?"

"그럼. 사오 년 되었지."

"필승이도 퇴직했고?"

"난 더 오래됐구만. 벌써 십여 년은 되었지. 덕근이는 공무원이니께 오래 다녔지만 난 공고 나온 공돌이 아녀."

"지금은 어디서 살어?"

"작년부터 현리 어무니 집 고쳐서 살며 농사도 짓고 소를 키우는데 힘드네."

"덕근이는 어디서 살아?"

"나야 필승이처럼 농사 지을 땅도 없는데 그냥 전주서 살고 있지. 그런데 안사람이 자꾸 전원주택을 사자고 해서 현리로 들어올 생각도 한다. 필승이 따라 소나 키워볼까?"

"식당에 자리가 많으니까 그쪽으로 가세요."

이야기가 길어지자 정민이가 남자 일행을 교육관 안의 식당으로 안내했다. 자리에 앉은 남자 일행의 이야기가 한참 오고갈 때 영찬이가 석휘 부부를 데리고 온다.

"오랜만에 뵙네요, 엄 선생님. 오빠가 엄 선생님 오신 것을 하늘에서 보시고 많이 좋아하실 것 같네요."

한주옥은 남자를 보자 반가워하며 남자가 고인과 절친했던 관계임을 강조한다. 자신이 남자와 한때 뜨겁게 사랑했던 연인관계였던 것은 전혀 모르는 듯 했다. 엄 장로네 수양아들을 헌신짝처럼 버리고 말 한마디 없이 떠난 것에 대한 미안함 같은 것도 보이지 않는다. 오랜만에 친구를 만난 듯 반가워하는 표정이 차분하고 품위까지 있다.

"장로님과 권사님 식사도 같이 차렸으니 앉으세요."

영찬이는 김석휘와 한주옥에게 장로님, 권사님 하며 극진히 자리를 권면한다. 석휘 내외는 남자와 마주 보고 앉았다.

"듣자 하니 서울에서 건축업을 한다고? 지금 장로인가?"

각자 앞에 육개장을 곁들인 밥이 놓이자 김석휘는 수저를 들기 전에 묻는다. 자기보다 먼저 교회를 다녔던 성호를 아는지라 수십 년이 지난 지금은 당연히 장로가 되었을 것이라 짐작하여 물어본 것이리라.

"장로님, 친구로서 야단 좀 쳐주세요. 그동안 교회를 안 다녔대요. 돈만 벌었나 봐요. 보세요. 건축회사 회장님여요."

영찬이가 양복 주머니를 뒤져 남자의 명함을 김석휘 앞에 놓는다.

김석휘는 말이 안 된다는 듯 고개를 갸웃한다.

"성호 형, 김 장로님 내외는 오래 전부터 아프리카에 가서 살고 있어."

"아프리카? 거기서 뭐 하는데?"

그렇잖아도 아까부터 공항에서 오느라 늦었다던 한주옥의 사연이 궁금했었다.

"선교하러 간 거지."

"선교가 뭐 하는 거지?"

남자는 조그만 목소리로 덕근이한테 묻는다.

"해외로 나가 봉사하면서 복음을 전하는 거야. 우리 딸이 의산데 대학생 때부터 의료봉사를 가더니 졸업한 후에는 아예 아프리카에 나가 있거든. 우리 부부도 퇴직 후에 그곳에 가서 몇 달씩 살고 있지. 그 모든 것이 한 목사와 장현교회의 후원으로 가능한 일이지만.”

석휘가 대답한다.

“장현교회가요? 이 시골에서 무슨 돈이 있어 후원하는 거죠?”

이렇게 물어본 것은 덕근이었다. 퇴직한 후에 아내를 따라 열심히 도시의 교회를 다닌다는 덕근이는 선교회비를 오만 원씩 꼬박꼬박 내는 아내에게 불만이 많았는데 시골에 있는 장현교회가 선교 후원을 한다니 깜짝 놀란 것이다.

“성도들이 십시일반으로 조금씩 모아 보내는데 지금은 주변 교회들도 동참하여 훨씬 수월해졌어요. 그리고 한 목사님의 동화가 아직 팔리거든요. 지난달에는 인세가 삼백만 원이나 들어왔어요.”

“인세라니요? 한 목사님이 동화를 썼어요?”

“아, 성호 형은 아직 모르나 본데 한준기 목사님은 동화를 쓰며 오래전부터 동화작가로 활동을 했어요. 목사님이 인세로 받은 돈을 대부분 선교비로 보내면서부터 장현교회가 선교하는 교회가 되었지요. 성도들도 목사님을 따라 선교를 하고 있고요.”

처음 듣지만 있을 수 있는 이야기였다. 한준기 목사님의 구연동화는 얼마나 재미있었던가. 가끔은 목사님이 썼다는 동화를 들은 적도 있다. 남자는 고개를 크게 주억인다.

"우리 딸이 아프리카 의료봉사를 나가게 된 것도 외삼촌의 영향이 컸다고 봐. 대학교 다닐 때 외삼촌을 따라 아프리카 선교여행을 다녀오더니 의사로서 할일을 찾았다며 대학병원에서 오라고 하는데도 안 가고 아프리카로 갔다니까. 처음엔 반대했는데 지금은 그 길이 하나님이 원하는 길이라는 생각이 드는구만. 하나님의 자녀가 안 가면 누가 그 오지까지 가겠어. 딸이 한국에서 활동했다면 나도 거길 가지 않았을 거야. 우리 딸도 돈 많이 벌며 풍요롭게 살았겠지. 그렇지만 아프리카에 나가 봉사하면서 깨닫는 것이 더 많다네. 진짜 보람을 느끼고 있지. 성호도 언제 아프리카에 한 번 오지 않겠어? 건축회사 하면 돈을 많이 번다던데 그 돈으로 죽어가는 사람을 살리는 것도 하나님이 원하시는 일일 거야."

석휘는 팔을 뻗어 남자의 손을 꼭 잡는다.

"참, 따님도 같이 왔나요? 결혼은 했나요?"

이야기를 듣던 덕근이가 묻는다.

"우리만 나왔어요. 환자를 돌볼 사람이 없어서 나오지 못해요. 핑계 같지만 거기에 오래 있다 보니 남자 만날 짬이 있나요? 그래서 결혼도 못했어요."

"장로님 따님 이뻐요. 좋은 청년 있으면 소개해 줘요."

영찬이는 덕근이와 필승이를 번갈아 보며 말한다.

“필승이 아들이 중학교 선생인데 교회를 안 다녀서.”

덕근이가 필승이를 바라본다.

“교회도 안 다니는 우리 아들 말고 니 아들도 있잖아. 법원에 다니는. 덕근이 아들은 교회도 다니고 괜찮은데.”

“야아, 그럴 수 있다면 내가 먼저 장로님 딸을 며느리 삼고 싶다고 했지야. 종 치고 막 내렸어야. 같은 직장에 다니는 여자랑 결혼한다고 얼마 전에 인사하고 갔어야.”

“오순옥 선생은 잘 있지요? 참 야물고 똑똑했는데.”

덕근이와 필승이가 자식 이야기로 웃기 시작할 때 묵묵히 밥을 먹고 있는 남자에게 말을 건 것은 한주옥이었다.

“우리 어머니를 아세요?”

아버지 친구들을 흥미롭게 지켜보던 정민이는 한주옥 쪽으로 고개를 돌리며 묻는다. 남자는 한주옥을 보지 않는다. 슬쩍슬쩍 스쳐보지만 결코 마주 보려 하지 않는다. 그러나 온 신경은 한주옥한테 쏠려 있다. 한주옥을 만나니 사랑했던 마음과 증오했던 마음이 교차하며 혼란스럽다. 원수랑 같은 공간에 있는 것 같아 불편하다. 입이 달라붙은 듯 말도 제대로 할 수 없다. 왜 말없이 도망쳤냐고 따지고 싶은 맘도 접기로 했는데 가깝게 앉아 있으니 가시방석 같다. 왜 그런지 김석휘와 한주옥 중심으로 흐르는 대화도 맘에 들지 않는다. 아니, 김석휘와 한주옥이 지금도 자기보다 한 수 위의 삶을 구가하며 가치 있게 산다는 것이 맘에 들지 않는다. 대한민국 수도인 서울에서 8차선 역세권에 15층 빌딩을 갖고 있다는 것을 시시하게 만드는 이들의 묵직한 존재감은 어디에서 오는 것인가. 이들은 건축회사 회장이라는 직함에는 관심도 없는 것 같았다. 교회 장로가 아니라는 것에 실망한 듯한 석휘의 표정은 무엇을 의미하는가. 남자는 점점 쫄아드는 심사에 마음이 편치가 않다. 어떤 핑계를 대서라도 이 자리를 벗어나고 싶어진다.

"아드님이세요? 그러고 보니 눈이 오순옥 선생을 닮았네요. 잘생겼어요."

한주옥은 남자의 긴장감을 아는지 모르는지 태연스레 정민이를 보며 호감을 나타낸다.

"감사합니다. 아버지 고향이 궁금했는데 이렇게 뵈니 너무 좋아요. 아버지에 대해 모르던 것을 많이 알게 되네요."

정민이는 어려워함도 없이 한주옥과 대화를 한다.

"아버지에 대해 뭘 그리 많이 알았어요?"

김석휘는 밥을 씹으며 정민이를 자세히 바라본다.

"아버지가 많이 외로운 사람인 줄 알았는데 고향에 친구도 있고, 좋은 추억도 많은 것 같아요."

정민이는 좌중을 향해 의연하게 말한다. 정민이가 엉뚱한 말을 할까 잔뜩 긴장했던 남자는 정민이의 사려 깊고

센스 있는 말에 마음이 놓인다. 팔을 뻗어 정민이의 등을 천천히 토닥여준다. 정민이는 김석휘와 한주옥을 만나자 말수가 적어지며 긴장감 같은 것이 느껴지는 아버지를 보며 의문이 많았는데 아버지가 등을 두드려주니 마음이 한결 가볍다. 아버지가 등을 두드려 주는 의미를 알 것 같다. 이분들 앞에서 자랑스러운 아들이 되길 바라는 것이리라. 고아로 산 아버지에게는 이분들 앞에서 기죽고 싶지 않은 뭔가가 있음을 느낀다. 아버지는 살면서 고향 이야기를 거의 하지 않았다. 더더구나 아픈 추억 같은 것은 내비치지도 않았다. 고아로 산 아버지의 삶이 얼마나 고달팠을 것인지에 대해선 오면서 들어 어느 정도 알았지만 웬만큼 힘들어도 내색하지 않으니 깊은 사연은 알 길이 없다.

"자네 아버지야말로 정말 훌륭하신 분이네. 내 생명의 은인이기도 하고. 난 자네 아버지한테 평생 고마워하며 살아야 하는데 운명의 장난인지 그동안 격조하게 지낸 것 지금이라도 사과하고 싶네."

"무슨 말씀이세요? 저희 아버지가 장로님의 생명의 은인이라니요. 그리고……."

정민이는 김석휘의 진지한 태도에 의아해하며 바라본다. 모든 시선이 반백의 노신사 김석휘를 향한다.

"자네 아버지한테 물어보게나. 이야기를 하자면 기니까."

"그래요? 아버지, 정말 그런 거예요? 그런데 왜 오면서 장로님 구해 준 이야기를 안 해줬어요? 저희 아버진 항상 바빴기 때문에 전 아버지와 깊은 대화를 한 적이 거의 없었어요. 이번에 아버지랑 같이 오면서 아버지가 고아로서 매우 힘들게 사신 것을 들었을 뿐이에요. 돌아갈 때는 장로님과 얽힌 필연적 만남이 뭔지 꼭 들어봐야겠네요."

"듣긴 뭘 들을 게 있다고."

정민이가 흥미가 당긴다는 듯 말하자 남자가 퉁명스럽게 내지른다.

"이제 또 언제 볼지 기약이 없으니 오늘이 좋은 기회로군. 성호친구, 나와 우리 와이프를 용서하게나."

"장로님, 지금 무슨 소릴 하려고 하는 거예요?"

김석휘의 갑작스런 말에 깜짝 놀란 한주옥은 석휘의 무릎을 주먹으로 찌르며 나무란다.

"당신은 가만 있어요. 난 진즉에 이 친구한테 사과했어야 해요. 지금까지 기회를 얻지 못해 안타까웠는데 오늘이 하늘이 내린 기회여요. 형님도 우리의 화해를 보시면 좋아하실 겁니다."

김석휘는 한주옥의 손을 잡고 낮은 목소리로 달래더니 남자에게 손을 내밀며 용서를 청한다.

"뭘? 니가 나한테 뭘 잘못했는데? 넌 언제나 잘났고, 난 언제나 머슴인 것 때문에? 이유는 단지 그거야. 진즉에 물 건너간 얘기라고.”

남자는 김석휘가 내민 손은 보지도 않고 젓가락을 던지듯 놓는다. 발작적으로 기침을 하기 시작한다.

“아버지, 괜찮으세요?”

정민이는 기침하는 아버지를 붙잡아 일으켜 자리를 옮긴다. 잠시 후, 혼자 되돌아온 정민이가 어수선해진 분위기 속에서 사과를 한다.

“사실 아버지가 많이 아프세요. 그래서 예민한 것도 있어요. 오늘 병원에 가는 날인데 안 가면 안 될 장례식이라며 무리하신 거예요. 금방 오실 겁니다. 지금 화장실에 계세요.”

“어디가 아픈데?”

김석휘가 걱정스럽게 묻는다.

“나하고 전화할 때도 그런 말 안했는데? 언제부터 아픈 거여?”

영찬이도 놀라 눈을 크게 뜬다.

“폐암인데 삼 개월쯤 된 것 같아요. 수술을 기다리고 있습니다.”

“암?”

모두의 눈과 입이 벌어진 채 쉽게 다물어지지 못한다.

“어쩐지 몸이 많이 말랐다 했어. 폐암은 위험한데.”

덕근이가 필승이를 바라본다. 필승이도 심각해진 표정으로 고개를 끄덕인다.

“환절기 감기는 잘 안 낫는다더니 오래가네. 약을 먹어도 안 낫네.”

화장실에서 돌아 온 남자는 자리에 앉으면서 미안한 듯 말한다.

“모처럼 만났는데 저녁은 내가 사지. 어디 밥 먹을 데는 있겠지?”

아들이 자신의 병에 대해 실토한 것을 모르는 남자는 저녁을 사겠다며 덕근이와 영찬이를 바라본다.

“좋지! 성호건축 회장님한테 한우갈비 한 번 얻어 먹어봐? 필승이가 이 동네를 잘 아니까 식당은 걱정 없고.”

긴장된 분위기를 깨뜨리려는 듯 덕근이가 씩씩하게 대꾸하며 필승이의 어깨를 툭 친다.

“알았어. 청수갈비에 예약해 놓지 뭐.”

필승이도 덕근이의 노력에 응답하듯 유쾌하게 대답한다.

“물 좀 드세요.”

정민이는 아버지 앞에 따뜻한 물을 놓아준다.

따뜻한 물을 마신 남자는 거두절미하고 갑자기 김석휘를 향해 심각하게 말한다.

"교장선생님, 아니 장로님, 직함이 많으니 뭐라 불러야 할 지 모르겠네. 어쨌든 너는 내 친구야. 넌 여전히 잘나고 존경스럽구만. 그것이 못된 나는 기분 나쁜 거고. 나같이 쓰레기처럼 사는 사람은 너같이 잘난 사람이 하는 일은 왜 다 기분 나쁜지 모르겠다. 오늘만 해도 그렇다. 내가 뭘 어쨌다고 갑자기 밥 먹는 사람 앞에 사과를 하냔 말야. 너가 나한테 뭘 잘못했다고. 쪽팔리게 말야. 넌 날 지금도 불쌍한 고아에 머슴이라고 생각하는 거야."

"성호친구, 그건 오해야. 난 우리가 멀어진 원인에 대해 꼭 사과를 해야 한다고 생각해서 용기를 내어 말한 거야. 조용히 둘이서 이야길 해야 했는데 내가 좀 급했던 건 미안하네. 하지만 난 진심이었어. 오늘 같은 기회가 또 온다는 보장이 없으니 마음이 급해진 거야."

김석휘는 남자의 삐딱한 말에 당황하며 거듭 사과한다.

"석휘친구, 그 맘 나도 알아. 너도 오래 괴로웠겠지. 하지만 지금 와서 사과한다고 용서할 수는 없구만. 내가 너희를 어떻게 용서할 수 있겠어? 의지할 데 없는 어린 내게 희망과 용기를 주었던 한준기 목사님을 평생 존경하며 업고 다녀야 했는데. 원수같이 지낸 건 내가 사과해야지."

남자는 갑자기 고개를 꺾고 끅끅 운다.

"성호, 왜 그래. 나도 많이 생각하고 한 말인데. 그동안 많이 변했군. 이해심 많고 사리 밝던 옛날의 성호답지 않네."
"어떤 것이 나다운 건데? 나 원래 이런 사람이야."
"난 화해하고 싶을 뿐이었어."
"죽도록 아프게 하고 화해를 해? 위선으로 보이네. 난 네가 아직도 존경받고 잘난 것이 싫네."

남자는 들고 있던 나무젓가락으로 탁자를 친다. 순간 숨이 가빠지며 기침이 터진다. 남자는 황급히 주머니에서 손수건을 꺼내며 일어난다. 비틀거리는 아버지를 정민이가 붙잡는다.

"가서 좀 쉬어야겠어요."

갑자기 자리가 어수선해진 것을 보고 달려온 것은 장현교회의 새 목사가 된 한 목사였다. 한주옥은 어두운 얼굴로 어쩔 줄 몰라하며 서 있다. 남자는 정말 쉬지 않으면 안 될 정도로 온 몸에서 힘이 빠진다. 숨이 넘어갈 듯 가빠지며 말조차 할 수 없다. 남자는 거의 실신한 채 부축을 받아 낯선 침대에 눕혀진다.

*　　*　　*　　*

남자는 일자형 형광등이 있는 천장과 석양이 들어오는 환한 완자창을 바라보며 눈살을 찌푸리더니 화들짝 놀라며 일어난다. 식사를 하다가 석휘와 시비가 붙었던 기억이 난다. 손가락 하나 움직일 수 없게 힘이 빠지던 것도 생각난다. 정민이와 영찬이에게 끌려오다시피 와서 눕고는 그 이후는 잘 모르겠다.

“깨셨어요? 좀 어떠세요? 많이 피곤하셨나 봐요. 곤하게 주무셨어요.”

낯선 환경에 두리번거리는데 검은 상복을 입은 젊은 여자가 둥근 탁자 앞에 앉아 뭔가를 열심히 적고 있다가 의자에서 일어난다. 상복 차림인 것으로 보아 이 집 안주인인 것 같다.

“아, 지금 몇 시여요?”

남자는 얼굴을 비비며 시간을 묻고는 여자가 시계를 보러 거실로 나가자 주머니를 뒤져 핸드폰을 꺼내어 켠다. 다섯 시가 넘었다.

“다섯 시 조금 넘었네요.”

거실의 벽시계를 보고 온 여자가 조심스럽게 말한다.

“정말 실례가 많았습니다. 그런데 모두 어디 있지요?”

“손님들은 식사 마치고 돌아가셨어요. 친구 분들도 걱정하다가 가셨고요. 고모님과 고모부님은 비행기 타고 먼길 오시느라 피곤하셨는지 저희 방에서 주무셔요. 아, 저기 고모님이 오시네요. 고모님, 회장님 일어나셨어요.”

여자는 미닫이문 너머 거실을 오가는 치맛자락을 보고 말한다. 긴 가디건을 걸친 여자는 얼굴은 안 보이지만 멀리서 봐도 아담한 뒤태가 한주옥 같다. 한주옥은 미닫이 건너편에서 돌아서며 손을 들어 보일 뿐 여전히 오락가락 움직인다.

"고모님, 뭘 찾으세요?"

검은 상복을 입은 여자는 한주옥이 부엌 쪽으로 걸어가자 거실로 나간다. 잠시 후 차 두 잔을 쟁반에 받쳐 든 한주옥이 방으로 들어온다.

"푹 주무셨어요? 저희도 몇 시간은 잤나 봐요. 우리 장로님은 아직도 자고 있어요. 따뜻한 현미차 좀 드세요."

한주옥은 탁자에 현미차를 내려놓는다. 남자는 침대에서 내려와 현미차가 놓인 탁자 앞으로 가서 앉는다. 그렇게 만나고 싶었는데 막상 만나고 보니 들끓던 감정의 거품은 모두 사그라진 듯 밋밋하니 할말이 없다. 오히려 한주옥이 스스럼없게 말하니 남자도 마음이 편안하다. 한주옥은 매일 만나는 지인을 대하듯 남자를 바라본다.

"폐암이라면서요? 아드님한테 들었어요. 그러면 병원에 가셔야지 왜 여길 오셨어요. 엄 선생님 뵐 면목이 없네요."

남자는 찻잔을 잡은 채 한주옥을 주시한다.

"아까 여기 계셨던 여자분이 한 목사님의 자부님인가요?"

무언가 간절히 물을 듯하던 표정을 휙 바꾸어 딴 질문을 하자 한주옥이 어이없어하며 웃고 만다.

"맞아요. 조카며느리, 오빠 아들인 한 목사의 처지요. 그리고 이 방은 오빠가 기거하시던 방인데 기억나세요?"

한주옥은 책으로 둘러싸인 방을 둘러보며 묻는다. 남자도 한주옥의 시선을 따라 방안을 둘러본다. 벽 한쪽이 책으로 가득 차 있는 긴 방이 기억났다. 사십 년 전과 크게 다르지 않은 것 같다. 남자는 그 옛날 한준기 목사님의 서재를 멀리에서 보기는 했어도 들어와 본 적은 없었다. 언제나 예배당에서 만났고, 밖에서 일을 했다. 서재는 설교를 준비하는 곳으로 목사님 외엔 드나들면 안 되는 성역인 줄 알았다. 가족들도 목사님의 서재에는 들어가지 않는 것 같았다. 새삼 한 목사님의 서재에 관심이 간다. 퇴색된 나무 십자가가 세월의 무게를 입은 채 출입문 중앙에 걸려 있고, 벽에는 그리스도의 형체를 음영으로 나타낸 작은 액자가 걸려 있을 뿐 책으로 가득 찬 방이다. 한 목사가 사용했음직한 묵직한 목재책상도 한켠을 차지하고 있다. 책장에 책들이 빼곡이 채워지고도 모자라 바닥에도 수북이 쌓여 있다. 책상 옆에 있는 문짝 없는 오픈식 옷장에는 예닐곱 벌의 양복이 비닐에 씌워진 채 걸려 있다. 작업복을 입고 일을 해도 훤출한 키에 선비 같던 목사님의 생전 모습이 그려진다.

"저 침대가 목사님의 침대인가요?"

남자는 자기가 잠시 잠을 잔 딱딱한 침대를 보며 묻는다.
"그럼요. 하지만 병원에 계신 지가 몇 달 되었으니 그동안 주인이 바뀌었는지도 모르지만. 사모님, 이 방 아직도 오빠 서재 맞지요?"

한주옥은 자리를 옮겨 거실 식탁에서 다시 뭔가를 적고 있는 조카며느리한테 묻는다. 조카며느리지만 사모님으로 호칭하며 꼬박꼬박 존댓말을 한다.

"그동안 비어 있었으니 아버님 쓰시던 그대로예요. 저기 교회의 역사가 담긴 사진 좀 보세요. 고모님도 있어요."

젊은 사모가 들어오더니 볼펜을 쥔 손으로 사진으로 가득 채워진 벽을 가리킨다. 한주옥과 남자는 젊은 사모가 가리키는 쪽을 따라 고개를 돌린다.

"회장님 사진도 있는 것 같아요. 아버님께선 회장님 이야길 많이 했거든요. 여기 아버님과 같이 찍은 이 청년이 회장님, 맞지요?"

젊은 사모는 남자를 깍듯이 회장님이라고 호칭하더니 사진이 잘 보이게 전등을 켠다. 헌당식 후 장현교회 아치형 현관 앞에서 한 목사와 둘이 찍은 사진이다.

"오빠하고 엄 선생님이잖아요? 정말 오래된 사진이네."

한주옥은 한준기 목사 옆에 서 있는 작고 가무잡잡한 건강미 넘치는 남자를 자세히 본다. 남자는 작은 키에 입매가 다부진 자신의 모습을 좀 더 가까이 가서 바라본다. 한 목사가 손을 꼭 잡고 있는 것을 보니 그때의 촉감이 되살아나는 것 같다. 새삼 울컥 목이 메인다. 세상 천지에 자기를 기억해줄 곳은 하나도 없는 줄 알았는데 자신의 흔적이 한 목사의 방에 고스란히 남아 있는 것 같아 가슴이 뭉클해진다.

"근데 내 사진은 어디에 있지?"

남자의 먹먹해지는 감정을 완화시킨 것은 자신의 사진을 찾으려는 한주옥이었다. 한주옥은 벽으로 얼굴을 가까이 들이대며 사진 속 자신을 찾는다.

"여기 있잖아요. 고모님은 멋쟁이였나 봐요."

젊은 사모가 가리킨 것은 겨울성경학교를 마치고 주일학교 선생들과 같이 찍은 단체사진이다. 긴 머리를 파마하여 부풀려 늘어뜨리고 발꿈치까지 길게 덮은 코트에 벨트로 가는 허리를 강조하고 굽 높은 구두를 신은 한주옥이 가장자리에 서서 환하게 웃고 있다. 주일학교 부장이었던 남자는 중앙에 있는 한 목사 옆에 앉아 있다. 김석휘는 한주옥의 반대편 가장자리에 큰 키로 서 있다. 선생도 아니었던 덕근이도 언제 왔는지 한주옥 뒤에 서 있다. 한 목사를 도와 주일학교 부장으로 봉사하던 때가 눈에 선하다. 사진을 보는 동안 교회 일로 늘 바쁘게 지내던 지난날이 영화필름을 보는 듯 스쳐간다.

"이때만 해도 교회가 북적북적하니 사람들이 많았는데. 시골교회 치고 생기 넘치고 정말 좋았어요. 안 그래요? 엄 선생님! 순옥 씨도 여기 있네요."

사진을 자세히 살펴보던 한주옥은 단체사진 앞줄에 앉아 있는 눈이 커다랗고 입을 지나치게 꼭 다문 순옥을 찾아낸다. 사진 속 순옥은 수수한 스웨터 차림에 월남치마를 입고 있는 것이 그 시절의 촌색시 그대로다. 순옥 뿐 아니라 그때 여자선생으로 봉사하던 처녀들은 하나같이 월남치마를 입고 앉아 있다.

"이때가 그립네요. 갈탄이 타던 난로가 생각나요."

한주옥은 사진을 가리키며 혼잣말을 한다. 남자는 입을 꾹 다문 채 탁자로 돌아가 앉는다. 남은 현미차를 모두 마신다.

"아, 일어나셨어요? 피곤은 좀 풀리셨어요?"

중년이 된 한 목사의 아들이 정민이와 함께 방으로 들어온다.

"미안하구만. 나 때문에 모두들 신경쓰게 해서."

"아닙니다. 먼길 오신 손님을 미처 몰라봐서 죄송합니다. 정말이지 회장님은 아버님이 가장 아끼고 사랑했던 분이라는 것 어릴 때부터 들어 알고 있어요. 이렇게 아버님

가시는 길에 와주셔서 정말 감사드립니다. 아버님도 하늘나라에서 기뻐하실 겁니다."

한 목사는 진심을 다해 허리 굽혀 다시 인사를 한다.

"아버님이 말씀하시던 회장님인 것 같아서 저기 있는 사진 보여드렸어요."

젊은 사모가 남편 옆에 붙어 서며 말한다.

"아, 사진 보셨어요? 오래된 사진이라 많이 바랬지요? 장현교회의 역사가 담긴 사진으로 초창기 신도들을 잊지 않기 위해 아버님이 붙여놓고 바라보신 것 같아요. 특히 회장님은 교회 지을 때 가장 도움이 된 청년이라며 자주 말씀하셨어요. 임종하시기 전에도 말씀하셨고요."

"소식 듣고 바로 오지 못해 목사님한테 너무 죄송하구만."

말을 하는데 다시 목이 메여 온다. 눈물이 주루룩 떨어진다. 오 장로의 전화를 받고 내켜하지 않았던 마음을 생각하니 후회가 밀려든다. 그때 왔으면 마지막 모습을 보았을 텐데. 생각할수록 눈물이 쏟아져 내린다. 남자는 참아보려고 입을 악물었지만 흐르는 눈물을 주체하지 못하고 마침내 엉엉 운다. 방 안에 있던 사람들은 당황하였지만 남자의 눈물이 그리움과 회한의 눈물이라는 것을 알아채고 서로에게 눈짓을 하며 더 울게 내버려두기로 한다.

"목사님, 저를 용서해 주세요."

남자는 고개를 숙이고 더욱 서럽게 운다.

"아버님이 회장님을 모델로 쓴 동화가 중앙지 신춘문예에 당선되었다는 것 모르셨지요? 제목이 〈검웅이〉여요."

남자가 눈물을 거두자 한 목사가 검정 개 한 마리가 그려져 있는 동화책을 앞에 놓아준다.

"암송대회 이야기인데 재미있어요."

"암송대회? 내가 어릴 때 암송대회에서 일등한 적 있는데. 목사님이 그만하라고 할 때까지 암송을 했거든. 천재났다고 모두들 놀랐지."

남자의 눈은 부어 있었지만 기분이 훨씬 가벼워진 듯 우쭐해 하며 그때를 회상한다.

"그랬군요. 아마 그 이야기를 쓰신 건가 보죠? 아버님은 그 뒤로 동화를 계속 썼는데 지금도 몇 편의 동화는 잘 팔리는지 인세가 나와요. 아버님의 동화에는 주로 힘든 시련 앞에서도 포기하지 않고 어려움을 헤쳐 나가는 굳센 아이 캐릭터가 나와요. 〈검웅이〉도 그런 이야기였어요."

"목사님은 동화를 재미있게 잘 얘기 했지요. 결국 동화작가가 됐군요. 그런데 나를 모델로 했다니 민망하네. 난 목사님을 아프게만 했는데. 여길 떠날 땐 인사도 안하고 떠날 만큼 못되게 굴었는데."

"자세한 것은 몰라도 그만한 이유가 있었겠지요. 아버님은 엄성호라는 분을 위해 평생 기도한다고 했어요. 아, 여기 있네요. 아버지의 기도제목이. 보세요. 아버님은 기도제목을 꼭 보드판에 압핀으로 붙여 놓거든요. 여기 세 번째 줄에 엄성호와 그 가족의 구원이라고 써 있지요?”

한 목사가 책상 위를 두리번거리더니 찾아낸 것은 조그만 보드판이었다 기도제목이 고딕체로 반듯하게 씌어 있다.

“정말이네, 오빠도 참 못 말린당께. ”

한주옥은 기도제목이 씌어 있는 보드판을 들여다보며 혀를 찬다.

“이제야 말씀드리지만 오빠는 나를 용서 안 한다며 보려 하지 않았어요. 엄 선생님한테 씻지 못할 상처를 주었다며 장현교회 근처에도 오지 말라고 했어요. 그래서 거의 십 년은 오빠 집에 오지 못했던 것 같아요. 정말 많이 슬펐어요. 솔직히 전 장로님과 결혼한 것에 대해선 후회하지 않아요. 우리 둘은 하나님이 정해준 배필이라고 믿거든요. 이렇게 말하면 위선자라고 할 지 모르지만 우린 엄 선생님을 위해서라도 잘살아야 한다고 말하곤 했어요. 가진 것 없는 엄 선생님이 금반지까지 준비하여 결혼하자고 했을 때 거절하지 못한 것은 제 실수였어요. 결혼반지를 받고 내가 울었던 이유를 나중에 깨달았어요. 엄 선생님은 나의 이상형이 아니었다는 것을 내 영혼이 먼저 알았던 것 같아요. 당시엔 동정과 사랑을 구분하지 못했던 거지요. 제가 말없이 도망치듯 떠난 것은 저로 인해 많이 아파하고 방황할 것이 눈에 훤히 보이는 엄 선생님한테 사실대로 말할 용기가 나지 않았기 때문이에요. 나중에 많이 후회했어요. 결혼반지라도 돌려 드렸어야 했는데 그때는 만나는 것이 부담스러웠어요. 오빠한테라도 맡겼어야 했지만 오빠한테 말하는 것도 겁이 났어요. 오빠가 알면 장로님과 결혼을 못할 것 같았거든요. 급하게 서울 어머니한테 도망간 것도 모두 무서워서였어요. 늦었지만 철없던 절 용서해 주세요. 모든 잘못은 저한테 있어요. 엄 선생님이 얼마나 힘들었을까 생각하면 지금도 마음이 아파요."

한주옥은 한 목사 내외와 정민이도 있건만 솔직하게 다 털어놓는다.

"아버님 책상 서랍에 있는 금반지라면 저도 보았어요. 이거 맞지요?"

이야기를 듣던 한 목사가 서랍에서 빨간색 조그만 벨벳 케이스를 찾아 오더니 뚜껑을 열어 탁자 위에 놓는다.

"신혼여행 다녀와서야 엄 선생님한테 돌려주라고 보냈는데 나중에 들으니까 못 주었다고 하더라고요. 늦었지만 이제라도 가지고 가세요. 그래야 제 마음이 편할 것 같아요."

한주옥은 노란 금빛이 그대로인 금반지를 남자 앞에 놓

는다. 남자는 금반지를 외면한 채 한주옥을 지그시 바라본다. 그리고 속으로 생각한다. 솔직하게 말해줘서 고마워요. 그리고 서울로 도망가줘서 고마워요. 안 그랬다면 반쯤 미쳐 있었던 제 손에 당신과 나는 죽었을지도 모르겠네요.

"아직까지 반지가 있다니 희극이네요."

남자는 한주옥을 바라보던 시선을 거두고 떨리는 손으로 반지 케이스를 집어 든다.

"아버지, 이거 저한테 주세요. 이제는 저한테 필요할 것 같아요."

정민이가 두 손을 내민다.

"비운의 반지를 달라고?"

"행운의 반지로 만들면 돼요. 저한테 주세요."

정민이는 반지 케이스를 채어가듯이 뺏어간다.

남자는 정민이를 보며 허허 소리내어 웃는다. 한주옥이 박수를 치다가 정민이를 향해 엄지 척을 한다.

*　　　*　　　*　　　*

"하나님, 한 목사를 미워한 저를 용서해주세요. "

남자는 비로소 기도할 말을 찾은 듯 소리친다. 한번 기도할 말이 터지자 회개가 계속 터져 나온다.

"사십 년 동안 교회 안 다니고 주님 떠난 것 용서해 주세요. 가난한 사람들 도우며 살겠다고 서원한 것 빨리 실천

하지 못한 것도 용서해 주세요. 그러나 한 번도 잊어버린 적은 없습니다. 언젠가는 할려고 맘먹고 있었어요. 그런데 이렇게 병들어 죽게 생겼는데 어쩌지요? 이제라도 절 살려주시면 정말이지 가난한 사람과 고아와 병든 사람을 위해 살겠습니다. 암에 걸려 죽어 마땅하지만 살려주시면 서원한 것 지키고 싶습니다. 교회는 안 나갔어도 아무렇게나 살지 않았고 제 밑에서 일하는 직원들 부자 만들어 주려고 애썼고, 남의 것 탐내지 않은 것 알고 계시죠? 하나님 아버지는 눈이 밝아서 천지를 보고 제 맘속까지 다 보시잖아요. 그러니 제가 얼마나 정직하게 살려고 노력했는지도 아실 겁니다. 잠언에 저울을 속이지 말라고 해서 인부들 인건비를 과하게 챙긴 것도 보셨을 거예요. 혹 나도 모르게 잘못한 것이 있다면 지금이라도 삭개오처럼 네 배로 갚을 것이니 생각나게 하시고 암이란 놈을 뿌리째 뽑아 낫게 해 주세요. 몇 년이 너무 길다면 한 달 만이라도 건강하게 살게 해주세요. 저는 지금 죽어도 된다지만 제 아내 순옥이는 저 만나서 호강 한 번 못 했고 여행 한 번 못했는데 죽어도 한이 되지 않게 순옥이를 위해 여행 한 번 하게 건강을 주세요. 이대로 죽으면 사람들이 절 얼마나 불쌍하게 여길까요. 평생 머슴처럼 일만 하다 죽었다고 뒷담화할 건데 정말 싫습니다. 제발 머슴처럼 산 저를 불쌍히 여기시고 한 달만이라도 건강을 주세요. 하나님, 한 달이 안 된다면 열흘 만이라도 안 될까요? 예전에 장현교회를 위해 봉사한 것을 충성스럽게 보시고 한 번만 병을 고쳐주세요. 아버지! 아버지! 응답 좀 해주세요."

눈물 콧물이 쏟아진다. 병을 고쳐달라는 기도를 이렇게 할 줄은 몰랐다. 빌딩에서 수천만 원씩 쏟아지는 돈은 가난한 사람을 위해 쓰라고 주신 거라는 확신이 든다. 결코 내 돈이 아닌데 너무 오래 내 것인 양 교만하게 살았다. 하루빨리 선한 일이 하고 싶어진다.

"성호도 아프리카에 한 번 와보지 않겠어? 하나님이 축복해 주신 돈으로 죽어가는 사람을 살리는 것도 하나님의 뜻이니까."

눈물 콧물 쏟으며 기도하고 있는데 불현듯 석휘의 목소리를 들은 것 같다. 한 목사 장례식장에서 석휘는 남자에게 아프리카에 와보라고 했었다. 그동안 잊고 있었는데 옆에서 말하듯 또렷하게 들린다. 머릿속에서 번쩍 스파크가 터진다.

"그래, 거기로 가자!"

남자는 모아 쥔 두 손을 풀며 눈을 번쩍 뜬다. 남자는 무언가에 씐 듯 일어나 허적허적 예배당을 걸어 나온다.

"석휘가 있는 아프리카에 가자."

남자는 발걸음을 재촉한다.

“아! 왜 이제야 그 생각이 나지?”

남자는 김석휘와 한주옥을 떠올리며 산비탈을 내려간다.

“우리 아프리카에 가자. 석휘가 있는 아프리카에 가고 싶네.”

운동마당에서 돌아온 남자는 외출하려고 가방까지 들고 나오는 순옥에게 숨을 헉헉대며 말한다.

“여행가자는 거예요? 그 먼 곳으로? 우리나라 여행도 못 했는데 설악산이나 지리산 쪽으로 요양차 간다면 몰라도 아픈 사람이 어딜 간다고 그래요.”

순옥의 반박에 남자는 고개를 저었다.

“아프리카에 가고 싶어. 꼭 가고 싶어.”

“치료는 안하고요?”

“어차피 안 낫는데 약도 다 끊을 거야. 죽으면 죽는 거지.”

순옥은 납빛처럼 바래진 얼굴로 소파에 앉아 있는 남자를 측은하게 바라본다.

에필로그

7년 후. 2019년 6월.

화창한 6월의 햇살은 눈이 부시다. 월하리의 말끔한 포장도로로 검은색 자동차와 하얀색 자동차가 달리고 있다. 자동차는 장현교회 마당에서 멈춘다. 하얀색 가운을 입은 사람들이 찬송을 그치고 차에서 내리는 사람을 향해 일제히 시선을 돌린다. 검은색 자동차에서 검은 옷을 입은 남녀가 내린다. 남자는 엄정민이고 여자는 김은혜다. 엄정민은 자동차 뒷문을 열고 검은 상복을 입은 오순옥을 부축해 내리게 한다. 오순옥은 갑자기 울컥했는지 손수건을 꺼내어 눈가를 닦더니 조심스럽게 차에서 내린다. 교인들 뒤에서 있던 한 목사의 사모가 달려가 오순옥의 팔을 붙잡아 준다. 하얀색 자동차에서는 엄성호의 딸 엄정선과 남편 설기석이 내린다. 엄마 아빠보다 큰 청소년 남매가 같이 내린다.

"묘지로 갑시다."

엄정민 일행은 한 목사가 앞서서 걷자 보자기에 싼 유골함을 외손자 손에 들게 하고 묘지를 향해 올라간다.

하늘가는 밝은 길이 내 앞에 있으니.

하얀 가운을 입은 무리가 찬송가를 부르며 뒤따라간다. 수목장지에 다다르자 한상준 목사는 성경 한 구절을 낭송하고 고인이 된 엄성호의 일생을 회고한다.

"엄성호 회장님은 폐암 3기라는 심각한 병중에도 아프리카 선교를 떠나셨습니다. 치료를 안 하면 삼 개월을 넘기기 어려울 거라고 했지만 암 투병을 단호히 중단하고 떠나셨습니다. 회장님은 그곳에 머물며 남은 생을 살다가 돌아가셨습니다. 질병과 기아에 허덕이는 아프리카 오지 원주민들을 위해 의약품을 공급하고, 깨끗한 물이 나오는 우물을 파고 교회와 학교를 지으며 여생을 살다가 운명하셨습니다. 삼개월도 못 살 것이라고 했는데 칠 년을 더 살며 아프리카에 주님의 사랑을 심었습니다. 오늘 이곳으로 돌아온 것은 장현공원묘지에 묻어달라는 고인의 유언이 있었기 때문입니다. 김은혜 선교사가 유골함을 운송해 오셨습니다. 유족되시는 분들은 가까이 와서 삽을 들어주시기 바랍니다."

찬양이 조용히 울려퍼지는 가운데 유골함이 구덩이에 안치되고 가족들은 삽을 들어 일제히 흙을 올린다. 오순옥이 흐느끼고 있다. 오순옥 옆에서 같이 흐느끼는 백발의 노인은 엄준호였다. 한준기 목사 때처럼 표지석이 놓여진다. '엄성호 선교사, 광야의 삶을 마치고 이곳에 잠들다'라는 글씨가 음각으로 새겨져 있다.

"다음은 아프리카에서 엄성호 선교사님이 하신 사역에 대해 김은혜 선교사가 보고하겠습니다."

검은색 투피스를 단정하게 입은 김은혜가 앞으로 나온다. 화장기 없는 얼굴은 아프리카의 강한 햇볕에 그을린 모습이지만 건강하게 보인다. 김은혜는 앉아 있는 추모객들을 둘러보더니 입을 연다.

"장현교회 성도 여러분! 올 때마다 따뜻하게 맞아주셔서 감사드립니다. 여러분들이 있었기에 힘을 내어 의료 선교를 할 수 있었음을 꼭 전하고 싶었습니다. 제가 아프리카 선교를 한 지도 십 년이 됩니다. 그동안 엄 회장님과 여러분들의 적극적인 도움이 있었기에 죽어가는 아프리카의 땅이 점점 회생되고 있음을 알려드립니다. 엄성호 선교사님은 아프리카에서 정말 많은 생명을 구하셨습니다. 처음엔 저희 부모님이 계시는 잠비아 선교지가 보고 싶어서 여행하러 오셨다고 했는데 열악한 원주민들의 생활을 보더니 자신이 할일을 찾았다며 돌아가지 않고 아프리카에 머물며 선교에 동참하셨습니다. 오염된 물을 먹어 어린이 50프로 이상이 열 살 전에 각종 세균에 감염되어 죽어가는 것을 보고 우물을 팠고, 교회와 학교를 세워 선교와 교육에 열성을 냈습니다. 6.25전쟁으로 초토화 된 우리나라에 선교사들이 학교와 병원을 세워주었듯이 우리가 가난한 나라를 돕는 것은 빚을 갚는 것이라며 가진 것을 아끼지 않았습니다. 죽으면 죽으리라는 결단을 가지고 매일 기도하며 사람들을 돌보았습니다. 하나님은 살아계십니다. 아픈 몸을 돌보지 않고 오직 선교에만 집중하는 것을 이쁘게 보셨는지 언제부턴가 기침도 멎었고, 짚고 다니던 지팡이도 버릴 만큼 건강해진 것은 정말 기적이었습니다. 엄 선교사님은 사일 전에 하나님의 부르심을 받아 조용히 눈을 감았습니다. 아침이면 가장 먼저 식당에 나오시던 회장님이 안 나오셔서 방에 가보니 입가에 평화로운 웃음을 띤 채 영면했음을 발견했습니다. 평소에 엄 선교사님은 당신이 죽으면 장현공원묘지에 묻어달라고 유언하였기에 이렇게 모시고 왔습니다. 감사합니다."

"다음은 이덕근 친구의 조사가 있겠습니다."

검은 양복을 입은 교인들 앞에 서 있던 이덕근이 돌출된 입을 꾹 다물고 엄숙한 표정으로 걸어나와 교인들을 바라보고 선다.

“제 친구이자 가장 믿음직한 형이었던 엄성호 회장의 죽음을 진심으로 애도합니다. 폐암에 걸린 몸으로 칠 년 동안이나 아프리카에서 선교하신 것이 참으로 존경스럽습니다. 지금쯤 천국에 가서 하나님의 품에 안겼으리라 믿습니다. 그리고 생전에 보지 못했던 부모님과 조부모님을 만났으리라 믿습니다. 저는 성호 형의 부탁으로 엄성호의 출생에 대해 조사한 적이 있습니다. 자신의 부모를 찾고자 어릴 때 보육원에 같이 갔던 적이 있는 저한테 자신의 출생에 대해 알아봐 달라고 하더군요. 엄성호 친구는 죽는 날까지 자기의 뿌리를 찾고 싶어 했습니다. 제가 행정 공무원으로 정년퇴직을 했으니 가능하리라 여겼던 것 같습니다. 저는 김제 은혜보육원에 가서 보육원에서 불렸던 송개목이란 아이의 기록을 찾아보았습니다만 아쉽게도 부모나 조부모에 대해선 끝내 알 길이 없었습니다. 기록에 의하면 조부모와 같이 있다가 아기만 구제되었음을 추측할 수 있을 뿐이었습니다. 떠돌이 비단장수 최복과 주영길이 발견하여 만경지서에 맡겼다,라고도 쓰여 있었습니다. 송개목은 빨치산이 해안으로 침투하거나 탈출하는 지역으로 표시되어 있었습니다. 이런 곳에 조부모가 왜 갔는지는 알 수 없으며 산에 들어간 빨치산 내외를 만나러 갔다가 산에서 낳은 손자를 받아 오던 중 총격을 받지 않았나 추측된다고 적혀 있었습니다. 발견될 당시 아이는 겉옷만 입은 상태였고 주변에 아이의 물건이라고 생각할만한 봇짐 하나 없었습니다. 엄성호는 꼬마둥이 머슴으로 손에 물마를 사이 없이 일하며 살았습니다. 타고난 재능이 있어 공부에 열정이 많다보니 여건이 안 되건만 고행하듯 야간 고등학교까지 나왔습니다. 이후에도 그의 인생은 결코 순탄하지 않았습니다. 그러나 어려운 여건과 환경에서도 좌절하지 않고 성실하게 살 수 있었던 것은 여섯 살 때부터 받은 교회학교 교육이 인생의 바탕이 되어주었다고 말하는 것을 들은 적이 있습니다. 엄성호는 가정을 이루어 서울로 떠날 때까지 장현교회를 중심으로 살았습니다. 장현교회의 고 한준기 목사님의 사랑과 신뢰를 많이 받으며 자랐고, 엄주상 장로님의 인정 속에서 하나님의 사랑을 알았다고 고백하기도 했습니다. 서울에서 성공할 수 있었던 것은 모두 어려서부터 받은 교회교육이 내면의 힘이 되었기 때문이라고 고백했습니다. 비록 고아로 척박하게 살았지만 신앙심 깊은 가정에서 어린 시절부터 교회를 다니며 받은 교회교육이 삶의 뿌리가 되어준 것 같았습니다. 엄성호 친구 정말 존경합니다. 성호 형, 부디 천국에서 편히 쉬세요.

이상입니다."

이덕근의 조사를 들은 가족들이 조용히 흐느낀다.

"감사합니다. 두 분 조사를 들으면서 많은 은혜를 받았습니다. 불우한 삶을 살았지만 기독교 정신으로 살다가 소천하신 엄성호 회장님의 영전에 하나님의 한없는 자비와 사랑이 넘치시길 기도합니다. 엄성호 회장님은 아프리카 봉사만 한 것이 아니고 지역사회에도 기부를 많이 하셨습니다. 엄성호 회장님의 후원으로 이 산을 사서 공원묘지를 만들었고 갈 곳 없는 노인들을 위한 시니어 쉼터도 만들 수 있었습니다. 가정형편이 어려운 장현리 청년들을 위해 해마다 장현 장학금도 기부하고 있습니다. 오른손이 하는 일을 왼손이 모르게 하셨기에 얼마를 하는지 밝힐 수 없지만 고인은 평생 안 먹고 안 입으며 허리띠 졸라가며 모은 재산을 아낌없이 기부할 줄 아는 진정한 의인의 삶을 사셨습니다. 엄성호 회장님, 천국에서 하늘의 큰상을 받으실 줄 믿습니다."

한상준 목사도 엄성호의 선행에 대해 간단한 설명을 마친다.

"친구, 건강검진하고 오느라 좀 늦었네. 미안하네. 잘 가게. 우리 부부도 언젠가 주님이 부르시면 자네 곁으로 갈 거야."

늦게 온 백발의 김석휘 부부는 가족들 옆으로 와서 한상준 목사의 조사가 끝나기를 기다리더니 표지석을 어루만진다. 한주옥이 들고 온 꽃다발을 표지석 앞에 놓고 두 손을 모으고 눈을 감는다. 엄정민이 옆에 서 있는 김은혜의 손을 꼭 잡는다. 김은혜의 가느다란 손가락에는 금반지가 끼어져 있다. -끝-

샤론의 꽃길

초판 1쇄 발행 2023년 9월 1일

지은이 | 안은순
만든이 | 이한나
펴낸이 | 이영규
펴낸곳 | 도서출판 그린아이

등록 연월일 | 2003. 12. 02.
등록 번호 | 제2-3893호
주소 | 서울특별시 은평구 녹번로 6-11, 201호
전화 | 02)355-3035
이메일 | gmh2269@hanmail.net

ISBN 979-11-91376-20-3(03810)